CIJIAN SHAOYAN

此间韶颜

安徽师范大学
学生优秀文学创作与评论选集

ANHUISHIFANDAXUE XUESHENG YOUXIU
WENXUE CHUANGZUO YU PINGLUN XUANJI

俞晓红

芮 瑞◎主编

安徽师范大学出版社
ANHUI NORMAL UNIVERSITY PRESS
·芜湖·

图书在版编目(CIP)数据

此间韶颜:安徽师范大学学生优秀文学创作与评论选集 / 俞晓红,芮瑞主编. ——
芜湖:安徽师范大学出版社,2021.7

ISBN 978-7-5676-4987-3

Ⅰ.①此… Ⅱ.①俞… ②芮… Ⅲ.①中国文学 – 当代文学 – 作品综合集 Ⅳ.①
I217.1

中国版本图书馆CIP数据核字(2020)第269225号

此间韶颜——安徽师范大学学生优秀文学创作与评论选集

俞晓红　芮　瑞◎主编

责任编辑:辛新新　　责任校对:李克非
装帧设计:丁奕奕　　责任印制:桑国磊
出版发行:安徽师范大学出版社
　　　　　北京东路1号安徽师范大学赭山校区　　邮政编码:241002
网　　址:http://www.ahnupress.com
发 行 部:0553-3883578　5910327　5910310(传真)　E-mail:asdcbsfxb@126.com
印　　刷:苏州市古得堡数码印刷有限公司
版　　次:2021年7月第1版
印　　次:2021年7月第1次印刷
开　　本:700 mm×1000 mm　1/16
印　　张:17.75
字　　数:280千字
书　　号:ISBN 978-7-5676-4987-3
定　　价:59.80元

如发现印装质量问题,影响阅读,请与发行部联系调换。

序

安徽师范大学文学院的前身是1928年建立的省立安徽大学中国文学系，是安徽省高校办学历史最悠久的四个系科之一。刘文典、郁达夫、苏雪林、周予同、潘重规、宛敏灏、张涤华、祖保泉、刘学锴、余恕诚等一大批著名学者曾在中文系工作，文为世范，学为士则，形成了深厚优良的学术传统。文学院现有汉语言文学、秘书学、汉语国际教育、戏剧影视文学等4个本科专业，拥有教育部省属重点研究基地中国诗学研究中心，中国语言文学博士后科研流动站，中国语言文学硕士、博士学位授权一级学科。2020年，中国语言文学学科入选安徽省本科高校高峰学科；汉语言文学专业通过教育部师范专业二级认证，秘书学和汉语国际教育专业在全省专业评估中获得优秀等次；汉语言文学专业获批国家级一流专业建设点，秘书学专业获批省级一流专业建设点；文学理论、中国文化概论、大学语文获得国家一流课程称号。

文学院教师中，有国家首届教学名师1人，曾宪梓教育基金奖获得者8人，全国教育系统劳动模范、优秀教育工作者、优秀教师5人，皖江学者3人。余恕诚、刘学锴教授先后获得安徽师范大学"终身成就奖"，陈文忠教授荣获校首届"卓越贡献奖"和省级"师德标兵"称号，陈文忠、刘运好、詹绪左、俞晓红教授先后荣获省级"教学名师"称号，芮瑞、李伟、饶宏泉、潘晓军、胡承佼、徐建先后获得省级"教坛新秀"称号，项

念东获得省首届高校青年教师教学基本功大赛一等奖；2020年，芮瑞获得省级"线上教学名师"称号。胡传志、方维保、王昊、俞晓红等人领衔的教学团队，先后十余次获得省级教学成果一、二等奖。

文学院在办学过程中培养了大批杰出人才，有全国知名学者，如中国社会科学院荣誉学部委员吴元迈，国家督学朱小蔓，国务院学位委员会第五届学科评议组召集人谈敏，国家级教学名师余恕诚，北京大学美学与美育研究中心主任朱良志，教育部长江学者朱志荣、彭玉平、吴根友等；有著名诗人、作家，如石楠、沈天鸿、许春樵等；有中学语文教学一线的特级教师和国内知名的教育专家，如郭惠宇、王屹宇、肖家芸、邓彤、陈军等；有媒体精英，如刘春、赵焰、吴征等；还有央视"百家讲坛"主讲人鲍鹏山。

近年来，文学院秉承"文以载道、学以化人"的院训，形成了"德育为先、能力为重、全面发展、统筹兼顾"的人才培养理念。在这一理念指导下，学院努力改进育人模式，在坚守第一课堂质量的同时，多元搭建育人平台，全方位助力学生发展。一是以"学海导航""与作家面对面""名师导教""实务专家"四大系列助学讲座为津梁，聘请国内外著名学者、专家、诗人、作家和企业成功人士到学院讲学，提升本科生的学术意识，拓宽其知识视野，培养其专业思想，帮助其精准定位就业愿景，形成品牌效应。二是坚持基础理论知识传授与双创教育相结合，将专业特点明显的第二课堂系列活动，如国家级和省级创新创业项目、各级师范生从教技能大赛、校级科研论文大赛、院级文学创作大赛、院级诗文朗诵大赛和话剧会演、公开发表科研论文和文学作品、出版论著或文学作品集等，纳入素质拓展学分认证体系，以最大限度地激发学生的创新意识，培养其创新思维和提高其实践能力。三是重视过程化管理，积极举办诗歌朗诵比赛、话剧会演、三字一画、读书报告会、说课大赛等多种与专业技能相关的活动，以求全方位提高学生的"听、说、读、写"能力。四是重视实践教学体系建设，如师范专业依循"遴选—考察—进驻—淘汰"的原则确立长期实习基地，见习与实习同步，说课与讲课兼顾，实行师范生实习"双导师"制;应用专业则探索构建以"文案企划、材料编制、办公实务、教育传播"为内容的实习框架,促进学生文化服务能力的提升。五是重视大学生暑期社会实践,以支教活动为重点,深入全国各地开展义务教育,锻炼学生的实践能力。总之,学院希望把学生塑造成"遇事能谋、张口能说、提笔能写、干事能成"的复合型优质人才。

文学院一向以"立德树人"为根本任务,高度重视学生的创新创业教育,既重视学生学术规范的训练、科研素质的培养,指导大学生参与科研课题的研究,又重视大学生文学创作能力的培养,面向全校学生多渠道、多方位开展文学写作活动,全面落实"三全育人"的教育理念。近年来,文学院支持出版了以本科生为写作主体的多部文集,如张公善编撰的《生活图谱》《生活启蒙》《生活导航》,王茂跃主编的《实践出真知》,王昊主编的《文苑初鸣集》两辑,芮瑞等主编的《兴趣·学习·尝试》《此间雅言》等,俞晓红主编的《此间思语》《此间芳华》等。

本书是"此间"系列的第四部。收入本书的作品系2019—2020年在校大学生参加文学创作大赛的优秀作品,或是主持"双创"项目、"培优"计划的结项论文。书名《此间韶颜》,取宋词"江南风味依然在,玉貌韶颜"之意,一指美好的容貌,二喻青春年少,以谓这一群大学生,以鲜活的文字书写青春群体的美好容颜,记录自己独到的学术思考。

是为序。

编　者

2021年1月18日

目　录

过　年/陈　敏 ···001

年味里的传统文化/刘欣颀 ·······································004

新年里的扬州风味/姜雯静 ·······································007

彼时桂香/吴宣萱 ···010

读《天边一星子》有感/储文文 ·································013

法桐树下/胡佳昕 ···016

举国同心,共同战疫/崔慧泽 ···································018

期待你的面容/罗义佳 ···021

戏墨生旦梨园情/朱铃铃 ···023

阅读,让平凡不平凡——读《平凡的世界》有感/张静雯 ···026

游文学之洋,采众家之长——观慕课后感/郝晶晶 ·········030

观语文慕课有感/王　璐 ···032

致师大青年/刘伟龙 ···034

碗　碎/胡　帆 ···036

坚韧的野草/顾争光 ···037

以人文精神　谱写青春乐章/董文清 ·························039

人生暖色/孙新月 ···041

目
录

独行，行于心 / 陶露露 ··044

荒野明珠 / 朱昕茹 ···048

路过上庄的湖北夫妻 / 郭振丹 ···051

文　脉 / 李欣潞 ··054

谁不说俺家乡好 / 刘晓艺 ···057

门外与窗前 / 张素梅 ···059

用爱守护你爱笑的脸庞 / 王晨曦 ·······································063

绿　活 / 唐　旭 ··066

人间失格 / 乔　成 ···068

平江路 / 王月亭 ···073

王维诗"留白"艺术探微 / 朱憬臻 ·······································092

唐代劝学诗的文学内涵及其思想价值 / 龚书娴 ·····················107

已识乾坤大，犹怜草木青——论白居易诗歌中的"小风景" / 郭精金 ···124

异代光景：古典文学中的"月照床"意象 / 邓沛裕 ···················137

《酉阳杂俎》域外题材小说的叙事特征 / 郑可儿 ···················153

论陆游的览镜类诗歌 / 张云云 ···166

析"三言二拍"鬼魂托梦情节 / 孙静静 ·································181

明代"吴派"山水诗和山水画的互动关系 / 顾王传奇 ···············189

论宗白华流云小诗中"星天月夜"的宇宙生命观 / 谢　敏 ···········203

《台北人》中的社会记忆与国族认同 / 汪　睿 ·······················220

民间传说在作家文学中的重建——以《白鹿原》为例 / 仇思逸 ·····231

文化差异下的"地母"形象——以《扶桑》和《第九个寡妇》为例 / 刘梦元

··240

论木心散文中的生命观 / 蒋　洁 ···250

电影《霸王别姬》"戏中戏"艺术功能论 / 汪程娟 ···················263

对写作对象负责（代后记）/ 芮　瑞 ······································272

过 年

陈 敏[①]

每个地方的过年习俗因为地域、气候不同，所以不太一样。我所在的这一座临海的南方小城市——钦州，就有着自己独特的庆祝新年的方式。

除夕的夜晚，我们家的厨房总会显得很忙碌。

我将水煮的整片的大白菜叶撕成条一条的，放在盘子里。这就叫作长寿菜，顾名思义，寓意着长寿。

"妈，菜撕好了！"我把一盘子长寿菜递给妈妈。

"哦，好。那你过来帮我做汤圆。"妈妈没有停下手中的活，跟我说。

我们家一般会在除夕夜将大年初一的早餐做好。在我们这里，大年初一早上是忌荤的。今晚的忙活只为了明天的早餐，清淡却含着浓浓的对一整年的祝福。

在我的记忆里，我们在春节不吃饺子，而是吃粽子，大粽子。每家每户在春节前便将自家包的粽子送到亲朋好友手里，作为春节期间的早餐。春节吃的粽子很大，长约三十厘米宽约十厘米。粽子会有芝麻馅的，绿豆馅的，栗子馅的。

将粽子切成片状，或煎或蒸。每一片上镶嵌着剔透的肥猪肉，四周包裹着软绵的绿豆和栗子，放入滚烫的油中，煎至金黄，糯米、绿豆、猪油的香味扑面而来，咬上一口，糯米外焦里嫩，猪油已经融入糯米里，还有

---

① 陈敏，女，安徽师范大学文学院2017级汉语言文学师范专业本科生。

栗子和绿豆的味道在口中碰撞。而蒸粽子则最大限度地保留了糯米的软糯，夹上一小块，糯米可以拉成丝。

在小城市里，春节吃的糕点可是数不胜数。那些年虽然物质资料不丰富，生活水平不高，但是制作各类糕点的手艺，却是世代相传的。现在因为糕点做工的繁琐，人们很少在家里亲手做，但仍会去市场买回来吃，白薯糖、开口枣、油炸糯、麻通、酥角等，小孩子们总是很喜欢吃。小时候我最期待的就是亲戚来拜年时给我带来的糕点，而现在是我提着带着满满回忆的糕点送给小孩子们了。

小城市在春节送礼上，也是十足的传统。一对鸡，水果，几条大粽，海货。这样的配备，延续了不知多少年，大家都是这么送。送的工具从一条扁担加两个箩筐，到单车后面加两个箩筐，再到现在汽车的后备厢。以前的我想象不到，我这一代人也会那么送。可如今，我可以如此自然地同爸妈去将这些送到亲戚家。

除了春节的食物有所不同，春节出游也有不一样的选择。每一年的春节，只要天气允许，我们都会去公园赏花。满坡的桃花竞相开放，正是烂漫时，深红与浅红的，点燃了整个春天，春风拂过，纷纷扬扬地飘落下来，给大地盖上了一条粉色的地毯。这些年，汉服文化流行，许多青春洋溢的女生会穿着汉服去赏花，那点缀在发上的步摇一晃一晃的，裙摆飘飞，走在桃花林里，真应了那一句"人面桃花相映红"。

抑或去海边玩耍。春节时候，海边的气候非常舒服，既不寒冷也不炎热，在海边吃烧烤、拾螺也是一家人庆祝春节的一种方式。那清爽的潮湿的又带着淡淡的海腥味的海风吹拂着人身体的每一处，那碧绿的海面在阳光的照耀下熠熠生辉，浪一个接一个地翻滚着拍打着岸上的礁石，抚摸着岸上的细沙，在沙滩上留下一条条银边。

还可以到山林里感受春天的气息，溪流淙淙，绿树摇曳，山花烂漫。

我们这里的春节与北方的春节比起来，似乎不太一样。没有积雪，没有厚衣服，但也有独特的体验。一个温暖、适合出游的春节，是我喜欢的春节。

每一座城市总会有一些富有传统气息的东西，长大后，总喜欢从这一些东西里寻找回忆，寻找温暖。老街骑楼下的糕点最好吃，那是因为它只存在回忆里，现在已经没有了。年味越来越淡了，很多春节的习俗也慢慢消失了。小时候总是满怀期待地等待着春节的到来，因为会有新衣服，会有红包，还有很多很多好吃的，现在发现这些不过是大人为孩子们创造的一段美好的春节时光，父母在春节也会停下忙碌的身影陪伴孩子；等到孩子长大，该换成孩子为父母创造一个团团圆圆、温暖的春节了。

过
年

声音、赶马的声音混在一起，像是一首盛大的交响乐。这是我最喜欢的一个故事，讲故事的爷爷总是吸着烟，眯着眼，他讲的"鱼把头"是邻村的，听说无儿无女，到死他的手艺都没有传人。

入夜，红色的灯笼连成片地亮起，"灯"与"丁"谐音，意味着人丁兴旺，寓意吉祥。小孩子不懂那些，在灯笼亮起后就急着拿起烟花去放。朦胧的夜色里，七彩的烟花划破了夜空，绽放开来。微弱的光照亮了那一张张布满笑容的脸，短暂但美好。

就要回家了，孩子们乖巧地站在长辈面前，等着发红包。"恭喜发财，红包拿来！"一句话逗得奶奶前仰后合，孩子们调皮地笑着，接过了奶奶递来的红包。坐在车上回头望去，爷爷奶奶还站在那里望着他们，笑着招手。夜色越发深了，白天的热闹渐渐远去，但浓浓的年味却留在了人们心里。

新年里的扬州风味

姜雯静[1]

我的家乡扬州素有"淮左名都，竹西佳处"的美誉，南朝梁人殷芸盛赞"腰缠十万贯，骑鹤下扬州"。扬州物好、景美、人善，我也偏爱新年里的扬州风味。

扬州俗语有"早上皮包水，晚上水包皮"，"皮包水"指的是包子，扬州的富春蟹黄包，馅里的肉肥而不腻，鲜香多汁，是有名的早点，也是扬州人必备的年货。忙碌的年轻人过年会买一些现成的包子，老一辈的扬州人则更喜欢自己蒸包子，自己和面，调制自家爱吃的馅料。红豆包寓意"都饱"，菜包寓意招"财"进"宝"，还有萝卜丝包、肉包等，风味各有不同。老一辈人在蒸包子时总是念念有词："发一发，来年财运大发；蒸一蒸，来年蒸蒸日上。"发面就是发财，面发酵得越好预示着来年的日子越红火，在氤氲的热气中，年味也达到了顶峰。

包子出笼后，每个包子上都要用筷子点一点洋红，便于区分种类。雪白圆润的包子上一个艳艳的小红点，像美丽的女子眉心的朱砂痣，本来平淡无奇的包子顿时生动起来。追求精致的扬州人还会把洋红做出花样，筷子劈成四瓣，按上去是四个点，"四"谐音"事"，寓意事事如意；更有心灵手巧者将筷子头雕刻成五瓣桃花样，"桃"寓意健康长寿。在洋红的点缀下，包子俨然成了一件件艺术品。

① 姜雯静，女，安徽师范大学文学院2019级汉语言文学专业本科生。

刚出笼的包子照例是要送一些给左邻右舍、亲戚朋友的，一来大家都沾沾喜气，二来也让大家品尝到各家独到的风味。"老李家的包子呱呱叫，还是那味！""还是老张莱斯，他家的肉包顺得快活！""老赵这菜包，乖乖，板鳌得很！"（注：文中扬州方言"呱呱叫"意为相当不错，"莱斯"意为厉害，"顺"意为畅快地吃，"乖乖"为感叹词，"板鳌"意为精致。）憨厚的扬州人难免在一片赞扬声中红了脸，口中谦让着，嘴角却忍不住地上扬。

俗语中的后半句"晚上水包皮"讲的是泡澡。在除夕这天，全家人都必须沐浴干净，以示除旧迎新。白天女人们忙着准备晚上的年夜饭，闲着唠嗑的老爷们儿则相约泡澡，滚烫的热水滋润舒畅，除去一年的疲惫，干练的搓背师傅除去奔波一年的风尘。泡完澡后再花几个小钱请扬州"三把刀"师傅抒个脚，老爷们儿舒舒服服地躺着，享受生活中简单的美好。

夜幕降临，家家张灯结彩，鞭炮齐鸣，年夜饭前的这一通炮仗称"闭门炮仗"，大概是来源于古老的神话——"年"的传说。放完年夜饭前的闭门炮仗后，大家便关上大门，一家人喜气洋洋地坐在一起，饮酒谈笑，辞旧迎新。

扬州人年夜饭的餐桌上每年准时报到的是水芹菜、安豆和青菜豆腐。扬州人很讲究年夜饭吃水芹菜，不仅因为水芹菜清脆爽口，更因为其中空的根茎有着特殊含义。扬州人喜欢把水芹菜叫作路路通，寓意着万事通达，财运亨通。另一样是油绿鲜亮的炒豌豆苗，扬州人读作"安豆"，"安"取平平安安的意思。安豆除了清炒，还可以和面炸成金黄酥脆的安豆饼，清香四溢，口味更为绝妙。入口即化的青菜烧豆腐最受老年人的喜爱，奶奶常将"鱼生火肉生痰，青菜豆腐保平安"挂在嘴边，热情地给我们夹菜，招呼着我们要荤素搭配保持身体健康。

无肉不欢的我们定是要先乖乖吃完这三样素菜，讨一个好兆头，才能向着荤菜挥动筷子，大快朵颐。清蒸鳜鱼肯定是少不了的。京杭大运河穿城而过，运河里野生的鳜鱼肉质细腻紧致，如雪白的蒜瓣层次分明，撒上细丝葱花，蘸着扬州特色黄豆酱，令人回味无穷。不过不能贪嘴全部吃完，因为"年年有余"嘛。肥美的扬州狮子头在鲜美的汤汁中翻滚着端上桌，作为扬州特色菜承载着一家人对团团圆圆、幸福快乐的祈盼。

酒足饭饱之后，一家人围坐看春节联欢晚会，桌上摆满了瓜子等炒货，还有酥糖、牛皮糖、水果糖等。旧时扬州家庭里有供桌或者老爷柜，把高脚盘一溜阶梯状对称地摆在上面，盘子里放的是香橼、佛手、苹果、橘子四样水果，取意四四（事事）如意。也有用桌盒的，扬州人称茶色盒子，放上蜜枣、云片糕、桃酥、董糖、大京果等细点。大户人家过新年讲究的是排场，桌上八样碟子里放着扬州传统茶食"小八件"——眉公饼、太师饼、黑麻、白麻、菊花饼、一条线、小佛手、小苹果，一样不少。扬州糕点是出了名的精致，它们的馅和造型都很讲究，豆沙、枣泥、椒盐、五仁、麻香等五味俱全，形象逼真。现在的年货虽然精简了许多，却仍能看出扬州人对生活品质不变的追求。

长辈们笑着往孩子们的手里塞红包，不忘附带一条云片糕和一个福橘。云片糕，象征着步步登高，福橘则象征福气和大吉大利，吃过了，新的一年才能"走局"，交好运。扬州人在春节这一天早上还要吃圆子面和红枣银耳羹，取意"圆圆满满、长命百岁"和"甜甜蜜蜜"，扬州有些地方的习俗是碗里的圆子面不能全吃完，圆子得留双数，也是为了讨个吉利。

年味里的扬州风味总是让我沉醉其中，那里有着一个土生土长的扬州人独有的记忆，亲切自然，安放在内心深处，却又时常翻涌而出让在外求学的我湿了眼眶，于是盼望着过年，盼望着与家人的团聚，盼望着与扬州风味的再一次相逢。

新年里的扬州风味

彼时桂香

吴宣萱[①]

我想逃离五号楼的桂花香气。它甜腻、黏稠，浓郁得令人窒息。它不管不顾地入侵我的鼻腔，拉扯我的神经，操纵我的思绪，叫我一遍又一遍地回忆起初三梦魇般的经历，从而陷入对汪的想念中。

那段生活把我割成两半。一方面，重点中学的升学压力、偏科导致的成绩下滑，都像秤砣一样狠狠地将我压低再压低。另一方面，汪温柔的爱和关怀滋养着我的心。她让我在紧张焦虑的生活里有了片刻安宁，让我觉得永远有人修补我摔碎的花瓶，永远有人捏住我手心，永远有人陪着我让不好的一切很快过去。

初三的我活得像洛氏路舍蚁，三步并作两步地匆忙来去，恨不能把马尾辫甩成竹蜻蜓。那段日子里，劳碌钝化了我的感官，即便教学楼旁栽满桂花树，我也只能嗅到若有若无的淡香。我因而怨恨不满、耿耿于怀——可恶的应试教育，竟然将我看最心爱的花的权利也夺去。

"咚咚咚！"班主任狂敲我的桌子，迫使我从怨念中回到现实。他的脸上挂着一贯的冷笑，以讥诮的语气开口："昨天的小测你没交？真行啊，我的好学生！以前还号召大家向你学习，现在你的态度就这样？数理化都什么样了，不懂就给我多问，别以为你还是第一……"他还在喋喋不休地说教着，我强迫自己不去听。我尽力捕捉窗外飘来的丝丝桂花香气，贪婪

---

① 吴宣萱,女,安徽师范大学文学院2019级卓越语文实验班本科生。

地去呼吸，却不由得第一次开始怀疑自己。成绩下滑就会变成坏孩子吗？这小小的念头一经种下就疯狂生长，日夜敲击着我的心。

汪找我到阳台谈心，是半个月后的事。我是她的科代表，原以为她要谈工作提要求，可她却迟迟不开口。我们就这样并肩站着，看阳光炙烤着大地，看热浪蒸腾扭曲路面，看洒水车经过后水渍渐干、再无痕迹。直到树梢随着风吹而晃动，层层绿波在半空中翻涌，哗啦啦的叶片摩擦声与馥郁怡人的桂花香气从各个方向奔腾到我的躯体里。那一瞬间，周遭突然鲜明而充满生机，我能感觉到自己的某个部分被解冻，并且缓慢苏醒。我看见了桂花，是金黄色的小米粒，一团团、一簇簇，亲密地环抱挨挤。它们掩映在层层叠叠密密匝匝的细长绿叶里，圆滚滚、明晃晃、娇滴滴，叫人好不爱惜。汪就在此时开口。她轻轻柔柔地说："上一篇习作里你提到最爱的诗句是'身在广寒香世界，觉来帘外木樨风'，对吗？"我像是呆头鹅一样愣在原地，随即缓缓点头。她笑了："从前我倒不清楚，桂花还有这么雅致的别名。你果然是个特别的小朋友。"汪这么一夸，一向爱好语文的我便不由得洋洋得意起来，沉默和压抑都消散了大半。她又和我谈诗词、谈写作，时不时提及她对我的欣赏与认同。那天我的心久旱逢甘霖，头一次从无休止的说教与埋怨中解脱。

日子就这样流逝，班主任的责骂让我感到自卑受挫，汪立马找准时机安慰鼓励我。自我否定的冰期和自我膨胀的间冰期就这样交替着，初三生活也变得丰富而充盈起来。学数理化的生活依旧很不美好，但每次和汪的交谈都让世界不太糟。她总是默默倾听我诉说不快，适时地予以安抚。她穿针引线般修补我心上的裂痕，轻拍我如同轻拍一只小猫。被班主任的话语打击后，我自己都讨厌起自己来。可汪无条件地包容与接纳使我的平庸都变得珍贵起来，让我成为我的意义。于是我重新爱上了自己。

毕业后的我回想起2016年的生活，总觉得每一幕都满是桂花香气。沉默的、痛苦的、哀伤的、挣扎的，甜蜜的、亲切的、温柔的、安宁的……爱恨参半造就了后来的我。如果少了任何一方的牵制，我都可能变成坏孩子，自暴自弃或是得意忘形。所以，我对那段浸泡在桂花香中的日子充满

彼时桂香

感激。尤其，尤其是对本身就像桂花般治愈我的汪。

又是一年教师节，金黄的小球挂满枝丫。我从千里之外给汪打电话，她接起后的第一句话是："学校里的桂花又开了，我最近总是想到你。"

我从此不敢闻见桂花香气。

读《天边一星子》有感

储文文[1]

如果你也同我一样，喝多了"心灵鸡汤"，看惯了华丽空洞的文章，那么不妨来读读《天边一星子》。

这本书的作者是邓安庆，一位"80后"作家，他虽然名气不大，但他的文字绝对值得你一读。本书由八个小故事组成，这八个故事或传递温暖、或让人欣慰、或诉说疼痛、或表达遗憾，其中让我印象深刻的故事是《跳蚤》和《分床》。

《跳蚤》这一故事以"我"的视角讲述了一个少年的悲惨故事。"我"是主人公"跳蚤"的邻居，"跳蚤"是主人公姚超的外号。跳蚤出场时才五六岁，他的父母外出打工后，他和大他三岁的哥哥便跟着爷爷奶奶生活。跳蚤的妈妈跟别人跑了，爸爸回家时又带回了一个女人。这个女人对跳蚤很好，带他上街玩，还给他买新衣服买好吃的，跳蚤也很乐于管这个阿姨叫妈妈。可这样的幸福生活并没有持续多长时间，他的"妈妈"在某一天突然离开了，随后爸爸自杀，哥哥也离家出走，跳蚤又回到了跟着爷爷奶奶生活的日子。"我"外出读书、工作，再见跳蚤时，他已是少年，少年跳蚤在网吧里结识了小混混，误入歧途，最终被捅死在树林中。

跳蚤的故事，让我觉得似曾相识，是在哪本书上看到过吗？思忖片刻后我摇摇头，哪是在什么书上呀，这不正是发生在我周围的事情吗？我生

---

① 储文文，女，安徽师范大学文学院2019级中国语言文学大类本科生。

在农村，在农村里，有许多这样的孩子，他们在父母外出打工后便跟着爷爷奶奶生活，爷爷奶奶年纪大了，又要忙于农活、家务事，想管他们也力不从心。就在这样的情况下，由于得不到足够的关爱和引导，有些孩子开始走向歧途，辍学，抽烟，喝酒，打架，偷骗甚至……

做出这样的事是这些孩子的错吗？是，但不完全是。都说父母是孩子人生中最重要的老师，可他们从小便得不到父母足够的关爱和引导，"子不教，父之过"，他们的父母也要为此承担责任。我在想，如果跳蚤的父母没有外出打工，如果他的亲生母亲没有跟别人跑，如果他的父亲没有自杀，跳蚤的人生会不会有所不同？他也许就不会死了吧？我记得有这样一个场景，跳蚤在被捅了之后昏迷了，他醒来喊了一声"妈"，大家都慌乱地要打电话给他的亲生母亲，而他却又说"霞"，"霞"便是他爸爸后来带回来的那个女人，那个对他很好的"妈妈"。你看啊，跳蚤其实是缺乏母爱的，就算是在生命垂危之际，他也只想见那个曾给予他温暖母爱的女人。我想霞照顾他的那段时间，一定是跳蚤短暂的一生中最快乐最幸福的时光。

邓安庆在这本书中塑造了许多鲜活的人物，除跳蚤之外，让我动容的还有《分床》中的母亲。

活了大半辈子，她终于实现了一个看起来微不足道的愿望——拥有了一个完完全全属于自己的房间。哪怕这个房间如此寒素，只有一张已用了五十年的老木床以及堆满了各种杂物的箱子，可她只要关上房门便可以将老伴的鼾声、孙子们的打闹声、儿子儿媳的争执声全部隔绝在外。一生的前几十年，走入婚姻生活后，几乎全是忍耐、付出和奉献；一生的剩余岁月，物质改善，儿女绕膝，压力散去，随之而来的不是清清静静的晚年，而是从前重压之下无从宣泄的委屈和失落。这可能是大部分平凡而普通的母亲走过的"不足为他人道也"的半生岁月。正是母亲的力量，支撑着我们去闯荡，去拥抱更广阔的世界，而她的渴望、她的自我被压缩进一个小小的房间。就算是这点安稳，也是无法持久的，因为在儿子的构想里，当孙子上了初中需要有人照顾饮食起居时，母亲就该继续启程了，去城里，去一个陌生的房间，不管那里有没有她想要的人生……

记得《分床》中有一幕：母亲的神情有点儿错愕，但很快就镇定下来，一只手搓着另外一只手："那这个新屋怎么办？"哥哥说："就这么放着呗。"

被放着的，真的只是一个空荡荡的房间吗？我想，邓安庆以平静的口吻写下这段话时，一定在心中给过小说中的母亲一个久久不肯松开的拥抱。每一个人都有着儿子或女儿的身份，将来也会成为父亲或母亲，我们在希望父母不要干涉自己人生的同时，是否也能做到考虑、尊重、顺应父母的人生意愿？

最后我想来谈谈邓安庆。

有人说邓安庆没有太多的文学天赋，可我想，有一颗纯澈、澄净、敏感、细腻而温情的心灵，本就是一种天赋。美好的情感为人类所共通。他不是文学大家，但是个骨子里的真文青。作品好，是必然；同时，这种质朴而感伤的文字和情怀，也是当代人较为欠缺的。正因如此，他和那些"卖腐卖脸卖鸡汤"的所谓青年作家是不同的。

邓安庆曾说过，《天边一星子》的书名来自沈从文的《湘行书简》："你若今夜或每夜皆看到天上那颗大星子，我们就可以从这一粒星子的微光上，仿佛更近了一些。"合上书，我想，这些关于平凡人生的平淡故事，何以如此真挚动人？大概是因为我们每个人的生活，除去烦扰，总有一些深藏的温暖、隐约的牵绊，如天边的一颗星子，指引人心。

愿你我都有生命的光，曾在片刻照亮他人的生命。

读《天边一星子》有感

法桐树下

胡佳昕[1]

"我真的好想你啊，想那条法桐落叶铺满的路。"

"我也是……"

落叶摇曳，思绪万千。曾经法桐树下手牵手走过的女孩，如今天各一方。关于初中的青春记忆，大多是在那个成长的过渡阶段里，如何被父母和老师调教得规行矩步、安分守己。但是初二时关于你和法桐路的那段时光，定如草蛇灰线，伏脉千里，亦如老酒一般，愈久愈浓烈，永远不会忘记。

默契似乎也是这样培养出来的。中午放学时的相视一笑，无需多言，赶走的是刚从学海里浸染的满身疲惫，迎来的是享受仅限于我俩的一寸时光的满心欢喜。你记得吗？阳光透过树叶的缝隙打在小路上的斑驳光影，我们牵手一起走过。你记得吗？路上被我们踩得沙沙作响的落叶，那是独属于我们的欢乐。你记得吗？路过锁铺、当铺、熟食铺之后，便是我们不舍的告别。你记得吗？你总是把我从车水马龙中拉到小路，轻点我的额头说"危险"。你记得吗？少不更事的我，总是在这条小路上向你抱怨复杂繁琐的学业和枯燥无趣的日常。如今，我只能将记忆封存，"此情无计可消除，才下眉头，却上心头"。

秋天啊，它本就是一个萧瑟的季节，中国的诗人好像格外不喜欢它，

---

① 胡佳昕，女，安徽师范大学文学院2019级卓越语文实验班本科生。

"自古逢秋悲寂寥"。可一想到这条法桐落叶铺满的金色长廊，我不由感叹："秋日胜春朝。"晨间的露水，梦幻般的晶莹，赶走了夏日最后一丝焦躁的炎热，丹桂飘香又一年，这一年你不在我身旁。

独在异乡，生病的日子更是难熬。"每逢生病必思亲"，一点风吹草动便惹红了眼眶。我蓦然想起了那个满头大汗又小心翼翼地捧着两个热气腾腾的鸡蛋和两片灿烂的法桐叶出现在我家门前的女孩。"给你煮了两个鸡蛋，快吃吧，还有，你看我把秋天给你带来了……"是热泪盈眶还是百感交集，时隔已久，当时的我怎样，我已全然不知。但我不知道你是如何在没有任何条件的情况下给我变出了两个鸡蛋，我也不知道乖巧羞涩的你是如何向老师请了假，我更不知你花费了多少心思才找来两片如此精致完美又几乎相同的法桐叶。我只想穿越到当时对那个满头大汗的姑娘说，谢谢你的坚持和不放弃，让我收获了这辈子最亲的挚友。

秋天的风，是温柔的风，带着点绵绵的诗意，美妙的回忆，金色的小路，都伴随着一阵秋风来临。梦境中，我们蹦跳着，奔跑着，又在法桐树下寻求。我爱法桐的每一片落叶，也许小路上的落叶是支离破碎的，但是承载着我少年某一时期的点点滴滴。

都说南京的法桐见证了一段峥嵘岁月，是苍白的，也是饱满的，是可怜的，也是幸运的。有机会，我们一起去南京，看一场法桐雨落。

法桐树下

举国同心，共同战疫

崔慧泽[①]

　　钟声响，鼠年到。本该在欢声笑语中迎接新年的神州大地，却打响了一场战役。新冠肺炎疫情的暴发在短时间里使一些人与挚爱阴阳两隔。但人类绝不会被病毒打倒，在悲痛之余我们看到有许多青年请愿，星火驰援，奔赴抗疫一线。

　　在这场战役中，我们认识了护士佘沙。2008年5月的汶川大地震使佘沙的学校和家都变成了废墟。当佘沙看到在地震第二天就赶往灾区的医护人员时，五年级的她便立志从医，在她的眼里，医护人员是神圣的，是恩人。后来，她成了四川第四医院的一名护士。在得知新冠肺炎疫情暴发的时候，她两次请战去一线支援。因为在此前没有接触过院感工作，在抵达目的地之后她一边学习一边总结经验。在这之后，她又多次请愿，从医疗队驻点的酒店到医院，从病区清洁区到红区，她想着离患者更近一点，更多地做出自己的贡献。曾经被保护的"90后"，现在成了保护者。没有人会说只不过是一个护士，为抗疫能做多少贡献，因为就是这样的一个护士两个护士，这样的热血青年聚集在一起，使星星之火，渐成燎原之势。穿着防护服，我们看不清他们的脸，却能看到那一双双坚韧、真诚的眼；我们无法给他们拥抱，但想对他们说一声："有你们在，真好！"

　　在这场战役中，我们认识了湖南常德村民郝进。在国家危难的时候，

---

① 崔慧泽，女，安徽师范大学文学院2019级汉语言文学师范专业本科生。

有的人拿口罩发国难财，一天进账数万元；而有的人却捐出自己的全部身家，不图感谢。一个"90后"小伙在疫情严重之时捐出一万八千个口罩，助力解决燃眉之急，他，就是郝进，曾在一家口罩厂打工的郝进，厂家因为效益不好，拿价值两万元的口罩抵工钱，所以，捐出去的不止是口罩，更是郝进辛苦挣来的血汗钱。他是一位朴实的农民，与父亲母亲在家中种植葡萄；他是一个简单的好人，捐出口罩，不图回报，只为国家早日渡过难关。郝进是一名普通人，却做出了不凡的贡献。在我们的身边，同样也不缺这样的普通人。在湖北仙桃有一家做防护的企业，在疫情暴发之后，连夜叫工人回来加班。除夕那天，在生产间歇，有个女工碰了碰身边的同事，问他："我们没有白大褂，但是不是也算天使？"同事坚定地点头："算！"怎么不算呢？你们每个人都是战疫的英雄。我们每一个人都在自己的岗位上努力着，贡献不论大小，就算只是站在后方为工作人员喊"加油"也是功不可没。

在这场战役中，我们认识了火神山医院的建设工人、前线的警卫员。钟南山说："武汉本来就是一座很英雄的城市，中国本来就是一个很英雄的国家。"为了早日建成医院，建设工人不顾劳累彻夜施工，席地而睡以求缩短工期；在前线的警卫员超长时间待命工作，不堪疲惫，站立时累倒。为天地立心，为生民立命，在这场没有硝烟的战争中，人人自危，而你们在茫茫夜色中与家人不辞而别，义无反顾地冲在最前线。你们所做的奉献温暖了庚子年，守护祖国山河安然无恙。因为被需要，所以勇往直前。众志成城、共同抗疫的决心和意志给了我们莫大的勇气，让我们坚信，抗疫必然胜利，春天也定会到来。前线的人啊，你们都是最美的逆行者。基辛格在《论中国》中写道："中国人总是被他们之中最勇敢的人保护得很好。"无论身份，无论年龄，无论性别，你们的双肩扛起使命，不惧生死，在黑暗之中点灯，照亮前方的路，让我们明白，"没有一个冬天不会过去，没有一个春天不会到来"。

"苟利国家生死以，岂因祸福避趋之"，为众人抱薪者，必为众人所铭记。我们手挽手，肩并肩，共同筑起生命的防线。正如歌词所言："去时

风雨锁寒江，归来落樱染轻裳。漫天飞花中，微笑望苍穹，山河无恙在我胸。任君归来若春风，山河无恙是初见模样。"

期待你的面容

罗义佳[1]

己亥末，庚子初。万千将往，音韵犹存。

"我不相信掌纹能给我什么，我只相信十指握成拳头的力量。"毕淑敏先生此言如实。或许一只拳头算不得什么，但众人拾柴，终有战胜命运的力量。年初，少年芳华，奔赴武汉，只为以一己之力增添一分烈焰燃烧。

身着白衣，心有锦缎，天使逆行守四海清明无恙。"所爱隔山海，山海亦可平。"24岁的女医生甘如意4天骑行300公里，"我不能后退，后退不可原谅！"这是甘如意的铿锵话语，身为医护人员，她比谁都清楚这病毒猛兽的凶残，稍有不慎便是命丧黄泉。死神面前，畏惧退缩是本能，无畏坚定是气血。面对疫情，她和他们，一群青年，穿上白衣，做一名护卫家国的逆行者。满城尽带黄金甲，拼尽全力造曙光。因为疫情我们看不到他们被遮住的面容，却能感知那一腔热血，那一缕情深。长达数月的疫情，我期待口罩掀起的芊芊芳华。期待她和他们的面容，笑着回到家乡。

国难当头，山河暗淡，战士挺身保人间安定祥和。"挟一往无前之志，具百折不回之气。"今年刚刚20岁的你，在抗疫的战场上，离梦想又近了一步。"我是公安院校的大学生，也是未来的人民警察。"你是荆州石首市笔架山派出所"预备警官志愿队"队长伍立轩，也是湖北警官学院的大二学生。你、你们，在疫情来临之前，不过是象牙塔里的学子，而在疫情到

---

① 罗义佳，女，安徽师范大学文学院2019级卓越语文教师实验班本科生。

来之后，一夜成长，守护我们的家，守护我们的希望。在抗疫中，无数警察奔赴前线，无数战士守卫每一个站点，不畏艰辛，更有人壮烈牺牲，只为护住每一方土地和那一方人民。江城樱花甚美，冬天过去，春天的言笑晏晏便会来到。

春水汤汤，凛冬散尽，学生志愿保家乡平安康健。"岂曰无衣，与子同袍。"襄阳的22岁返乡大学生张瑞璨在团市委耐心接听热线电话，将群众诉求分类整理解答，让家乡的人安心。抗疫期间，面庞稚嫩而眼神坚定的你们，不再是父母眼中的孩子，而是劝慰长辈、引导正确舆论的成熟青年，你们中有成为线上家教的小老师、有站在路边劝返的志愿者、有在家宣传防疫的电话连线人……展青年志气，扬我国之志。华夏儿女千千万，危难时刻现真情。国家有恙，我们便不再是所谓"90后""00后"，我们共克时艰，用知识的力量，提升行动的质量，抗住国家的脊梁。黄鹤楼仙鹤腾飞，满载我们无畏的面容。

"我们自古以来，就有埋头苦干的人，有拼命硬干的人，有为民请命的人，有舍身求法的人……"而这些人正是鲁迅先生所说的"中国脊梁"。我们期待，疫情终成过去，樱花总会盛开，一位位青年英雄，共聚黄鹤楼，共享烂漫山花。我们期待，口罩摘下，万千将回，面容依旧。

戏墨生旦梨园情

朱铃铃[①]

前些日子在公众号"有戏安徽"上看到了一份节目单，上面赫然列着几项节目：黄梅戏、徽剧、京剧……当看到这些剧种的名称时，艺人念唱时稳健的身影在眼前挥之不去，而后思绪万千。

水腔、揎袖、拂挑，不一而足；陈词、蒋调、马嘶，声声铿锵。舞一曲霓裳彩曲，唱一句秦王破阵。看生旦净丑精彩登场，水袖轻拂，裙玦叮咚，唱念做打，手眼身法，炉火纯青，字正腔圆，张弛有度。

我对戏曲不甚了解，但是描写它们那如惊鸿游龙般的舞台呈现效果的语言实在优美，于是对它萌生了兴趣。"原来姹紫嫣红开遍，似这般都付与断井颓垣，良辰美景奈何天，赏心乐事谁家院……"学过《西厢记》，也读过元曲，而《牡丹亭》的开头更是在作文中充当了无数次的由头，只因戏曲开头的效果极为惊艳，寥寥数语的简单勾勒便能摄人心魂。

试想这就是戏曲的魅力所在。从宋词的潮流中横枝旁出，自成一体，而后在元代时如异军突起，逐渐成为元文学的代表，再成为当今的国粹。京剧是阳春白雪，因此曲高和寡，在文化审美早已发生改变的今天，其古老的形式无法紧跟当今潮流而暂时没落。失去了大部分的观众，类似卖马时的秦琼，略显落魄。要想在衰败的光景里觅得生机，京剧必须做到能够雅俗共赏。《红楼梦》中贾母对听戏极为讲究，对其唱腔韵律和词曲的鉴

---

① 朱铃铃，女，安徽师范大学文学院2019级汉语言文学师范专业本科生。

赏颇有水准；民国梅程尚荀四大名旦更是名扬天下。可是现在，大部分人根本不懂京剧中的文化内涵，听不惯的唱调，简略的舞台布置也无法吸引他们。在这个追求感官刺激的快节奏时代，京剧渐渐淡出了新一代大部分人的生活，远离了世俗而成为"非遗"的一份子。它的受众也不复民国时的全民性热爱，而基本局限于老年人群体。

但我相信，即便在当今社会，它依旧可以重新迸发活力。只要中华文化不断层，戏曲的魅力就始终存在。正如在节目的开头汪育殊先生所展示的那样，传统并不是一成不变的承袭。京剧也可以和前些日子曾风靡一时的海草舞相结合，突破传统的模式，进行创造性改编，从而迸发出新的活力。实际上，许多人都在为戏剧的新生而不懈努力。无论是史依弘主演的武侠京剧版《新龙门客栈》，麒麟剧社的《三堂会审伽利略》，还是张火丁程派版的《霸王别姬》，都是在传统戏曲中加入了现代化元素进行创新，也是对古典故事的重新演绎。戏曲是我们中华文化的衍生物，更是古代美学形态和思想观念的具体表现，完全符合传统审美观。只要普及相关文化内涵，以唐诗宋词作为出发点引导人们尤其是青年人发现曲词的魅力所在，进而了解戏曲的基本结构与韵味所在，沉下心去接触古老的文化形态，那么，戏曲界便不会如此冷清。

忆及曾经在校的日子里，一天夜晚当我走出教学楼时，听见管理员大叔优哉地哼起了小调，也不知是哪段戏曲，但咿咿呀呀舒缓的旋律听着给人舒适而安宁的感觉。那时正逢夜深人静，偶有蟋蟀在草丛间鸣叫，大叔哼的戏剧小调的旋律与万物的呼吸吐纳声交融在一起，却并不突兀，静谧而安宁。于是忽地想起了木心的《从前慢》，想起了汪曾祺的《裘盛戎二三事》，想起了戴望舒的《雨巷》——那种慢节奏下的文化，那种对艺术的执着坚守，以及世代相传的曲折。杏花烟雨江南，骏马秋风塞北，戏曲所蕴含的是大江南北浑厚凝练的文化，醇厚而底蕴深长。

当然，无论盛或衰，戏曲永远是我们华夏民族的情结之一。作为中国的名片，它承载着中国古老的文化，使世界通过这个媒介对中国更为了解。而作为它的发源地，只要文化尚在，融于血液里的美学倾向尚在，梨园风光定不会就此没落消逝。我盼望着，除了在电视的特别节目上，也能在日常的生活中看到更多戏曲的身影。

戏墨生旦梨园情

阅读，让平凡不平凡

——读《平凡的世界》有感

张静雯[①]

"一个有文化的人不知道国家和世界目前发生了些什么事，这是很可悲的……"

作为新时代的好青年，我们应该时时不忘阅读。在《平凡的世界》中，有这样一群人，他们不断地读书，不停地求学，希望通过读书学习改变自己的命运。在书中，田晓霞、孙少平、兰香、金秀、田润叶、顾养民，甚至是孙玉亭都曾接触过"高等教育"，读过几天书。而这些读书人也有着不同于未读过书的人的命运。虽说孙玉亭最后依旧潦倒，可他从支部委员成为副支书，家中的光景也有所改善。还有那一辈子受人尊敬的金先生，他的遗孀也在儿子入狱的情况下依旧受着双水村人的尊敬，安稳地与金先生合葬了。这些都是读书带给普通人的影响。比起刘玉升、金光亮等没读过书的人，读书让他们看到了石圪节以外的世界，有了不同于其他平凡人的思想。然而整本书中，最"出众"的读书人莫过于孙少平与田晓霞二人，也正是因为读书，让这两人成为真正的灵魂伴侣！

读书，能让平凡人变得不平凡。

孙少平是一个生于平凡的世界中的曾经平凡的人，因为读书，他的命

[①] 张静雯，女，安徽师范大学文学院2019级卓越语文教师实验班本科生。

运就此改变，读书让他变得不再平凡。少时的孙少平只是双水村众多居民中普通的一个，在那个分甲、乙、丙菜的年代，他因为家庭贫困，连最低等的丙菜都吃不起，每天只得等大家都拿完自己的菜后，再偷偷地去寻自己的那两个黑色的馍。然而就是这样一个平凡人，在一次偶然的情况下，读到了一本名为《钢铁是怎样炼成的》的厚书，从此，他便爱上了阅读。后来在田晓霞的影响下，他每天在校报刊处看新出的报纸，了解新发生的大事。这个看似一直身在双水村的青年，实则通过读书看报走遍了祖国的大江南北。

通过阅读，他能理解书中人的精气神，做出自己的选择。在接受哥哥孙少安的帮助去砖厂工作与不计后果到县城闯荡一番之间，他毅然选择了后者。他在曹书记的工地上拼了命地背大石头，做着最苦最累的活，只为了拿到每天一块五毛钱的工钱。完工后，他却能够拒绝曹书记多给的那二十五块工钱，与之前说好的一样，只拿走属于自己的血汗钱，甚至还留下了五块钱对曹书记夫妻二人表示感谢。殊不知，书中的世界早已将他与双水村人区分开来，这个平凡人已经通过读书变得不再平凡。在大牙湾煤矿，他看到的也不仅仅是井下生活多累多苦，而是他在晓霞面前所"卖弄"的：我国矿井出煤效率低！他想的是凭借自己的努力考上局里办的煤炭技术学校，改变煤矿产业现状；他想的是凭借自己的努力，在双水村为年迈的父亲箍几孔新窑洞，让父亲活得体面，让父亲能够挺着胸脯站在双水村众人的面前！然而，他虽拼命挣钱，却从不为钱所困，从不为挣钱红眼，他会在每次回家时将挣得的所有钱都给自己的父亲和妹妹，在看到小翠受欺负时，他也慷慨解囊，救出了危难中的小翠。几年后，他哥少安要去给电视台投资时，他苦言相劝，直言给电视台投资还不如为乡亲们做点事儿。兄弟俩的那次"夜谈"使少安为双水村翻修了双水村小学，也成了双水村的功臣。不得不说的是，孙少平通过读书提升了他的思想境界，有了不同于普通人的想法，因而才会变得不平凡。在他的妹妹想要帮助他回到县城离开煤矿时，他也坚决拒绝，坚持在井下工作，一直做着晓霞日记中的"我的'掏炭的男人'"，他深爱着大牙湾煤矿，深爱着他奉献过汗

水和血泪的土地，深爱着他的工作。或许，他深爱的也是他的床帐，是他的烂臭的衣服，是他在煤矿下的阅读时光。

通过阅读，少平能与田晓霞不断地交流所思所想。与他的哥哥少安不同，少平的思想超越了时代。他不会像少安一样，因为和心上人的身份不同就放弃一段感情。他能听懂晓霞的并不明显的暗示，用读书人的方式表达他内心的欢喜。当他的爱人田晓霞因为救洪水中被困的小女孩儿而牺牲时，这位青年并没有忘记他与晓霞的约定——"明年，夏天，古塔山，杜梨树下"，他只身赴会，只为赴那个"浪漫"的约。就像书中写的那样，这便是读书人的情趣。他们二人的相处也不似其他情侣一般无味。就比如少平在大牙湾的师傅王世才与师母惠英，他们之间的爱是彼此扶持，是王世才回家后的那杯酒，是惠英与他的孩子明明。然而，这种爱，在孙少平与田晓霞之间未免显得俗套。对于其他平凡人而言，孙少平不过是个终日在井下工作的掏炭小子。可在晓霞眼中，孙少平是一个在看似读不下书的环境中不断创造条件阅读的不平凡者！田晓霞的少平为了读书会主动创造条件。为了读书，孙少平愿意到村上的中学教书，因为那样更容易接触到报纸，让他时刻了解国家发生的事；为了读书，孙少平可以申请搬入未竣工的房屋中，尽管还未通水通电，地上也都是堆砌的建筑材料，可孙少平可以忍受，为了读书！他们的爱情令人羡慕，然而，那都是读书人的情感交流。或许，书中能与孙少平和田晓霞匹敌的，恐怕只有吴仲平和孙兰香了吧，而他二人又何尝不是由于思想的碰撞？

读书，让生不平凡的人正确看待平凡。

田晓霞是一个本就不平凡的人，在她父亲的熏陶下，可谓是读着书长大的，她是孙少平的伴侣，亦是书的伴侣。因为广泛的阅读，她的思想与普通人早已产生差异，她会在众人不解中去找她的背石头的人，去找她的掏炭的男人——孙少平！与此同时，也正是因为读书，让生自双水村的农村姑娘孙兰香在吴仲平家人面前不卑不亢，落落大方。读书让他们见到了更为广阔的世界，也就能用更加平等的眼光看待平凡与不平凡。

通过不断地读书，少平认识到，只有一个人对世界了解得更广泛，对人生看得更深刻，那么，他才有可能对自己所处的艰难和困苦有更高意义的理解，也会心平气和地对待欢乐和幸福。作为青年人，在这个最好的时代，我们该捧起书本，去了解书中的世界，了解书中的平凡的世界！

阅读，让平凡不平凡

游文学之洋，采众家之长

——观慕课后感

郝晶晶[1]

难得的晴天，暖风徐徐，阳光懒懒地从半开的窗棂照射进屋中。沏一壶香茗，掬一抔清冽，一种诗意生活的享受之感涌上心头。戴上耳机，打开慕课，找一个舒服向阳的角落，蜷缩于宁冬中，文学之音在耳边缓缓流淌，独享一下午的心动之旅。

曾几何时，我初遇了慕课，不由心生新奇之感。不必被囚禁于教室之中，手脚拘束而敬畏地去听讲，它是网络上的灵活与便利。传统的授课，一师，一笔，一讲台，学子于教室中，恭敬且谦卑，不宜妄动，聚精会神，不敢将思想飞于九天之上。但于我而言，语文，是一种修养，是一种陶冶，更是一种享受。如若是一个闲暇的下午，或是一杯热咖啡，或是一束暖阳，我心底都易起些许感动，心动之余，便会打开慕课，听满腹诗书的讲师们侃侃而谈，温柔的声音在耳边环绕，一整个下午满是文化的熏陶，耳濡目染间，文学便润物细无声地融入了我的生活，在心田中抽芽吐枝。

古人云："腹有诗书气自华。"今天也有人说："你的气质，来源于你读过的书，走过的路，看过的人。"语文课，我自是从心底喜欢的，老师

---

① 郝晶晶，女，安徽师范大学数学与统计学院2019级数学专业本科生。

有着诗意的气质，在讲解时便会有文学之音从话语中溢出，老师的声音轻快而又稳重成熟，将我们的知识面打开，让我们看向更高远的地方，一节课就在文化的晕染之中。但时间也会在其中流逝，课程在不觉间就已结束，升起意犹未尽的遗憾之感，所以课下的慕课便是心灵空虚之时精神的食粮。

慕课的讲师对课上的内容有不同的见解与解说，他们让我明白了什么叫"一千个读者就有一千个哈姆雷特"，我也开始慢慢去从不同于他人的角度看文章，有自己对文章的独特见解。慕课中的讲师风格各有千秋，我可以体会不同的教学风格。因为本身是师范专业的学生，那他们的气质与讲课方式便也是值得我去不断琢磨、努力学习的地方。

再者，慕课中老师所讲的许多内容，因在课堂上有过解说，再次听便起到了巩固知识的作用，有时候老师会更细致地介绍作者的生平与经历，是课堂之外的补充。

每一节慕课都会有随堂习题，可以检查学生的听课效果，这更是让我欣赏之处。若学生仅仅是为了完成任务而去刷网课，便难以完成题目，那学生损失的不仅仅是作业，而是提升素质、修养身心的好机会。

慕课，如同美丽而知性的满腹诗书的女性，温婉在眉间晕染开，落落大方，谈吐不俗，她带领我走向文化的繁花路，引领我在人生之途中，保持着文化的初心，不匆忙，不颓丧，优雅地缓步前行。

游文学之洋，采众家之长

观语文慕课有感

王　璐①

　　初入语文慕课，她是一个未知而迷人的大学语文引路人；深入语文慕课，她是我们的良师益友。精妙的构架，充满感染力与激情的内容，雄厚的师资力量等都让我们渐入佳境。我更是在慕课上体会到了人文之美，通晓了古今之变。

　　语文慕课，为我推开了大学语文学习的大门。处多元世界，我们期许大同；立美文的沙漠，我们感受文化间的冲突和对话；见大自然在反抗，我们心中激荡起对于生命和自然的敬畏；入人间世，我们体悟重耳逃亡至回国一路的磨砺和成长。道法自然，于《老子》五章中乘物游心，物我交融；命若琴弦，每个人都踏上胸怀希望又经历痛苦的人生之路。我们于文学之美中有所悟，有所长。慕课这一平台在给我们带来知识的同时，也潜移默化地提升了我们的文化素养。它也由一个课外学习语文的平台成为我们感悟语文之美的新天地。

　　慕课的形式新颖。它对于课程的选择是摘其精粹，每一课分别从作者生平、时代背景、内容分析、艺术鉴赏的角度展开，同时在视频播放过程中关注同学们的学习进程和效率，插入多个有关文本的题目帮助同学们深入理解掌握有关知识。课后评论区有同学们的激扬文字，共品文思之美；课后习题能够得到及时的批阅，让我们发现自身知识漏洞，补缺补差。慕

---

　　① 王璐，女，安徽师范大学数学与统计学院2019级数学专业本科生。

课完善的构架引导我们一步步走向文学之路，她是当之无愧的良师。

慕课也是我们的益友。她将求真、求善、求美的人文意识渗透于每个单元的内容中，以一个个短小精悍、声情并茂的视频，让我们在知识的汲取中成就人格，使语文成为我们生活的一部分。无论是老师对于课程故事化的解读，还是对歌曲或戏曲的引用，都极富有趣味性和启发性，让我们享受文化乐章中跳动的美好和哲思。流行音乐《大同世界》中流露的社会信仰，《惊梦》中杜丽娘柔情娇媚的唱腔与身姿，魏晋名士的风流不羁，朴实无华的日常故事解述等，让我们一同旅行于文学世界，对话古今。

作为慕课的一个学生，我也希望她与我共同进步，共同完善。由于慕课是课下学习的平台，她常难以和我们日常的语文学习完全同步，慕课学习内容的顺序性有时会给我们的预习带来负担。我希望慕课可以将课程按照我们日常的语文学习的顺序同步更新，同时设置课后习题检验学习成效。瑕不掩瑜，慕课也将一路百炼成钢，积淀完美。

观看了一学期的语文慕课，我有所思，有所感，有所获。大学语文的学习才刚刚开始，文化的传承从不止步。我和慕课都在路上，面朝大海，期待一路春暖花开。

观语文慕课有感

致师大青年

刘伟龙[1]

一九一九，风嚣尘扬，军阀混战，列强觊望。疮痍满目，山河沦丧，欧美汹汹，国民惶惶。有志青年，爰举义旗；无畏之子，慷慨请命。外争主权，挽狂澜于既倒；内除国贼，扶大厦于断梁。气愤风云，志安社稷，奔马南北，横刀东西。惊雷滚滚，洗尽万里烟瘴；长风浩浩，吹开大地尘氛。

悠悠天地，巍巍华夏，五四薪火相传百年，时代新人不让旧雄。我辈青年必继往开来，再谱峥嵘。然则以何书此华章？愚以为惟在其志，首当立志，继而践行之。

夫青年立世，不可无志。无志者怯懦，有志者豪壮。惟怯懦也故畏险，惟豪壮也故敢闯；惟畏险也故守旧，惟敢闯也故非常；惟守旧也故终消亡，惟非常也故能辉煌。而青年立志，必当高远。细壤之积，远志者成山，小志者成丘。成山者，去天不盈尺，拔地遏行云。隐天蔽日，六龙回车，刺苍天而舞日月，冲星河而动三界。成丘者，无压三秦之势，镇荆淮之气。度于山比，若驽马比于麒麟，寒鸦比于凤凰。物已如此，人岂不然？视营四海，身任天下，方是我辈青年之风采。

乌骓青骢，志于千里，若不奋蹄，终老槽枥。试想青年空怀其志，而不践之，及至白发盈握，颓然老矣，追悔昔日，尚可得乎？悲守穷庐，拍

① 刘伟龙，男，安徽师范大学新闻与传媒学院2018级新闻传播学专业本科生。

案抚髀，寂寥神伤，仰天长泣。"莫等闲、白了少年头，空悲切。"

　　然人生一世，征途诚远，艰险不测，雨晴变幻。或喜一时之功，把盏临风；或悲一时之失，借酒浇愁。成者暂歌，纵马驰骋，谈天论地，剑指苍穹。及至弗意，以酒销愁，醉而复醒，平添伤忧。追抚昔时之意气，哀叹今日之境遇，弃忧郁外无事业，舍叹息外无音声。于此人也，沉悲痛而无力，欲拿云而失机，呜呼，哀哉！

　　昔李姐抗日，就义从容；孳麟战寇，染血黄土。凡此种种，虽败犹荣，成在信念之间，功在坚毅之中。故青年践志，理当不患险阻，不问穷通。虽风雪载途，不改鲲鹏凌云之壮志；纵荆棘满道，不减书剑济世之豪情。

　　今蛟龙入海，歼十破风，北斗耀空，墨子远行……中华之梦，已然启程。我青年身当振兴之责，肩挑自强之义，是不可不焚膏继晷，恒兀穷年。而后请缨投笔，助国万一。

　　诸君各出桑梓，共入荆吴，江河横断，仗剑芜湖。同窗师大，利羽括镞，一舟风雨，勠力征途。青云之志，赤子之心，激浊扬清，革故鼎新。以此摧关，何关不破？以此图功，何功不克？

　　终日乾乾，枕金戈而待旦；剑戟森森，沥肝胆以图远。试看：雏凤初鸣，声传八荒；吴钩淬火，光寒四方。骐骥一跃，千里尘扬；悬泉出谷，万壑雷响。

致师大青年

碗 碎

胡 帆[1]

一只手触倒了桌上的碗
在向下坠落脱离束缚的那一刻
它忽然想要忏悔
然而伴随着清脆的碎裂声
它结束了一生的使命——
被愚昧的，又被奴役着的

只有废品站角落里它的尸体
那锋利的边角
仿佛成了某种隐示：
等待着哪天，反抗者们
拿起智慧和勇气

拿起手中的碎碗
将它作为武器
在鲜血里得到
新的救赎

---

[1] 胡帆，女，安徽师范大学历史与社会学院2018级社会学专业本科生。

坚韧的野草

顾争光[①]

破土而出

我感受到了春天的第一缕阳光

但内心并无多少波澜

反而是浓浓的忧伤

我开始生长

这时暴风雨袭来

闪电雷鸣划过

牛羊的嘴伸来

还有悠扬的曲儿飘来

动人的笑声传来

而我最渴望的生活

还未到来

我只好等待

我等到了鸟儿从天边飞过

也等到了人们从路旁走开

但我就是等不到过去的未来

秋临

---

① 顾争光,男,安徽师范大学教育科学学院2017级心理学专业本科生。

我开始枯败

我闻到了烈火的味道

哦

原来那就是我的未来

好了

我不再与时间比赛

停止　终结

但是等明年

我还回来

以人文精神　谱写青春乐章

董文清[①]

我，天性自由

在四月的早天，春的光艳中

轻灵地翩然

静静地，在午后的窗前

默然绽放，婆娑起舞

潜藏时光深处，看一场梦

我，用笔触勾勒生命的姿态

让青春在其中沉浮

天边的彩虹

绚烂异常，却又转瞬即逝

只愿负笈前行，披荆斩棘

立于白塔之巅，揽一缕晨光

我，徘徊于华兹华斯的幻境

卷帙浩繁的星河

用跃动的指尖

阅览藏书阁的绮丽乐章

[①]董文清,女,安徽师范大学音乐学院2018级音乐学专业本科生。

以梦想的门扉
明悟美的真谛

我，挥汗在古希腊的体育馆
伊利斯的城邦
跳跃，奔跑和战斗的号角
绘出闪电般的弧线
展开双翼，翱翔如风
感受运动的激情

我，谱写青春的篇章
诗书漫卷，青灯为墙
绚丽独舞，旖旎成梦
择远方，诗歌
与无尽的苍穹
在最美的风景里
品读永恒

人生暖色

孙新月[1]

雨季与黄昏，是小城时光倒流的时刻。从窗口望去，行人稀疏的街道，鳞次栉比的楼房，一切笼罩在灰暗朦胧的雨幕或温暖鲜艳的余晖中，似乎与十年前无异。若是仔细找寻，你会发现那些记忆中的美好并没有悄无声息地隐没在流逝的光年中，而是仍然驻足在原地，如同定格的相片一般鲜活明亮。

那铭刻于心的画面

巷子不宽也不深，里面也只有几户人家。普通的石板路，普通的砖块墙，只是墙上缠绕的藤蔓总能吸引路过的人张望几眼。大片大片的绿色，满是生机和活力，为这条平凡寂静的巷子增添不少明亮活泼之感。有一户人家院子里种了合欢树，夏季，繁茂的枝叶长出了围墙，风吹过，淡红色的绒花飘落，带着淡香，一会儿就能铺满巷子。我总想走上前感受一下那份绵软，却又不舍得踩踏这些可爱的花，于是就这样看着，用眼、用心去记下这恬淡温柔的美。

那期待已久的声音

小时候每个寒冷的冬季都能听到那个声音，声音很大，足以把人吓一

① 孙新月，女，安徽师范大学文学院2016级秘书学专业本科生。

跳，回过神来内心却是无比兴奋。跑到窗前往下看，街道对面果然有熟悉的人和熟悉的物件。于是快乐地喊来父亲，用干净的袋子装上家里的大米，急匆匆地跑下去，那里已经围了不少人了。把袋子交给老爷爷，就站在旁边看他鼓弄他的爆米花机——没错，令我欣喜的声音就是爆米花炸好的那一声巨响。将大米、糖和油放进那个黑乎乎像大炮一样的爆米花机内，老爷爷一边拉着风箱一边快速摇动手柄转动机器，"嘭"的一声之后，爆米花就做好了。每个冬天，我总会带着新奇的目光看老爷爷操作一次，之后便没了兴致，寒风里的等待就显得格外漫长。我盯着机器旁大大小小的口袋，不住地仰头问父亲什么时候才可以到我们，而父亲总是一边攥着我的手生怕我跑到机器旁边，一边安慰我说"快了快了"。如今的冬天，依旧是那位老爷爷和他的老式爆米花机，我与父亲站在一旁怀着满心期待焦急地等待着，身旁的空气仍是那么温暖香甜。

那萦绕舌尖的味道

偏僻隐秘的地方往往隐藏着意想不到的美味。老远就能闻到桂花与酒酿的甜香，身心都变得舒畅起来，肚子也开始叫嚣。循着香味一路寻找，最终来到一个不起眼的院子口，有些惊讶的是卖汤圆的小推车就在通往院子的过道内，所幸通道很宽敞，竟然还能摆得下两三张桌子和七八张椅子。推车挡住了不少冬季刺骨的寒风，煮汤圆的锅冒出阵阵白雾，倒也不觉得冷。要一碗桂花汤圆，汤圆端上桌，升腾的雾气总会眯了我的眼，但还是会迫不及待地拿起勺子喝一口甜甜的酒酿，顿时一股暖流涌入身体，整个人再没了冬天冻得束手束脚的姿态。汤圆个个硕大饱满，圆滚滚白乎乎的，挤在一起看着十分讨喜。舀起一个吹一吹，小心翼翼地咬开一个口，即使有母亲的再三提醒，还是被流出的馅儿烫到了。这时母亲会埋怨我几句，然后接过勺子继续吹，直到汤圆已经不再烫口了再喂给我。洁白光滑的外皮十分软糯，香气浓郁的桂花蜜糖馅儿甜度刚刚好，吃一个就幸福感十足。现在想想，那种幸福不仅仅是因为吃到满嘴的甜蜜，还因为汤圆中注入了母亲无限的温柔与关怀。

不是一切美好都会从时光的缝隙中溜走或是被岁月染成灰色。身边未曾变过的人、景、物，数十年如一日地守在那里，于清浅时光中增一丝温柔，于平淡生活中添一抹暖色。

人生暖色

独行，行于心

陶露露[1]

其实说实话，我也没走多少路。

最近一次出的最远的门还是与闺蜜和她室友一起去的无锡，在那之前，自己从没坐过地铁，连高铁也是有人同行。她们说我能出来玩就谢天谢地了，还管什么独行与同行。

独行于我，其实是心理的需求，总说一个人可以走得很快，但两个人可以走得很久。我时常问自己：我需要这么快吗？抑或是两个人走不久？我困惑得不行。

在无锡，和闺蜜一起玩的时候，我们从无锡博物院的一楼爬到四楼，又从四楼下到负一楼，一直想把博物院逛个遍，可是馆内大多是些生物的模型、农业科技的介绍等，实在是没找到多少有意思的馆藏，提不起兴趣，于是我们仨就瘫倒在门前的小长椅上，胡乱聊着天。

闺蜜和我算是玩泥巴的交情，她仰躺在我的大腿上："你小时候那会儿多泼辣，男生你也揍，女生你也欺，性格要强得要死，怎么现在文弱成这个样子？小时候你欺负我，我稍微过了一点点线你就用尺子打我，现在换我欺负你了……"闺蜜发出满足的哼哼声。我大叫一声挠着她的胳肢窝："看我文不文弱……"闺蜜笑得手足无措，一边抵抗一边说："你也就欺负欺负我。"

---

[1] 陶露露，女，安徽师范大学新闻与传媒学院2017级新闻学专业本科生。

我和闺蜜也算不上传统意义上亲密无间的闺蜜，只是平时自己有什么问题或苦恼需要倾吐时，便拉着她说说话，也不指望问题和麻烦真正能够解决。

稚气未脱

小时候，从家到学校的那段路，总是在我的心里被分成两段，一段是学校到我们分开的那个岔路口，这段路我们俩铁打不动地同行。低年级的时候步行，那个时候的我们还是小小的个子，我是矮墩墩的肉球，她是精瘦的小黄毛，我们俩就拉着小手，一路走，有时采撷路边的两朵雏菊，假装成最时髦的发卡，别在发鬏上，见到大人来了也不惊恼，只顾自己个儿的，唱着不着调的歌儿，终于在漫着通红晚霞的岔路口分开。

到了高年级，我们都有了自行车，或并行，或前后骑，有的时候会被当时的班主任撞见，说："你们俩怎么骑的车？不知道这样不安全吗？"我们俩听到后立马就低头认错，罢了就迅速骑车离开，商量着下次避开班主任走的路线。剩下的一段，是属于我一个人的时光，有时肚子饿得不行，屁颠颠地就跑进家门，扶着门框便能闻见奶奶烧的菜香，乌漆墨黑的脸上哈喇子直流，不怕人笑话，我妈说我小时候就是这副品相，从小碎步到踩着吱呀乱转的双轱辘车，形体抽条了，步伐显得越来越从容，自行车独行在归途中，脑袋瓜里盘算着老师又布置了哪些作业，前排座位同学说的好玩的事情，班主任今天又凶人了，晃着荡着天渐暗沉，就盼望着赶快回家，于是车轮蹬得飞快，身影悠长。

豆蔻华年

随着年纪的增长，我们的距离似乎越来越远了，初中高中虽然都是在一个学校，可是不再是一个班了，上学的方式也由自行车变成了包车，自然也就没有了所谓同行。早上天没亮，司机叔叔就在我家门口摁喇叭了，睡意蒙眬的我才扒拉两口蛋炒饭就被奶奶推操着上了车："好好学习，别老是瞎玩，上去！"眼睛合上又睁开，学校就到了。下午放学，车里放着

各种各样的流行音乐，当时都能哼上两句，也不精通。车里人很多，都是附近村子上的同学，不过没有在一个班的，因此就打个招呼，紧挨着坐着，听见感兴趣的话题，有时插上两句，一会儿又说不上，便觉得索然无味，转头看着车窗外的景色。司机叔叔大部分时候会把车窗完全摇下来，车里车外都涌动着风声，若是在车上做一会儿笔记，得小心按着纸张，免得被风吹了去；有些时候他也会把车窗摇起来，通常情况下是天气不好，抑或是路边交警在检查车辆超载情况，此时车辆都是跑得飞似的，风景模糊到变形，窗外的色泽也由于隔着茶色的车窗玻璃而失去了原有的光鲜，这便是我闷头睡大觉的好时机。

有时司机叔叔会忙得没有空来接我，就会让我去坐闺蜜包的那辆车，这些都是司机彼此之间早就商量好的。车上叽叽喳喳，好不容易才见一次面的我们都显得很激动，会比较谁的包车舒服，谁的包车好看，最近的功课怎么样，谁和谁又吵架了……嘴上说着无缘由兴起的话，我们心里其实都知道再聚的真切，紧紧地贴坐在一块儿，话题还是那些，也没有厌倦，就觉得那段时间是现在想来最悠闲最舒适的时光，给我添了些比独行独处更为珍贵的蜜意。

二八芳华

到了高中，我们都在学校旁边租了房子，只不过我离得远她离得近。高中的时候没有手机，微信在那个时候也没有现在这么火，我们彼此联系只能通过爸爸妈妈的手机，因此回复消息也没有那么及时，话题多是与学习有关，有时也夹杂着青春期青涩的冲动，偶尔见一面，拉着手谈，不及兴起，又匆匆离开。作业多、时间紧，我从租的房子到学校依旧是匆匆地骑车往来。自己为成绩上下波动而忧心忡忡，额上背上也起了痘，动不动就上火，脾气极差，说点话就咋咋呼呼，甚至在最后一年怕自己心态崩掉而选择住校。二人间，室友是高一的小学妹，话也不多，安静到找不到话题，那时也没心思交朋友，总觉着自然就好。转而忧虑模考的成绩，为多错的那几道地理选择题而暗自神伤，有时也会深深怀疑自己，流泪不止。

高三的那段光阴，真正的三点一线，甚至几天午餐都没想着变变花样，一直都是海带雪菜肉丝面，不过奇怪的是竟也没吃腻，反倒成了习惯，复习到自习室熄灯，自己带着充电小手电也要再做两道题，直踩着阿姨锁门的点回寝室。一个人的上学和放学，一个人学习，一个人吃饭，一个人……记忆里高中的校园都是我一个人独行的影子。高中时的独行，压迫又艰辛，但那一段独行的路程，美得很有分量。

　　后来我慢慢发现，独行久了，再长再远都逃不过"孤独"二字，孤独的最高境界，原来是成长这东西，这才是独自行走的意义，无论多少路，心到了就好。

　　独行，行于心。

荒野明珠

朱昕茹[①]

　　刚下过雨，楼房边边角角的墙壁上还挂着小雨滴，一点一滴，竹子搭的小屋边缘有着小片青苔，晚上八点的天空还是亮堂堂的，映在地面一摊摊水坑里。突然，一双亮晶晶的黑色小眼睛看向我们——几个带着大包小包的志愿者，小眼睛转了转，撒丫子跑回了屋里。我们几个相视一笑，小孩子怕生罢了。走近些，看见一个姑娘，皮肤白皙却有些起干皮，穿着印花的民族服饰，腰间扎着绣着大朵海棠的腰带。

　　"你们好，我是这里的老师，欢迎你们来这里，一路上吃了不少苦吧。"惊讶的是她的普通话竟如此标准。我们有些紧张，捏着背包带小声说着"你好"。紧接着，还是那双黑色小眼睛不知什么时候从身后窜了出来，老师顺手牵过她，笑着介绍说："她是这里的孩子，叫明珠。"明珠，明珠，是啊，可真像，也真美。

　　我们一行人三个男生两个女生，来这里——云南，进行一个星期的支教学习。寒暄着就进了屋，屋里到处都是民族气息，在不远处的一个小房间里，七八个孩子笔直地站在那里，我们刚准备打招呼，只听见一声"欢迎欢迎！欢迎欢迎！"，个子参差不齐的孩子们就像WiFi一样，稚嫩的脸庞红彤彤的，小手不停地在裤缝旁搓着，露着两三颗牙齿表示着他们的礼貌。大家笑起来，明珠却在此时一溜烟钻进了角落。

---

　　① 朱昕茹,女,安徽师范大学教育科学学院2018级小学教育专业本科生。

夜晚很快到来，却有些难眠，出门便看见那双熟悉的眼睛，她突然伸出手，拉住我的手。我倒有些吃惊，自恋让我觉得她这是在表示她喜欢我吧。她带着我进了另一个房间，七八个孩子都在里面，地上都是杂草，潮潮的毛毯胡乱放在上面。不过，一个小角落里，整整齐齐放着一摞书，有教科书，有四大名著，还有我们今天带来的笔记本和笔。

"可以给我们读读书，写写字吗？"这是明珠对我说的第一句话。我不禁反问："你们的老师白天没有教你们？现在已经很晚了。"出口后瞬间就后悔了。那些孩子一个个低下了头，可怕的沉默蔓延开来。"白天干活，很累，还要照顾小宝宝。"一个个子高高的男生回答。原来如此。这让我没办法拒绝。我顺手拿起一本《绿野仙踪》，翻书的时候这群孩子就缩进了毛毯里，露出一个个小脑袋，真是乖巧。我笑笑，读一段节选，读完，孩子们打开了话匣子，叽叽喳喳，好奇着这世界上竟还有这么神奇的事情。那种孩子身上独有的活力在这个荒野黑夜里尽情释放，浅笑着，仍然没有开口。抬表一看已经夜里12点，简单做了告别，关灯睡觉。

第二天，一切都很正常，上已经准备好的课程，带他们看书写字唱歌跑步。吃晚饭时，其他孩子都去吃饭，只有明珠一个人抓着手中那本书，用她那肉乎乎的手握着笔，圈圈画画着什么。那位老师突然在后面出现，说道："不用管她，她待会就来。明珠这孩子总是乖巧得让人无法言语，却又固执得像个小牛。那年她父母丢下她时告诉她，只要她能好好读书考上大学，他们就回来找她。谁都知道这不过是个美丽的谎言而已，我们这条件，唉……但这孩子就认这理，天天抓着别人教她读书。昨晚也是打扰你了。"我摇了摇头，对于明珠我一直怀有心疼，也许那双眼睛太美，太让人怜惜。老师走后，我走进教室，坐到明珠旁边，她受惊似的看着我，一手捂住她的本子。

"老师，写第二单元的字，第一单元的字，我会了。"这是明珠对我说的第二句话。我用力点了点头，我拿开她的手，密密麻麻却又再工整不过的字陈列在一排排横线上。那天日落依然很慢很晚，可夕阳透过报纸糊的窗户，一大一小的身影在斑驳中开始闪亮。从那天开始，明珠便对我有些

不一样了，话仍然不多，却开始抿着嘴对我笑。每天晚饭间也就成了我俩的秘密小时光，我教她写字、读书、唱儿歌，她也会教我叠兔子和小老虎。一天天过去，我俩熟络了很多，明珠会在我面前笑出声了。

只是，分别来得很快，七天不长，到了该分别的日子。那天清晨，我们背上简单的行李，车子已经等在门口。那几个孩子也在和我们这些小老师告别，只是没看到明珠。我有些落寞。司机喊着上车，我无奈转身上车，突然一只小手抓住了我的背包带，是明珠！她递给我一个小瓶子，里面都是叠好的小星星，瓶口处用粗麻绳拴着一张小纸条，歪歪扭扭，笔迹还没干——老师，以后再见，万事胜意。我抬头时已是在车里，窗户外那双黑色小眼睛已经模糊。不知是泪水，还是距离所致。那是我教给她的祝福语，她送给了我。

一年即将过去，又是一年燥热的夏天，不知在那片荒野里是否还有着一个长着黑色小眼睛，像明珠般绽放自己，对知识有着深切渴望的小女孩儿，在等待着一位老师前去。就像顾城那句话——黑夜给了我一双黑色的眼睛，我却用它来寻找光明。

我想，是时候了。

路过上庄的湖北夫妻

郭振丹[1]

　　受三面环山地势的影响，上庄深秋的色彩比芜湖上得早一些，早晚出门已经需要穿上冬装了。从宾馆出发，右转上坡200米处有一片空地，来自湖北的高师傅夫妻俩就生活在这儿。一辆小卡车是住处，一顶红棚子是工作场所。

　　我们到时，夫妻俩已经在工作了。

　　两块木板拼成一方平台，四条木块围成棉被大小，一条床单一床纱平铺在上。左手握两根木棍，卷上直径五十厘米事先撕好的棉花往上铺，右手持一根木棍跟随其后压住刚铺上的棉花，一床一米八的被子要如此反复十余次。有些地方压下来的棉花多了就用手撕下些，补在少处，有时被子仍不够蓬松就自行补点棉花，棉花一撕，细碎的棉絮就乘着灰尘弥漫。高师傅招呼着我们站远点。

　　"棉絮脏，沾衣服上难弄，还堵鼻子、噎嗓子。"

　　高师傅补到左上角时，他的妻子王林就去了右下角，两人同时拽住下面的纱纵横折上，再拉扯网住全部棉花。到底是一起生活了二十余年的夫妻，配合默契，不浪费一分钟时间。

　　棉被经高师傅这样一手重造，变得蓬松，再经过磨压、装套、缝制后就犹如新被。

---

　　① 郭振丹，女，安徽师范大学新闻与传媒学院2017级新闻学专业本科生。

王林说高师傅的缝制技术是跟得上时代的，电脑控制的，要什么花型直接选就行了。缝制的地方在卡车里，一侧门关上是放机器的靠板，卧具收起就是操作的地方。机器横平竖直地运动着，高师傅手撑在卡车上，随着机器运动的方向而张望。

这是他们在上庄制作的最后一床棉被。

夫妻俩来自湖北，断断续续外出二十余年。起初租房，有车后就睡车上了，这一睡就是六年。

这些天上庄算暖和，但由于在山里昼夜温差大，晚上仅有八九度。王林说今早起来被子上都结霜了。

我很疑惑在这样一辆小型卡车里他们怎样完成衣食起居，并且长达六年的。

二十多天前，高师傅和王林开着他们的小卡车进入上庄，上庄镇老人多，管理又不苛刻，他们有生意可做，也待得下去。他们寻得这一方空地来停他们的车，搭他们的棚子。又找到邻居接线借电。

一块插线板连三个插头，一架机器，一台电磁炉，一盏灯。

天渐暗，王林缩着手将一圈红布系在棚子上形成一个封闭空间，这是洗澡的地方。红布灌风，但王林爱干净，就算是大冷天也得每天洗。

"上厕所怎么办？"

"去找公共厕所嘛，有时候厕所远就少喝点水。"

第二天一早，夫妻俩一边收拾着东西，一边等最后一位客户来取被子。

正对着夫妻俩的一户人家阳台上晒着两三床老棉被，因为使用年数过多而发黄变硬。但由于生活条件改善，棉被价格降低，这样的棉被更多的仅仅是拿出来晒晒，用或不用都不会选择翻新。

"她们开始采菊花了，没生意做了，再待就要亏本了，我们得去别处看看。"

我们跟着夫妻俩上路，一同寻找他们的下一个点。

二十公里路程，高师傅开了三个小时，一边开一边寻找合适的驻扎地。临近饭点，王林喊高师傅停车吃碗面，高师傅搪塞过去了。

车上的导航是关的，但高师傅似乎知道每一个村子的方向。

"前些年还不会用导航，都是让别人帮忙设置好才能开回家。"

"以前没有导航的时候，有一次在高速上不会走了，晚上八点多求助交警才回的家。"

湖北夫妻俩在老家有两个儿子，还有个上小学的孙子。本是颐养天年、膝下承欢的年纪，而为了给两个儿子盖新房仍奔波在路上。面对居无定所、四处奔波的日子，夫妻俩却显得平静，苦也不觉得苦，哪个父母不是为了孩子？

"就是想孙子，实在是想。"

王林哭了，用工作帽掩着脸。用结冰的洗脸水她不觉得苦，雨天枯坐上一天她不曾委屈，开上两天寻不得一处安生地她也能接受，但唯有家人这心头的软骨叫她脆弱不堪。

王林说："我没什么文化，教不了孙子什么，就只有每天叮嘱他好好读书，认真写作业。"

从最初租房做生意，到开拖拉机去往各地寻生意，再至今换上卡车、操纵着电脑弹棉花，王林与高师傅努力不被时代淘汰。他们不是为了工艺的传承，不是坚持着匠人的精神，他们只是为了寻得一个生计，讨来一方生活。他们无奈如此，他们努力跟上时代，却仍然落于时代之后。

机械的轰鸣声大步向前，他们被一床又一床的腈纶被冲出大城市，他们躲进小村落寻找尚未完结的时代。

这是种"迎头而上"，这也是种"逃亡"。

由于湖北夫妇需要前往的地方过于遥远，我们因而分别。一顶红帽子从我们初见时高师傅就戴在头上，一口老黄牙也不曾停过笑意。终日露天工作，夫妻俩皮肤都粗糙黝黑，年岁也在额头上沟壑纵横。

文　脉

李欣潞①

嘘，请听我讲一个故事。

檐下有佝偻的影子在晃，附着叮叮当当的声音。

那是位年逾耳顺的老手艺人，在一刀一刀地雕花，认真的模样像是肃清了周遭烦嚣，我竟不敢上前去叨扰。徽派建筑素来是以典雅大方、古色古香闻名，我不是内行，却连我都觉得有种说不出的好看，欢喜到了骨子里的好看。一代人的记忆，一代人的颂铭。万世千载流转下来的木工手艺，大抵总是让人心意相通的。

老人的口音很混，我不太听得清，只能明白个大概，他很骄傲，这门祖传的手艺没有断绝在他身上，只是儿子兴致淡淡。

一生痴绝处，无梦到徽州。

梦醒时见另一番天地。

暗红的宫墙，落漆的台柱，仿佛静止的时间。桃树、李树年复一年开花结果，木椅听着风的讯息吱吱呀呀地动。和时间一起慢下来的，是那些文物修复师们，在深宫大院里，他们焕发了古物的新生，交接着，永远地，与手中文物进行着跨越时代的对话，这是一场奇幻的相遇，这是一场注定的相知。

温煦的阳光猫儿般走进院落，这个世界的呼吸开始均匀悠长起来，像

---

① 李欣潞，女，安徽师范大学马克思主义学院2018级思想政治教育专业本科生。

是做着甜甜的梦。这时节的性格，是文火慢熬的一味汤，把细水长流、繁花锦幛的春意都给熬了进去。或是慵懒的步调格外地感染人，师傅们惬意时闲庭信步，打几个枣儿，逗弄逗弄"御猫"，蔓藤花悄悄爬满石阶，清梦锁住深巷，五六十年的时光便如云般流走了。

一道宫门，两重世界。择一事，终一生。

如果说《我在故宫修文物》是居庙堂之高，《寻找手艺》就是处江湖之远，携着粗糙的疼痛感。你的身体起了一阵战栗，它本能的，先于听觉地感知到了，民间技艺，在高楼大厦倾轧之际痛苦地哀鸣。

这个故事会就此戛然而止吗？

不会的，文明的脉络不该无以为继。不信，你看。

"我们是个年轻的节目！我们有多年轻呢？"

"不过是上下五千年。"

我从未见过一个文博节目能如此与当下接轨，将一个文物存在的意义与价值展现得淋漓尽致，它们挣脱埋于地下暗无天日的枷锁，在八方来朝的荣光里熠熠生辉，让我每看一件国宝都是在回顾历史、地理、政治知识点。

《国家宝藏》的配乐从来都浸染着摄人心魄的力量，"长安贞观时的九天阊阖与万国衣冠，汴京清明时的熙来攘往和世俗容颜，南阳永乐时的百舸争流与日月同辉"，于一曲之内，窥见一方盛世。

皿方罍的世纪颠沛回归之路，曾侯乙编钟背后的沧桑大国权谋，上阳台帖生出的逸翰长风，宋金项饰沉淀的海域华光，勾践剑不散的长歌嘹亮……

历史，何尝不是引人入胜的故事？

看见了吗，鸿蒙初开的曙光，陶寺是混沌未凿的元气，其间孕育着东方雄狮与生俱来的神威。

望见了吗，从皑皑雪原到黄沙莽莽，草木蓬勃着铁马冰河入梦来的豪情与热血。

你问我为何与其共情之深？

文脉

那分明是千百年来，华夏子女共通的情愫，在不同时刻、不同朝代、不同地点的不同感触。他们所细细刻画的世间百态，当真不是前世的我们共同的经历？

你问我可是我们轮回了？

明明你也知道的，那是他们的墨迹，尚未风干。而他们，正跨越川流的时光，拂袖款款而来。

你让我如何以贫乏的语言去描述它们万分之一的好，每一件文物都好像从来披着一身光，箴言千年的寂寞与沧桑，只让人看见最为可爱的一面。

它们昂首挺胸而毫不遮掩，满脸写满了：快来夸夸我！

当然要夸，夸不完的。

承载着泱泱中华文明根脉的文物啊，你可知你迸发了华夏子民沉寂已久的民族自豪？那落地的灰烬，是拳拳赤子之心涌动的信物。

你说，教我如何不夸赞？

谁不说俺家乡好

刘晓艺[1]

　　我的家乡既没有连绵起伏的山，也没有辽阔无垠的海，但她有四月槐花飘香，六月麦收忙，到了九月份，大家又开始忙忙碌碌收玉米了，真正到闲下来的时候啊，就到了过年啦。

　　在我刚记事的时候，一大早爸爸就开着三马车载着妈妈一起去大街小巷换油，我总能被他们出门前的巨大的"突突"声吵醒，当我追出家门时，看到的永远是喷着黑烟的三马车颠簸着消失在土路的尽头。

　　当我上小学一年级的时候，我家门前坎坷的土路变成了平坦的黑漆漆的柏油路，那时候，爸爸给我买了一辆四轮小车，我骑得可溜了，可是当它被爸爸卸掉两个轮子之后，我就不喜欢骑它了，历经坎坷后我终于学会了骑这辆双轮车，但也累坏了我的老爸老妈，他们俩每天都得跟在我的车子后面满村地跑，每到一个路口，他们总会停下来跟那些老太太说话，我还奇怪了，怎么村里突然之间这么热闹了。再后来，我家买了一辆黄澄澄的电动车，爸爸就骑着它载我上下学，那时候我发现，原来不止我家门前有了这种黑漆漆的马路，之前的土路全都消失不见了，我很开心，因为再也不用颠屁股了。

　　但是我最喜欢的还是家家户户丰收时候的景象。六月麦收忙，正巧又会赶上农历的端午节。家人们会起得很早去地里等着联合收割机来收麦

<hr>

　　① 刘晓艺，女，安徽师范大学音乐学院2018级音乐学专业本科生。

子，联合收割机一开过，麦子马上就收入囊中了，之后再一起倒入爸爸的三马车中。但是收好了麦子拉回家之后，还要进行晾晒，爸爸就把麦子一桶一桶的用麻绳拉到房顶上去晒，我光着脚丫，踩着车斗里的麦子，看着落在我胳膊上的七星瓢虫，闻着空气中麦子的阵阵香味。碰巧有人来串巷卖粽子，不用说，我早就捧着爸爸给的钱买粽子去咯。光是收完麦粒还不行，地里的麦秸秆也要拉回家，铺到马路上晒干，之后再堆成垛。一般这个时候就是我们小孩子最喜欢的了，我们一个个都光着脚丫，在麦秸秆上翻跟头，当它堆成垛的时候，我们就爬到最高的顶上跳上跳下。

等到收完玉米的时候，又会赶上农历的八月十五中秋节，忙活了一天，我们一家人就在自家院子里摆上桌子，吹着晚风，看着晚霞，吃着饭，聊着天，一直到月亮出来，吃月饼。

等我长大了之后，家乡的变化真的数都数不过来。慢慢地，我家有了电冰箱，之前的大头电视也消失了，变成了液晶屏的大彩电；打农药也从手动变成了电动；从前只有麦子的收割机，现在也有了玉米收割机；从之前的小灵通到现在的4G智能手机……我看得见家乡人的幸福感在提高。这都得益于我们的党，得益于我们伟大的中国。改革开放以来的成果，我相信我的爷爷奶奶、爸爸妈妈都真真切切地感受到了，他们见证了中国巨大的发展，见证了中国从量到质的巨大飞跃。

2019年是打赢脱贫攻坚战、决胜全面建成小康社会的关键之年，全国各地都在发展，党的工作也已深入广大农村地区，不少地区正在走多面发展的道路。我的家乡文化背景雄厚，目前正在重新开挖运河航段，争取发展多边旅游经济。我相信用不了多久，我的家乡还会发生更多可喜的变化。

门外与窗前

张素梅[1]

谁会到来？微暖天光。

——题记

也许所有思念都是秋的一种延伸，也许所有记忆都是秋的一种怀思，每当枯黄的叶子孤零零地挂在枝头时，微暖总会趴在窗前，望着窗外空洞的风景发呆。

光影柔和，来自草木的恩赐。

即使她看到的只是无尽的黑暗。

原来的微暖，爱笑，爸爸说她笑起来就像太阳。多少个日子里，爸爸抱着她一边转圈一边说："暖暖就是咱们家的小太阳，是童话里的小公主，会一直幸福下去的。"微暖那时候觉得，自己是世界上最幸福的女孩。

童话里的女孩当然觉得自己会一直幸福下去，可是"童话里都是骗人的"。

四岁那年，一场高烧夺去了她的视力，从那之后，她那宛若生活在童话里的幸福感，像天上的星星一样，零落了，稀疏了，消失了。

爸爸妈妈整天没日没夜地带着微暖四处求医，他们不相信自己的女儿再也看不见这个世界了。但是医生说："治愈的希望很渺茫，首先可能找

---

① 张素梅，女，安徽师范大学教育科学学院2018级教育技术学专业本科生。

不到合适的眼角膜，其次后续的治疗费用我们也无法估计，最重要的一点，孩子这么小就失去了眼睛，我们不知道她的内心能不能承受……"失明的女儿，高昂的医药费，迷茫的未来，全家人整天以泪洗面。

在一个雷雨交加的夜晚，父亲留下一封信，悄悄离开了：

"暖暖，原谅爸爸，原谅爸爸的懦弱，你永远是爸爸的小太阳。"

父亲狠心抛下母女俩，独自离开了这个家，微暖心里的最后一丝希望，像风中摇曳的烛光，熄灭了。

妈妈很坚强，看着才七岁的微暖，收起自己的脆弱和眼泪，从此之后独自一人照顾微暖，从未离开过她，也从来没有放弃她的眼睛。

自从爸爸离开以后，微暖就变得沉默寡言，除了妈妈，她谁也不想理。每当无聊的时候，微暖喜欢独自一人坐在窗前，小心翼翼地把头伸出窗外，慢慢地把鼻子凑近桂花树，让那股淡淡的花香萦绕在自己的心田。

窗外那棵桂花树，成了她除了妈妈之外唯一的寄托与希望。

可即使这样，微暖不想也不甘心一辈子坐在狭小的窗前，她想看看窗外的风景。

她想要自由。

"暖暖，快别'看'了，快来吃饭。"妈妈轻轻地敲了敲微暖的头，说道。

微暖没有立刻回应，她愣了好长时间，然后将手伸出窗外，自言自语地说道："妈妈，爸爸为什么不要我们了啊？是不是我不听话惹他生气了？你会不会也不要我啊？我什么时候能看见？我不想再坐在窗前了，我想去外面看看，去看看那棵桂花树，去看外面的风景……"

妈妈听完后瞬时愣在了原地，她叹了一口气，然后转过身来，紧紧地抱住她说："暖暖，你要记住，即使全世界都不要你，妈妈也不会抛弃你。你一定要坚强，妈妈不会放弃你的眼睛，你也不能放弃，你要相信自己一定会重新看到世界。"

微暖用力地点了点头，妈妈的话又一次给了她走出大门追求自由的勇气，她相信自己终有一天，会再次看到这个世界。

这一等，又是十年。

在这十年里，邻居家的小孩无数次在门外嘲笑她"没爸爸的穷瞎子，放弃吧不可能的，你不可能再看见的，你也不可能走出家门的，因为你这种人不配拥有自由"……微暖无数次想过放弃，但是每次，那棵桂花树总是能带给她继续坚持下去的勇气，那种淡淡的芬芳无时无刻不萦绕在她身边。微暖好奇过，为什么我一年四季都能闻到这股神秘的花香？上天一定是在暗示我，让我继续坚持下去，勇敢地走出门外、追求自由。

十七岁的微暖依旧沉默寡言，依旧没日没夜地坐在窗前"看"那棵桂花树，她现在只有一个梦想——我要睁开眼，我要自由。

也许是她的执着，也许是她对自由的渴望，念念不忘，必有回响。

微暖十七岁生日那天，妈妈一回家就欣喜若狂地告诉她："暖暖，找到合适的眼角膜了，你可以再看到这个世界了！"

微暖惊讶得语无伦次，她从椅子上摔下来。妈妈紧紧地抱住她，两人相拥而泣。

这一刻，微暖觉得，她是配拥有自由的。

一个月后的手术很成功，医生告诉她："你真是一个坚强、热爱自由的女孩，你这么多年的坚持没有白费，不出两个月，你又可以看到这个世界了！"

微暖听完不说话，依旧"咯咯咯"地笑着，然后笑着对妈妈说："妈妈，我可以出门了，我可以用自己的眼睛看见那棵桂花树，看见窗外的风景了！"

妈妈稍稍愣了一下，但依旧笑着说："对呀，暖暖可以看见那棵桂花树了……"

这两个月时间里，微暖心里想的只有两个字：自由。

这应该是微暖度过的最漫长的两个月吧？

到了拆绷带的那天，微暖特别激动，她小心翼翼地睁开眼睛，慢慢地适应这世间的光线。光影朦胧中，她看见了妈妈，看见了自己的家，看见了她既爱又恨的窗台，也看见了她向往的窗外。

门外与窗前

她不管妈妈和医生在后面的声声叮嘱，飞奔出门外。

桂花树，我来了。

自由，我来了。

可当她满心欢喜地跑出去时却发现，窗外是一片空地，没有桂花树，没有风景。那美好的一切，都是她想象出来的。

但是有自由。

她跌坐在地上，哭着哭着就笑了。

微暖会记得那个秋天，她多么出乎意料地突然变成了大人。

用爱守护你爱笑的脸庞

王晨曦①

说到青春，说到梦想，我想大概每个人的嘴角都会不自觉地上扬，眼中仿佛有一汪清泉，清澈而温柔。

在今年的社会实践中，我们团队来到了安徽省六安市舒城县的晓天镇，和那里的孩子们度过了13天短暂却美好的时光，而我的故事就从这里开始。在支教中，我们看到了孩子们纯真可爱的笑脸，也看到了很多因为地域差异而发生在这些孩子身上无法回避的问题，正是这些问题牵动着我们每个人的心。

我们是坐大巴去的平田乡，快到的时候就见大巴沿着蜿蜒曲折的山路一直向上，开了好一会才到达目的地，大抵是在半山腰的位置吧。下车后环顾四周，绵延的山脉、潺潺的流水、缭绕的云雾，颇有些仙境的意味，却也有些与世隔绝。只有一班511公交车，半小时一班，远不及城市交通便捷。这就会造成一定程度上的闭塞，很难接触到一些公共的教育资源，比如图书馆、博物馆、科技馆。这里的孩子也就少了很多学习知识、近距离体验科技的机会。

支教过程中，下午都会安排一些课程，每周会开设一节英语课，而这些孩子的英语水平是最让我们感到担忧的。很多孩子已经四年级了，26个英文字母都背不熟，五年级的孩子竟把陈述句写成了疑问句……在教课

① 王晨曦，女，安徽师范大学教育科学学院2018级教育学专业本科生。

中，我们让孩子们用英文格纸进行书写，发现很多孩子连英文字母在英文格上的分布都搞不清楚，位置错乱，甚至分不清 b 和 d。我们只能利用这堂课的时间，进行一对一的辅导，希望这些孩子在我们正确地示范下、不断地强调强化中，能够提高自己的书写正确率，并且提高对英语的重视程度。大多乡村教师在专业素养上是落后于城市教师的，而孩子家长的文化程度普遍较低，家长又多外出打工，爷爷奶奶的文化程度就更不用说了。孩子的英语学习只能靠自己，家长无法给予太多指导，甚至不够重视，这些不仅不利于孩子的英语学习，更是不利于孩子整个成长阶段的教育。

在支教过半时，我们队员进行了相互交流。出生在这大山里的孩子，他们所能享受到的社会条件，尤其是教育方面的各种资源，是远不及城市里的孩子的。我也通过与孩子们的交流了解到，乡村学校里的音乐、美术、科学、思想品德等课程都没有专门的教师，都是由其他学科老师兼带的，而且这些课程的时间经常被占用；他们的补习班也是极少的；山里的书店也很少……还记得我问一个小女孩去县城里的机会多不多时，她说："特别多，每个暑假都会去，平常周末也会去。但我不太喜欢那边，不好玩，东西很贵，而且空气污染比较厉害。相对外面，我还是更喜欢这里。大城市我也去过，上海、青岛……但我还是喜欢在这里的生活，因为空气好，风景也不错。"很多孩子都说很喜欢自己的家乡、学校，即使在我们看来那些县城、大城市可以为孩子们提供更好的发展平台，孩子们心中也依旧热爱着自己生活的这片土地、这座大山。看到他们纯真无邪的脸庞真的会十分心疼，出身是我们每个人无法选择的，但他们却纯真乐观，不会去抱怨命运的不公，而是微笑着用力生长。

我们在支教快结束的一天下午，让孩子们写这些天的感受，记得有一个孩子写的时候，用上了"欲扬先抑"的手法，前面写的全是不愿意来上课、讨厌学习，结果后面话锋一转，说自己每天起得越来越早、盼着新一天的学习。我们细细翻看了每个孩子的感想，看到了他们对我们的认可，心里满满的感动。孩子们就像天使一般纯真善良，他们对我们每个人都毫不吝啬自己的夸奖，是用尽自己能想到的最美好的词去形容。有个孩子用

"被天使吻过的嗓子"来夸我，可是我并不是专业学习音乐的，又如何能配得上如此的赞扬。但是孩子就是这样，他们的内心是非常纯真的，就如同他们天真灿烂的脸庞，你全心全意地对他们，他们就会信任你、亲近你，也用一颗真心与你相处，甚至愿意将最好的东西分享给你。在相处的日子里也是愈发地喜欢他们，看到他们纯真的笑脸、听到他们热情的问好，甚至是不安分地乱跑、交头接耳地喧闹，都能成为心中一幕幕动人的场景。

我们走时孩子们十分不舍。"老师，你们可以多留几天吗？""老师，你们明年还来这里好不好？""老师，你们要是一直做我们的老师就好了。""老师，你们以后毕业了来这里教书好不好？"每一个问题我们都很难回答，因为答应孩子的事就一定要做到，而未来又有太多的不确定。我不敢保证明年一定可以去，只能说无论我是否会再回去，都会更加努力学习专业知识，希望可以为乡村教育贡献自己的绵薄之力，希望有更多的人关注乡村教育问题，更多的人愿意走进乡村关心这些孩子，陪伴他们成长，守护他们纯真的笑脸。

虽说半个月很短，但在与孩子们的相处中，他们发自内心的笑容让我感受到了青春，感受到了他们的青春和我的青春。在这里我用爱去书写自己的青春，我想，梦想应该也在悄然开花吧。

用爱守护你爱笑的脸庞

绿　活

唐　旭[1]

　　绿是象征着生机与活力的最美颜色，冬季一过，春季就到了。倘若来场如牛毛、如细针般的绵绵小雨，大地就会宛如一位魔术师，一碗茶不到的工夫便穿上了绿装。那绿介于淡黄、淡绿之间，走近看时它仿佛变得鲜活起来。这绿的颜色是会变化的，是与气候相联系的。而这变化彰显了它的品质——干热的天气阻碍不了它的生长。当夏季的骄阳肆虐大地时，很多生命都陷入了死一样的寂静中，陷入了卑微的救赎中。但是绿却迎来了一生中最旺盛的时刻，它是不屈的，不向逆境屈服。

　　陆蠡的《囚绿记》是那高贵品质的最好证明。一根绿油油的常春藤是不会向"我"屈服的，是不会向黑暗屈服的，即使是干枯甚至死亡。它是向往自由与光明的斗士。这是我们许多青年人不曾具有的，值得我们深思与学习。

　　那是六年前发生的事情，那时的我正在上初一。我搬进了一座幽静的住所，潮湿的地砖，发霉的墙壁，破旧的木格子窗。这些让我对它心生出稍许的厌恶，所幸门对面有些绿油油的植物，以来慰藉我那日久干涸的心灵。

　　淮河以南地区是潮湿的、多雨的，而六月正是多雨的季节。有诗云："黄梅时节家家雨，青草池塘处处蛙。"这雨，不是朱自清先生笔下的乡村

―――――――――

① 唐旭，男，安徽师范大学教育科学学院2017级教育学专业本科生。

田野里的牛毛细雨；不是南京秦淮河上带有胭脂水粉气息的雨；不是吴越江南之地烟雾蒙蒙、吴侬软语的酥雨。这雨来势迅疾，犹如颗颗珍珠大的雨滴从天河中倾泻而下，降落人间。近处的小池塘烟雨蒙蒙的，水面上顿时泛起一阵的涟漪，裙摆似的荡漾开。河畔旁的杨柳在雨的击打中弯下了腰。天地仿佛都寂静下来，只剩下雨打穿林之声。

雨是寻常的，一下就是一两天。雨后，只见门前的花花草草凌乱不堪，濒临死亡，泛滥的河水冲刷着两岸的泥土混沌地咆哮着向前流去。一些生命就此结束。见此景象，惆怅的我在转身时惊喜地发现墙角的西瓜苗破土而出，尽情地舒展着柔嫩的绿芽。这让我感到诧异与一丝的震惊。这是何等的生命力与毅力，才能让这小小的绿色抵抗住大雨的肆虐而任由自己挥洒生命！

而后的几天便是骄阳烈日了。灼热的阳光烧灼着大地上的生命，飙升的温度蒸发着万物。月季花、金银花等都低下了头。那一抹绿色的幼芽即使有些荫凉可以依靠但也失去了鲜活。这估计要干枯了，我心想。一天两天三天，一个星期过后，当我不经意地一瞥时却发现这一抹绿色竟然长大了，枝条伸展了，它也不再柔弱。这烈日、干风无法将其摧毁，这绿色竟然在逆境中坚持了下来，它绽放了生命的精彩。

瓜苗下结出了一个小小的西瓜。这个结晶是它生命中的精彩，是它生命力与毅力的最好证明。而这一抹绿色是支撑它的保障，有了绿色，它才可以与烈日抗争，才可以绽放人生的精彩。

人生亦如此，在逆境中不放弃，在低谷时不说不，只有拥有绿的品质才能让人生绽放，让人生翱翔。在新时代，在社会主义新阶段，一个合格的年轻人只有拥有绿的品质才可以说合格，而绿活可以让你的人生翱翔，使你走上更高的平台。

路遥知马力，只有尝试才会知道结果，绿活不只是说说，更需要的是行动。你，准备好了吗？

绿
活

人间失格

乔　成[1]

　　木然地漫步在大学校园里，心中无所想，迎面碰上熙熙攘攘的与我不相干的人群。我看着各种各样的笑脸、开玩笑地推搡，听着貌似热闹的叽喳声，闭上了眼睛。心中终于浮现出一个问题，一个被无数哲学家讨论至今并将继续讨论下去的永恒的问题。

　　活着的意义是什么？

　　我这个人有病，是真的有病，并且是无法治愈的那种。初中时，我曾以认真的语气和同桌说过这句话，他不以为意，认为不过是我与他开玩笑罢了。我叹了口气后，从此再未对任何人讲过，就这样一直到了大学，到了现在，此刻，坐在开着空调的图书馆里，看着小说。

　　"太宰治？"细小的声音从耳边传来，一个穿红衣服的女生从旁边闪过，我埋下头。"现在还有人看这种书吗？"余光瞟过，她像是很有兴趣而且不罢休的样子，我克制不住地烦躁起来。

　　"你平时喜欢看这样的书吗？"她直接坐到我的对面。

　　"嗯。"

　　"爱好日本文学？"

　　"嗯。"

　　"比如川端康成和三岛由纪夫的书也看吗？"

---

　　① 乔成，男，安徽师范大学生态与环境工程学院2018级环境工程专业本科生。

"嗯。"

"那到底为什么喜欢太宰治呢?"应该是不满我敷衍的态度,她翻开一直挡在我面前的《人间失格》,露出一张略显惊慌、疑惧不安的脸,我知道我不能再说"嗯"了。

"也没什么,顺手拿的书。"我目光躲闪,快速地回答道,头偏向一侧。

"唔,其实吧,这本书我还没看过,只是知道作者这个人,大概有些了解。"不知是不是感受到了我的排斥,她有些不好意思,便自言自语道。

"借给你看吧。"我打断了她的自言自语,然后快速收拾起东西,书看不看都无所谓,心里想的只是如何快速逃离这个地方。"借给我,你自己不看吗?"女生惊愕。"看完了。"我说完最后一句话,头也不回地逃走了。

没错,这就是我的病,对与他人交往的排斥和畏惧。听上去很像社交恐惧症,然而又有本质区别,社交恐惧症患者是明知这种情况不合理,但克制不住地感到畏惧和厌恶。而我是故意为之,我主动选择了排斥,而非它选择了我。换句话说,我可以成为正常人,只是我不想。

几乎没有人知道,小学的我和如今的我判若两人,小学时尚且采用与叶藏相同的搞怪的方式掩饰自己内心的孤独感,直到初中的环境再也无法允许我做那些博人一笑的蠢事,比起无事生非的哗众取宠,我发现一心埋在学习上不会引人注意,甚至可以借其名义逃避不少麻烦,我维持着这种状态。除了与必须要说话的人交流外,从不多言。

至于原因,那是多方面的,此处就不赘述了。

然而,有些时候,不得不说是命运使然。

我照例去图书馆看书,那是大学校园里难得的清静之地,虽然近几年隐约有被考研党攻占的趋向,不过三楼还是有几片僻静之地,可以让我好好享受独处的氛围。

上楼,小心避开那些边闭眼背单词边走路的学生,来到我长待的老地方。好巧不巧,又是她,坐在附近的座位上,手里拿着上次我借给她的《人间失格》,于是就在我犹豫是否离去另换场所之际,她看见了我。

人间失格

"你的书。"声音大到引得周围的人都投来了好奇的眼神，我迫于压力，只得坐到她的面前。看来非得好好解释一番才行，抱着这样的心态，我先开口了："同学，你好，这本书应该还行吧。"

或许是惊讶于我竟会主动开口说话，女生愣了一下："怎么说，毕竟是大家写的作品，但我不太喜欢'丧'的文章，而且相比较文章而言……哦，对了，还没问你是哪个专业的？"

"机械，18级。"

"咦，这么巧，我也是18级的，不过我以为你选的是文科之类的专业。"

"不是，我一直是理科生，看书只是爱好。"

"哎，你这个人说话眼睛怎么总是看别的地方，不觉得很没礼貌吗？"我被人戳破了弱点，只好无奈地抬起头，看到一张清秀的、因怒气而泛红的脸。

"不好意思，我……"

"好了，总感觉你这人怪里怪气的。"她微嗔道，"你接下来有事吗，去楼底下的饮品店聊聊吧，这里毕竟是图书馆还有人要看书。"此时的我当然无法提出反对意见，只能说"好"了。

我刚到咖啡厅里的时候，表现还是十分拘谨的，而聊着聊着，却不知不觉话多了起来，或许她有一种引人亲近的魔力，不然连我自己都不敢相信，竟会对一个刚认识不久的人讲这么多话。

"也就是说，你觉得你和叶藏的思想一样喽？"

"怎么可能，"我连忙否认，"只是一小部分思想差不多，"抿一口咖啡，缓缓道来，"我和他大概都是那种极其没有安全感的人，并对世间发生的一切均感到失望透顶，所不同的是，叶藏认为人类作为一种难以理解的生物，让他感到由衷的恐惧。而我认为相比于偏微分方程之类的搞得我头昏脑涨的东西，人与人之间的交往实在是太好理解了，人与人之间无非是相互利用，以达到某种目的，而这种目的只会对自己有利，所有哪怕看上去有利他人的行为，剥开层层外壳，也都是为了满足自己内心的某种欲望，其本质还是利己的。所以，想通了这点你就会觉得人生的一切都显得如此索然无味。""停一下，人的行为怎么可能都是利己的？"她歪着脑袋思索，"那些舍己为人的人呢？"我早就猜到她会这么问。

"我很敬佩这些人，不过这本质上也是利己的，具体来讲要牵涉到个体意识和集体意识的关系。总之就是他能从这种形式中获得心灵层面的满足。"我瞧她不说话，又继续说道："其实，你既然这么问说明你还是对利己这种行为有所误解，很多东西没有好坏之分，那都是人为界定的。我记得有本科幻小说叫《蚁生》，里面详细阐述了利己主义和利他主义的联系以及……"

"行了，你别讲了，我抽空读一读，说话搞得像哲学家似的。"她抿着嘴笑道，我一时语塞，只得停住，注视着阳光透过窗玻璃折射到她的脸上，勾勒出女孩恬静的轮廓。真是一个莫名其妙的午后，我也跟着笑了起来。

接下来的不少日子里，我和她时常会在图书馆里碰到，彼此相视一笑，就坐下干各自的事。空闲时她会拉我出去喝一杯咖啡，然后聊些文学作品里的人物之类的，大部分都是她在讲，我更喜欢扮演一个聆听者的角色。而且我向她隐瞒了我内心最真实的一些想法，包括我有病的事，她大概把我当作一个悲观主义的文艺青年了。大学里还是人来人往，我穿梭其间，尽管大部分时候看上去还是茕茕独立的样子，可是能感觉到什么东西在心底发了芽，在我单调的生活里，潜移默化地改变着我。

周六学校举办团建活动，我照旧是不参加的，不过当得知是与文学院一起联办的时候，我决定去看一下，就算是看看她是否也参加了，哦，不，以她的性格一定会参加的，我自嘲地笑笑。

那天骄阳似火，人声鼎沸。我戴着黑色的帽子，一路避开拥挤的人群。猛然间瞥见班上个子最高的男生正站在不远处，眉飞色舞地说着什么。应该是我们班和文学院了，我环顾了两三遍，仍然看不见她的踪影，这么远看不清楚，可能在别的地方。我得过去才行，然而明明不参加的，突然又现身岂不会引起别人说什么。我踌躇了，三十几度的高温，烈日烤

得人心烦意乱，算了，我去干什么呢，只是为了找她吗，说一句"你好"？不过话说我为什么要找她。我仿佛一下子意识到了这个问题，我为何做出要来看她的决定呢？我决定往回走。途经某个拐角处时，却意外撞见了她。

"你没参加活动吗？"我问了一个貌似愚蠢的问题。

"当然参加了，不过趁活动间隙出来晃晃嘛！"她嘻嘻笑着，"对了，你没参加吗，没看到你。"

"没有。"

她扑闪着眼睛："走吧，去玩一玩。"

"不用了，我一向不参加的。"我转身就走，"那你过来干吗？"她一个问题就噎住了我，我站在那停住了。

此刻的风吹过，草木轻轻摇曳，像极了顾城《门前》所描绘的场景，我心里生成一种朦胧的感觉，我不知身处何地，也听不清周围人的喧嚣，时间仿佛凝固了。

很久以后，当我再回想起那天的光景时，有没有去参加活动已经不重要了，因为在那一瞬间，我突然领悟到之前行为的可笑之处。人本就是最具矛盾性的动物，又怎能仅仅用利益和目的来解释一切行为的动机。任何人的任何行为，都多多少少有潜意识的掺入。它的外在表现可以是情感，或是一种说不清道不明的感觉。我此前所谓人生里，从未考虑过我会有非理性的一面。正如《三体》里那位联络员所说的，人类社会的情感，恰是人类迟迟未能看清宇宙的黑暗森林状态的原因，而也正是情感，支撑罗辑完成了最后的反击。

而一直人间失格的我，也愿意重新再拾取生而为人的资格。

平江路

王月亭[①]

【人物介绍】

柳思——女大学生，戏剧影视文学专业，暑期赴苏州进行社会实践。

杜景——初见茶馆的老板。

方小冉——美术专业，柳思的同学。

丁雨凡——柳思的同学，汉语言文学专业。

秦臻——暑期社会实践队员，汉语言文学专业，单恋柳思。

紫薇花神、小道姑、石亭、梅树。

序　幕

舞台光渐亮，正旦扮杜丽娘，唱《寻梦》一出上。

旦：（唱）待打并香魂一片，阴雨梅天，守得个梅根相见。

台下叫好声。

贴旦扮春香上前查看，几番唤小姐。

杜不动，春香探其鼻息，惊起跌坐，连声道"出事"。

台下喧闹、惊惶声，救护车鸣笛声由强渐弱。

① 王月亭，女，安徽师范大学文学院戏剧影视文学2016级本科生。本文为2018年度"大学生创新创业训练计划"国家级项目结项成果。指导教师为俞晓红教授。

【夏日，七月鸣蜩，古城头顶的太阳并不因为水乡丽地就收敛半分。平江路旁一家名为"初见"的茶馆内，琵琶声叮咚如泉，削弱了一丝暑气，三个外地来的大学生围坐在窗前的圆桌旁，聊着近日所见心得。】

方小冉：（听着评弹，捶桌子）扬州驿里梦苏州，梦到花桥水阁头。——这儿太好了！这么风雅的地方，就适合做一些浪漫的事啊！可为什么我们要在这里发这些没有灵魂的调研问卷。

丁雨凡：因为是你自己吵着要来这个实践队伍，说要来这里邂逅爱情，拥抱人生，还拖了我们两个准备陪你游山玩水，又因为不想在室内访问昆曲演员，选择了室外调研，所以这么热的天——人美心善的我，要陪你这个缺心眼儿坐在这里浪费时间。

方小冉：能不说实话吗！你看人家柳思一点都没抱怨，还乐在其中呢。

丁雨凡：因为柳思的主题并不是来邂逅爱情拥抱人生，而是长才干学知识，并且为了你的调研报告做贡献——柳思你说句话。

柳思：我没想到。我本来是要跟着他们采访演员的，是你们把我拉来坐在这里，并且到现在话题都不着边际。

丁雨凡：……我也觉得留在昆剧院看演出比坐在这里有意思。

方小冉：可是昆曲真的很无聊啊！虽然有字幕，但是又难懂，尾音还那么长，时间一久我肯定睡着。

丁雨凡：睡在观众椅上难道不比这里强？

方小冉：不过确实浪漫——没乱里春情难遣，蓦地里怀人幽怨……想幽梦谁边，和春光暗流转，迁延，这衷怀那处言？淹煎！泼残生，除问天！①思春思到修成正果，古今中外恐怕也只杜丽娘一个了。

丁雨凡：你居然记得词！真是难为你了！

---

① 汤显祖：《牡丹亭》第十出《惊梦》【山坡羊】，齐鲁书社2004年版，第29页。

方小冉：我好歹也学艺术，谁还没受过点艺术熏陶？

丁雨凡：柳思之前翻完五遍《牡丹亭》，跟我说，她还是不太懂，情不知所起，一往而深。她觉得很不靠谱，因为她绝不会想男人想到去世。

方小冉：好冷漠的现代女人！

柳思：不过女孩子们应该羡慕她。她梦想有一个梦中情人，结果这个梦中情人确实存在，并且受命运使然来找她，尽管那时她死了——这没有关系，可以说很成功，百分之九十九的女孩儿都没有这样的运气。这么小的概率，所以我并不相信这样异想天开的——爱情。但它如此动人，不可否认我也希望能这样。

丁雨凡：艺术作品都这样。我赞同柳思，那句俗话说得好，世上无非两种爱情：一种一见钟情，一种日久生情。

方小冉：（看着柳思）那你会对秦臻日久生情吗？

柳思：不会。

方小冉：为什么？我其实一直想问，他追了你那么久，长得帅人也不赖，秦臻秦臻，情真意切，这次都追着你来了苏州，你真的不考虑？

丁雨凡：学中文的男生，大多如此。他们自以为那股书生气儿很能吸引人呢。

柳思：我还是最喜欢《西厢记》里那一种传统、俗套但是有机会遇到的……"浪漫"，隔墙花影动，疑是玉人来。红娘的腰带舞得真好看。所以现实里也要有人牵线——万无一失。

丁雨凡：也就是说，柳思是"一见钟情"款。就像这家茶馆，记得小萍"初见"。俗世人想象的爱情多是如此。

柳思：透彻。

方小冉：俗气！肤浅！

柳思：批评得好，我尽量改正。

丁雨凡：我也爱一见钟情。比如《墙头马上》——妾弄青梅凭短墙，君骑白马傍垂杨。墙头马上遥相顾，一见知君即断肠。一眼误终身的感觉真好，可惜概率也接近零。

方小冉：我明白了，柳思没有对他一见钟情，就不存在日久生情。

丁雨凡：孺子可教。

柳思：其实《牡丹亭》里也有一见钟情的成分。《惊梦》一出就是……但单论感受我更喜欢《幽媾》这一出，既有待月西厢的偷情成分，也有人鬼情未了的玄幻感，虽然那一出让我想到《聊斋》里狐狸精勾引书生的情节。

方小冉：这回我同意！那一段"眠眼"，水袖相缠，风月无边，看得我骨头都酥了！

丁雨凡：那也只是在戏里，现实中有个男人那么盯着你……除非他貌比潘安，否则就算他是你男友，你也会尴尬到想要掘地三尺藏起来。

方小冉：我不信。

丁雨凡：你不信没用，上次柳思演话剧，秦臻就那么盯着她，怪怕人的，害得她差点忘词。

方岚：（看向柳思）这么说来，秦臻对你是初见就倾心咯？

柳思：（岔开话题，晃茶壶）点的茶快喝完了。

【茶厅前响起丝竹声，一花旦饰杜丽娘款款而上。杜景上，走至三人桌前，捧着托盘。】

杜景：请问还要茶吗？或者不需要的话，我可以撤了茶盏？

方小冉：（惊觉）可以可以，我们——

三人连忙将茶盏帮忙放上托盘，慌乱间方小冉将茶壶中未尽的茶水泼在了杜景身上。

方小冉：（慌张找纸巾？）对不起对不起，你等等，柳思，快给我张纸！

柳思站着不动，直直盯着杜景。

杜景：我脸上……有东西吗？

【方小冉掏出纸巾在杜景衣服上胡乱擦拭，抬头看见这一幕，也愣了。】

旦：最撩人春色是今年，少什么低就高来粉画垣，原来春心无处不飞悬……

丁雨凡：实在对不起，我们再要一壶龙井，麻烦您了。

杜景：（微笑）没关系的，一壶龙井……不过一会儿我要上台了。

方小冉：上什么台？

【丁雨凡拿肘部顶她，示意前厅的昆曲表演。花旦正唱到"花似人心向好处牵"①。】

方小冉（惊讶的）：你也会唱昆曲？

杜景：算是兼职。

方小冉：你马上也……唱《牡丹亭》？

杜景：嗯，唱柳梦梅。你们喜欢，不妨听听。

方小冉：喜欢喜欢！我们来这几天听了好多呢……你快去化装吧。（把杜景推走）

方小冉（拉住丁雨凡）：之前说的都不算，雨凡，你说得对，我刚刚好像一见钟情了。你快看看，我有没有脸红得很明显？

丁雨凡：你没有，柳思倒是快炸了。

方小冉：（拍掌）真俗套。（转了个圈，憧憬的，幸福语气）真浪漫！

丁雨凡：一壶龙井，这钱你和柳思出，看完你就不觉得浪漫了。（将菜单扔到她面前）

方小冉：（拿起菜单，惊呼）这么贵！丁雨凡，你不是故意的吧！这还不如去买隔壁二十元一斤的花茶呢！

丁雨凡：赔罪当然要有诚意了，再说，穷浪漫只存在于过去，现在嘛……投资也是要有成本的。是吧，柳思……柳思？

柳思：（盯着杜景离去的方向）我说错了……并不是杜丽娘梦中的那个人恰好存在。而好像是柳梦梅恰好满足了他梦中人所有的条件，对杜丽娘来说，柳梦梅一直存在，她画了自己的画像，似乎隐隐就是为了等一个初见。

平江路

---

① 汤显祖：《牡丹亭》第十二出《寻梦》【懒画眉】，齐鲁书社2004年版，第29页。

· 077 ·

【三人均貌痴不语，前厅杜景饰柳梦梅持画上场，幕落。】

第二幕

【初见茶馆外。方小冉朝窗内张望着，柳思、丁雨凡站在她身后。】

丁雨凡：这是第几天了？

柳思：第三天了。

丁雨凡：天晚了，我们走吧。

柳思：不，我们不能。

方小冉：对！不能！

丁雨凡：（抓着脑袋）为什么？

柳思：因为我们在等待戈多。

方小冉：对，因为我们在等待戈……什么戈多！是柳梦梅！呸，什么柳梦梅，他叫杜景！

丁雨凡：你泼了人家一身，人家还免了你那壶龙井的单，可不是让你像变态一样在人家店门口鬼鬼祟祟。

方小冉：你说的那叫什么话！我……我们在走访调研！你知道吗，我一看见他，脑袋里所有诗句都冒出来了，有匪君子，如切如磋……

丁雨凡：得了，再怎么琢磨也不是你的。

柳思：他好像不在，我们等了这么久也没看到。

方小冉：服务员还会唱昆曲，一定不简单，一定有故事！这不是可以挖掘点吗？

丁雨凡：呸，你就是想套近乎。

方小冉：别人想套近乎还没有借口呢！我好歹有一个。（朝里张望）好像真的不在。

丁雨凡：还是先去吃饭再来吧，在我饿死之前，我可不想陪你们变成望夫石。

方小冉：（摸摸肚子）有道理，我们去买小吃吧，然后逛逛旗袍店、扇子店……我的天！秦臻怎么来了？

丁雨凡：他这几天都没怎么看见柳思了。

方小冉：真是该来的不来，我们先撤吧！（冲着柳思）姐们儿，好自为之，好好跟他说"一见钟情"那一套。

（方小冉、丁雨凡下）

【茶馆外，月上柳梢头。柳思站在桥头，秦臻站在她面前，垂着头。】

秦臻：柳思，你想吃酸奶酪吗？我去买给你。

柳思：不用了，我……不想吃。

秦臻：那桂花糕？牛皮糖？要不我们去前面那家咖啡馆坐坐？

柳思：都不用。你也累一天了，秦臻，别忙了。

秦臻：我不累，你想逛逛吗？我听方小冉说，你很喜欢这条路。

柳思：那是她喜欢，我才陪她来。

秦臻：你就一点都不松口……你为什么不愿意给我一次机会？你怎么这么……

柳思：这么不识好歹，我软话也说过了，硬话也说过了，你都不听。

秦臻：柳思，我一进大学就喜欢你。那时候你在舞台上演话剧，我想，世界上居然会有这样的姑娘，你在台上说晚秋带露的丹枫，说紫星照耀的群山，说春波里的画船……你不知道，你说的时候，你就是丹枫，就是群山，就是画船，我拼了命挤进话剧社，好不容易能和你演同一出戏，可你……你只有戏里才对我态度好些。

柳思：第一，舞台上需要艺术表现力，你只是被感染了，我成了你感情聚焦的实体。第二，进话剧社不需要拼命。第三，你自己也知道那是演戏。

秦臻：难道我现实里为你做的一切，你就一点也没被打动过？

柳思：你当然打动过我，可这不足以让我喜欢你，你听过"十动然拒"吗？

秦臻：（哂笑）所以你每次都十分感动，然后拒绝了我。柳思，你冷静得可怕，我知道我对你来说很麻烦，但是今天能不能给一个足够的理由，让我不要做梦了。

柳思：我说不上来……纵然这样，我没办法不给你做梦的权利啊。

【秦臻目光凛冽地看着柳思，气氛尴尬。二人没有再说话。】

杜景过桥往茶馆方向走，路过柳思，假装撞了一下她。

杜景：对不起，我……咦，是你？你下午不是说要采访我们店里的演员吗？人家师父早就来了，怎么还傻站着不进去？

柳思：（心领神会的）啊，对，我这就来。秦臻，我还要采访，你一会儿逛完了就先回宾馆吧。

【柳思随杜景下。秦臻一个人愣在原地。幕落。】

第三幕

【四人分别饰梅树、紫薇花神、牡丹亭、小道姑上。】

梅树：我是杜丽娘死前哭着的、死后埋着的那株梅树，我活了好多年，身边也埋了好多人，也没再见有一个女孩子守着我埋怨那么久，她的眼泪也没能让我的梅子更酸或者更甜。

紫薇花神：想当初我也在那十二花神里头，围着他们载歌载舞，打今儿值班的只有我一个。几百年过去了，我促成多少好事，独自己还缺一个紫薇花下紫薇郎。

石亭：行来春色三分雨，除却巫山一片云。我就是那对男女巫山云雨的阳台，主角本该是我——牡丹亭——可惜我是石头做的，怎么也不懂那其中情意，倒莫名其妙成了传奇浪漫的代名词。

小道姑：我是个道姑，不是《思凡》里头的道姑，也不是《玉簪记》里头的道姑，我是被石道姑误会和柳梦梅偷情，替杜丽娘那只鬼背锅的小道姑。

梅树：我枝繁叶茂。

紫薇花神：我年年乞巧。

牡丹亭：我百思不得。

小道姑：我冰壶月朗。

梅树：爱情有什么好？她只要吃我两个甜梅子，何苦死去活来，又哭又闹。

紫薇花神：爱情有什么好，哪比得上花开花落，为什么人总要心心念念千百遭？

牡丹亭：爱情有什么好？还不是肉欲凡胎，这答儿妙那答儿吵？

小道姑：爱情有什么好？全都是见色起意，徒添烦恼！

梅树：我不懂。

紫薇花神：我不懂。

牡丹亭：我不懂。

小道姑：我生气！

梅、紫、石（齐）：为什么？

小道姑：他们人鬼情未了，凭什么坏我清白？

众人（不屑，齐叹）：嗨——

紫薇花神（惊起）：他们来了。

梅树：他们又来了。

小道姑：哪个他们？

牡丹亭：又是他们！

紫薇花神：娇娘阮郎。

梅树：挑逗情肠。

小道姑：剪烛西窗。

牡丹亭：共赴高唐。

紫、梅、道：嗯？

牡丹亭：罢！人间天上！

四人退至台后，柳、杜二人走上台前。

柳思：大恩不言谢，我明天再去消费一壶龙井。

杜景：（笑）我放着正经茶水生意不做，莫非要天天赚解围的钱？

柳思：你是那家店老板？

杜景：不像吗？还是我看起来只有像服务员的份儿？

柳思：开玩笑，你看起来这样年轻。

杜景：谢谢。你朋友呢？今天没跟你一起来？

柳思：她们吃饭去了，刚刚还说要找你呢。

杜景：找我？

柳思：人生头一次碰见活的给我们端茶的柳梦梅，当然要好好观察一下。

杜景：（故意）店内消费满八百元送签名——

柳思：你怎么不去抢？亏你看着像个艺术家，怎么张口闭口都是钱？

杜景：艺术家？你可别取笑我了，我就是个闲商人，商人的艺术就是"宰客"，怎么，你难道不是客人？

柳思：（突然结巴）我，我是来……实践调研的（挥了挥手上的调查问卷），调查姑苏曲艺文化，做些街头或者专业人士采访之类的。

杜景：这我知道。你要采访演员吗？喏，我就在这里，采访我吧，一个小时一百元。

柳思：你！（气噎，突然掏出一百元）

柳思：给，我买一个小时。

杜景：（怔住，大笑）对不起。（把钱还给她）我陪你逛逛吧。

柳思：（瞪着他）我现在能采访你了吗？

杜景：当然，你问吧。

柳思：你怎么会唱昆曲的？也是学的相关专业吗？

杜景：那倒不是，只是感兴趣，偶尔学学罢了。

柳思：只是这样？

杜景：（坦白状）其实是我女朋友喜欢。

柳思：你有女朋友？

杜景：这有口井，小心脚下。你喜欢这条路吗？

柳思：当然喜欢，宋朝的时候苏州还叫平江，平江路其名源于此，因为路上有古井十口，又称十泉里，我们刚刚就经过一口。这条路长约一千六百米，宽三点二米……

杜景：（笑）打住，是问你喜不喜欢，不是让你知识竞答。

柳思：（望四周景色）我想，不会有人不喜欢这条路吧？莫非你和她，就是在这里认识的？

杜景：那倒不是，我们唱昆曲认识的，念的就是本地的大学。她演杜丽娘，我演柳梦梅，禁不住撮合就在一块了，我不知道陪她走过多少次这条路——不过那都是过去的事了，也变成这路上无数风月历史中的一段啦。

柳思：因戏生情？这不算少见……恕我冒昧，你们好端端的才子佳人，怎么分开了？

杜景：因为她把自己演进去了。

柳思：这怎么说？

杜景：不瞒你说，当初我喜欢她就是看见她在台上唱，一时移不开眼了，学昆曲也是这个原因。

柳思：（怅然的）噢。

杜景：套用《霸王别姬》里头一句话，她是真的杜丽娘，我是假的柳梦梅。你能明白吗？

【柳思怔在原地。】

杜景：我一开始就知道她是古典的人，初时我想，左不过是个活在现代的林妹妹。我陪她走这条路，她常和我说，假使我们能永远这样走下去多好，我就笑她，常常路走完了，她就呆在原地伤心，好一会儿不肯离开。

柳思：真是至情至性。

杜景：可能在常人看来这是痴人可爱，我原先也觉得如此，谁想有一次，我们大吵了一架。

柳思：你们也会吵架？

杜景：我那时候在校学生会当了主席，事情很多，没时间陪她，昆曲演出也很少去了，她打电话来骂我，说我薄情。那天我要去主持活动，正逢剧团公演，她因为想让我和她一起演出，就把我的主持稿藏起来，姓名牌和衣服也撕了。

柳思：那你？

杜景：我没说什么，还是丢下她去主持活动了，结束后我赶去看她的戏，谁想人就没了。

柳思：什么？

杜景：是，她把自己唱进去了，倒在梅树上，香消玉殒……就像传奇故事一样。我总在想，倘若我那天同她一起是不是……

柳思：（走到他前头，打断他）对不起，我多问了。

杜景：这没什么，你们采访不就是要挖故事？

柳思：（诚恳的）杜先生，你不用太自责……你依然记着她，是不是？开茶馆也是为了她？

杜景：从前她倒这么说过，你是不是觉得挺可笑？

柳思：没有，我为你们感到可惜。她只是入戏过深了，谁都没想过会有这样的事。杜先生，谢谢你和我说这些。路走到头了，我得回去了。

杜景：是我得谢谢你，听我唠叨这么久，你明天还来吗？

【四人围住柳思。】

梅树：瞧这桃花面、芙蓉腮，怎么到这地方来？

紫薇花神：难不成到花台酒台？不合适。

小道姑：歌台舞台？不太像。

牡丹亭：秦台楚台？

梅、紫、道：呸！

牡丹亭：不应该。

【四人又围住杜景。】

小道姑：他有情无情？

梅树：是梅卿柳卿？

小道姑：我全分不大清。

紫薇花神：亏得这风清月清。

牡丹亭：无奈这花亭水亭。①

柳思：来。

四人闻声，齐：哀哉——

【四人重新上到台前。】

梅树：什么良缘。

紫薇花神：风月。

牡丹亭：匆忙。

小道姑：荒唐！

齐：深院里大梦不觉，醒了还要骂断壁残垣——

梅树：可惜。

小道姑：可笑。

牡丹亭：可怜。

【三人下场。紫薇花神绕了二人一圈。】

紫薇花神：（叹息）可叹——可爱是这一瞬间花前月下。（下）

（内昆曲声）旦上（唱）：原来姹紫嫣红开遍，似这般都付与断井颓垣，良辰美景奈何天，赏心乐事谁家院，朝飞暮卷，云霞翠轩，雨丝风片，烟波画船，锦屏人忒看得这韶光贱——②

【灯光暗，内旁白声：柳思陷入了这场一个人的钟情。她每日固定时间到茶馆看演出，同杜景谈天，所见是月牙下白墙上的水波，所闻是吴侬软语的风情，走在古街的每一步，脚尖落在石板上，都是响亮的吻，好比不愿醒来的风月梦。】

【灯光复亮，台中，柳思站在茶馆前石桥上。一旁小道姑和牡丹亭在一旁做柳、杜二人初遇时情景。梅树饰演梅树。紫薇花神饰演花神。】

---

① 化用于汤显祖《牡丹亭》第二十七出《魂游》【黑嘛令】词："不由俺无情有情，凑着叫的人三声两声，冷惺忪红泪飘零。呀！怕不是梦人儿梅卿柳卿？俺记着这花亭水亭，趁的这风清月清。则这鬼宿前程，盼得上三星四星？"齐鲁书社 2004 年版，第 79 页。

② 汤显祖《牡丹亭》第十出《惊梦》【皂罗袍】，齐鲁书社 2004 年版，第 22 页。

小道姑：那生素昧平生，因何到此——

柳思：我确实爱上他了，这一种感情叫人心悸，我有时候没来由地看着他的侧脸，感受到理智在脑海中一遍遍消融，我甚至嫉妒起那个死去的杜丽娘——

【小道姑和牡丹亭演到柳、杜二人背靠背相撞，发现彼此，两人眼神对上的一刻忽然拂袖翻脸。】

牡丹亭：情不知所起？

小道姑：呸！登徒子！见色起意！

柳思：（站起身，询问的）我应该爱他吗？

梅树：不是良辰。

紫薇花神：不为良人。

柳思：我不该爱他吗？（往后退了几步，四处张望走动，像在寻找什么。）

梅树：（指着柳思）你们看——就是这种神情，好像人世间独独欠她一个情郎似的。

柳思：我为什么爱他？

紫薇花神：风神俊雅。

小道姑：年方二八。

梅树：春情难画。

牡丹亭：心盲眼瞎。

柳思：不过是无心一瞥，撞上心弦。这世界上千万种爱情，都不及他看我一眼。

梅树：然后呢？

柳思：（失神的）然后幻便成真，一往情深。我心里的杜丽娘在湖山石畔喊着柳生，我们游园——

小道姑和牡丹亭扮柳、杜二人做游园状。

小道姑：然后呢？

柳思：然后一波三折，死而复生，穿花过门——他牵我的手了！

此间韶颜——安徽师范大学学生优秀文学创作与评论选集

【道、牡做牵手状。】

紫薇花神：然后呢？

柳思：……他又放开了手，我身在人间，心在无间。

【道、牡二人猛地甩开对方的手。】

牡丹亭：我还以为又是衣锦还乡大团圆。

紫、梅、道：别说废话！

柳思：我要怎么告诉他？他会喜欢我吗？他大抵是个忠于爱情的人，我要劝他放弃愧疚吗？……我得告诉他，你不必再想着她，你大可去干你爱的事，重新爱一个人……他来了，就这样说！

杜景和方小冉上。

柳思：（迎上去）杜先生和……小冉？

方小冉：柳思，你也在这儿，正好，我昨儿和昆剧院的老师学了新戏，杜老板直夸我演得好，晚上还约我搭戏呢！走吧，今天我请客吃饭。

柳思：杜老板，今天的访谈……

杜景：（含蓄的）有什么问题，一同吃饭的时候问吧。

柳思：……不用了，我还是回去改我的稿子吧。

方小冉：柳思，你记得晚上捧我的场啊——

方小冉：（唱）……我一生儿爱好是天然，可惜三春好处无人见。

杜景：怎么没人见？我不是在这吗。

方小冉：多嘴！

二人并肩下。柳思呆站在桥上目送他们的背影。幕落。

第四幕

【宾馆房间内。方小冉未卸妆，哼着歌上台。】

方小冉：你别说，这个杜老板，人长得好看，戏也唱得好，怪不得店里生意红火呢，瞧这是什么！（摇晃手中茶包）他又送了我一包好茶，说我今晚唱得好，给他赚了不少呢。

丁雨凡：可真会做人，快分给我们也尝尝。

方小冉：柳思，我今晚到处找你呢，你怎么没去？（坏笑的）你不会吃醋了吧？

柳思：只准你一见钟情——我不可以吗？

方小冉：是你疯了，还是我眼花了？你不像我认识的那个柳思，你不会真的喜欢上他了吧？

柳思：（苦闷的）我，我也不知道怎么了。

方小冉：那个现代女人柳思哪去了？我们这种没什么人生经验的女大学生，经历过的感情还没有人家在台上演过的戏多呢，拿什么跟他换风花雪月？

丁雨凡：他也未必喜欢风花雪月。

柳思：什么意思？

方小冉：柳思啊柳思，你是魔怔了，你想想杜丽娘是怎么死的？

柳思：因情病死的。

方小冉：错了！是慕色而死！柳思，现在早没什么一见钟情、初见众生了，你是受这里的气氛使然，是一时的荷尔蒙发作而已，就算一见钟情，也未必就是适合私订终身的人。

柳思：……你是说，那些都是假的？

方小冉：都是真的，只不过在现代肯定是假的。你们在"初见"初见，在古城邂逅，在平江桥头私订终身，哪里有这话本里头的好事？

【柳思听完忽然冲出门去。舞台灯灭，复渐亮，】

柳思：我仿佛从无间地狱回来，我推开那扇门去找他——发现他和别的女人……

梅树：谁？

柳思：杜丽娘。

梅树：又一个杜丽娘！

柳思：唱着幽情欢好的戏。

【小道姑，牡丹亭模仿《幽媾》一出戏。】

小道姑做叩门状。

牡丹亭开门。

牡丹亭：哪里来的美人——

小道姑：看清楚些，我是查夜的小姑姑。

牡丹亭：哦，原来是道姑小姐。

小道姑：不是你那画中人便不可吗？我今日不做道姑！（上前搂住他，相拥而下）

柳思：现在我终于知道我不是在梦里了。可是我在梦里遭受的苦痛，醒来时的余悸化作毒种，我不能把我的心掏出来，把它掐灭再塞回去，所以它夜夜发痒——

是晚秋带露的丹枫，是紫星照耀过的群山，是春波里藏酿雨水的画船——我多么傻呀，他是另一个秦臻，而我也成了秦臻啦！

紫薇花神：这春梦做得好啊！该还魂啦。走吧。

【紫薇花神引着柳思走向身后高台。台前上来三个杜丽娘，一个杜丽娘靠着梅树落泪，一个杜丽娘坐着春困，一个杜丽娘穿着嫁衣。】

紫薇花神：快结束了，唱呀。

众人齐唱：但是相思莫相负，牡丹亭上三生路。

牡丹亭：（指着脚下平江路）这路太短，可走不完三生。

梅树：这情太浅，可唤不回死人。

小道姑：总是十分风月九转春秋。

梅树：八字不合七天到头。

紫薇花神：六更风雨五更愁。

牡丹亭：四海难觅知音。

小道姑：三生有幸。

紫薇花神：两心相悦。

牡丹亭：一厢情愿。

梅树：太守府风水宝地，我本来还想修炼成精，结果听她一哭，觉得做人真烦，还是做我的树好。

小道姑：我出落的不比杜丽娘差，要不是家中乱贫被爹娘抛弃，谁会寡欲清心，我也学她思凡死一遭。

　　紫薇花神：花把青春败，花生锦绣灾。

　　牡丹亭：那处牡丹杜鹃，烟波画船，池馆苍苔，其实并没有什么特别。

　　柳思：情起情灭。

　　梅树：暮暮朝朝。

　　柳思：杜丽娘为情而死——原来如此。

　　【众人拥簇着柳思，为她披上红衣，花神举旗。】

　　柳思：等一等，我不是杜丽娘！

　　众：（齐笑）你本就不是戏中人啊！（隐去）

　　柳思：（独立大喊）可我是柳思！渴望爱的柳思呀！难道不是戏中人，就不能拥有这爱吗？

　　【背景乐《牡丹亭外》响起。】

　　"李郎一梦已过往，风流人儿如今在何方。

　　从古到今说来话，不过是情而已。

　　这人间苦什么，怕不能遇见你，

　　这世界有点假，可我莫名爱上他。

　　黄粱一梦二十年哪，依旧是不懂爱也不懂情。

　　可我最爱是天然，风流人儿如今在何方。

　　不管是谁啊躲不过，还是情而已。

　　是否你走过了我身边，恍恍惚惚一瞬间。

　　黄粱一梦又十年，依旧是不懂爱也不懂情。

　　牡丹亭外雨纷纷，谁是归人说不准……"①

　　【杜景和一女子扮柳、杜二人上，水袖缠绕，做《惊梦》一出中相会动作，定格。场下一片叫好声，舞台背景回到平江路，柳思和杜景站在桥头。】

　　柳思：戏唱完了，情就不在了吗？

――――――――

　　① 陈升歌曲《牡丹亭外》歌词。

杜景：我怀念那个女孩，但我不再自责了。你看——（指着平江路），你看见了什么？

柳思：痴情眷侣、水巷丁香、古城烟雨……

杜景：在不同人眼里，看见的东西并不一样，寻常人看到美景美食，你看见这条路上千百年的"戏"，我问你那个学美术的同学，她说看到一幅古代风格的油画，因为它清淡古朴，但发生过的事却浓墨重彩。

柳思：千人千景，那么你看见了什么呢？

杜景：我大学里学的是经济学，是不是感觉和这地方完全不搭调？我看见的只有这条古街的商业价值。我早说了，我是个商人。我不是为她开的"初见"，我只是想，大概很多人会在这种地方寻觅"初见"。我们是几百年后的人了，出了这里，总归要醒的，不是吗？

柳思：并无情意？

杜景：并无情意。

尾　声

【平江路，初见茶馆内。】

方小冉，丁雨凡坐在茶桌前。

方小冉：这是第几天？

丁雨凡：这是最后一天了。

方小冉：柳思呢？

丁雨凡：她不来了，她说她不是杜丽娘，看不到柳梦梅。

【二人目光转向后方，白衣的柳梦梅从台上谢幕。】

【茶馆门外，平江路上人来人往，喧嚣依旧。柳思站在柳树下，看着路过的饮食男女，一时间所有风月不知所终，只剩下耳旁余音缭绕。】

【剧终】

王维诗"留白"艺术探微

朱憬臻[①]

王维是盛唐开元、天宝时期最为重要的诗人之一，字摩诘，太原祁人（今山西祁县），生于长安元年（公元701年），卒于上元二年（公元761年）。王维兼擅诗歌、绘画、音乐等诸学，在当时文坛即享有盛誉，被唐代宗誉为"天下文宗"，可见其在当时文坛地位之高。

王维的诗歌创作才能是多方面的，众体兼备，题材丰富，尤其是他的山水诗创作有着卓越的成就，备受后世批评家关注。王维的山水诗，能够将自然与工丽完美地统一起来，达到艺术表现的新境界，继谢灵运之后，将山水诗的创作推向了一个新的高峰。当时的文人对王维的诗歌十分推崇，如唐代殷璠编选的《河岳英灵集》中就曾评价道："维诗词秀调雅，意新理惬。在泉为珠，着壁成绘。一句一字，皆出常境。"[②]已经概括出维诗清雅灵动、出乎常境的特点。唐末司空图更是标举"韵"与"格"，认为"王右丞、韦苏州澄淡精致，格在其中"，"近而不浮，远而不尽，然后可以言韵外之致也"。点出了王维诗澄淡精致有"韵外之致"的特征。清代赵殿成集前代评论之大成，认为："唐之诗家称正宗者，必推王右丞……唯右丞通于禅理，故语无背触，甜澈中边，空外之音也，水中之影也。""才华炳焕，

---

① 朱憬臻，男，安徽师范大学文学院2020级文艺学专业硕士研究生，指导教师为张勇教授。

② [唐]殷璠编著，王克让注：《河岳英灵集注》，巴蜀书社2006年版，第66页。

笼罩一时，而又天机清妙，与物无竞……脱弃凡近，丽而不失之浮，乐而不流于荡。"①至此概括出王维诗"如秋水芙蕖，倚风自笑"般高妙的艺术境界。

同时，王维也是唐代著名的山水画家，善"破墨山水"，《旧唐书·王维传》记载："山水平远，云峰石色，绝迹天机，非绘者之所能及也。"②明代画家董其昌曾推举王维为文人画派"南宗之祖"，虽历来颇有争议，但王维对于中国山水画的贡献无疑是具有开创性的。王维对自己的绘画天赋颇为自信，曾说道："宿世谬词客，前身应画师。不能舍余习，偶被世人知。"（《偶然作》其六）。所以，王维能在诗歌创作中不自觉地将绘画中的观念与技法移入诗中，形成"诗中有画"的独特审美意蕴。难怪苏轼在《书摩诘蓝田烟雨图》中说道："味摩诘之诗，诗中有画；观摩诘之画，画中有诗。"王维也确实达到了这种艺术境界。诗与画的同构与交融，使得王维笔下的艺术作品有着超越了空间与时间的无限魅力，而王维诗中的"留白"之处，正是这种魅力的具体表征。

王维好事佛，晚年尤甚，世有"诗佛"之称，佛教思想尤其是禅宗思想与王维的精神世界有着密不可分的联系。王维"以禅入诗""以禅入画"的艺术创作特色，使得其许多描摹山水自然的作品流露出一种空灵而岑寂的自然之美。所以，在王维的精神世界和审美观照中，以诗性与禅意的眼光描绘出的万物，无生无灭，可以于刹那之间见永恒，从而上升到一种空明无滞碍的境界。禅意与诗性共存的情怀，是王维诗"留白"艺术产生的重要心理机制之一。

本文以传统绘画技法"留白"作为切入视角，运用文史哲结合的研究方法，利用中西方绘画与文学艺术理论，结合具体作品，探讨王维诗中"留白"艺术所体现的审美文化意蕴。

①[唐]王维著,[清]赵殿成笺注:《王右丞集笺注》,上海古籍出版社1984年版,第1、565页。

②[后晋]刘昫等撰:《旧唐书·王维传》,中华书局1975年版,第5051页。

王维诗「留白」艺术探微

一、"留白"艺术溯源

（一）"留白"的含义

"留白"一词源于中国传统绘画理论，是我国传统艺术的重要表现手法之一，被广泛用于中国绘画、诗词、园林等艺术研究领域。探其本源，"留，止也"，"白，西方色也。殷用事，物色白"（许慎《说文》）。后来"白"派生出"没有加上什么东西的；空白"的意思（《现代汉语词典》）。《汉语修辞格大辞典》把"留白"定义为："说话或写文章时，有意不把话说完或说清楚，留下一定的空白，让读者发挥自己的想象力去填补的一种修辞方式。"简而言之，"留白"就是在艺术作品中留下相应的空白，留有余地，从而达到"言有尽而意无穷"的臻妙艺境的一种艺术表现手法。

（二）"留白"艺术的思想渊源

"留白"这种艺术精神的思想源头，上可追溯至老庄一派。老子所言之"道"，是"无"与"有"的统一，或者说是"虚"与"实"的统一，于是老子说：

> 天地之间，其犹橐龠乎？虚而不屈，动而愈出。（《老子》第五章）

这里的"橐龠"就是风箱，老子认为，天地之间充满了虚空，就像风箱一样。这种虚空，并不是绝对的虚无。虚空中充满了"气"，正因为有这种虚空，才有万物的流动、运化，才有不竭的生命。[1]正因为老子十分强调"无"与"虚"的作用，所以提出了"大音希声，大象无形"之论。老子的"大音""大象"，是一个有无相成、虚实相生的完美境界，给人以无穷的趣味和丰富的想象空间，这也正是中国古代传统的艺术意境理论的主要特征。老子借此得出"道隐无名"的思想，"无"与"虚"的关系和

---

① 叶朗：《中国美学史大纲》，上海人民出版社1985年版，第28—29页。

"大音希声，大象无形"论可以被看作"留白"观念最早的美学思想源头。

　　庄子对此做了进一步的发挥，认为"瞻彼阒者，虚室生白"（《庄子·人间世》），宗白华先生对此作了精妙的解读：这个虚白不是几何学的空间间架、死的空间，所谓顽空，而是创化万物永恒运行的道。这"白"是"道"的吉祥之光。中国诗词文章里都注重这空中点染，抟虚成实的表现方法，使诗境、词境里面有空间，有荡漾，和中国画具有同样的艺术结构。①总之，道家有关"有"与"无"、"实"与"虚"等哲学思想可以被看作"留白"艺术思想史上的源头。

　　作为中国传统文化主流思想的儒家思想，对文人的思想观念的影响极为深刻，同时在艺术创作领域也有着深远的影响。《论语·八佾》所载孔子"绘事后素"之说，就是认为要先有白底，方可进行绘画。这种论述虽然仅限于绘画准备阶段的、客观上的留白，但是从侧面说明了孔子对空白的重视，留白的观念与绘画有着颇深的渊源，留白从一开始就存在于中国画论之中。

　　（三）中国画论中的"留白"艺术

　　中国传统绘画非常重视对空白的运用。从根本上来说，对于空白的重视是源于中国画的审美追求，这种追求遵从于中国传统的美学思想——画家对典型物象的描绘往往是为了体现出其内在的艺术精神。因此，中国画不求逼真与形似，而是通过笔墨来寄托情思，抒发胸臆。画家往往只画花草的一枝一叶、山水景物的一个局部，甚至一舟、一树、一石也能构成一幅画，画中常会留下大面积的空白，余下的部分都交给观赏者去想象和补充。

　　清代笪重光《画筌》有云：

　　　　空本难图，实景清而空景现；神无可绘，真境逼而神境生。位置相戾，有画处多属赘疣；虚实相生，无画处皆成妙境。"②

----

① 宗白华著：《美学散步》，上海人民出版社1986年版，第115—116、83页。
② 俞剑华：《中国古代画论类编：下卷》，人民美术出版社1998年版，第806页。

这句话道出了中国画意境的精要之所在，因为"虚"可成为"实"，"实"可转为"虚"，虚实相生，无画之处也能成为"妙境"。中国画画面中的空白之处，不是空洞乏味，不是毫无生机的空寂，而是通过空白展现心灵的"充实"。就在这空白中，仿佛有着天地之间的灵气在流动往来，"留白"使得有限的画面生出无限的意境来。

正是由于画家发挥了想象力，超越了画面的"留白"，赋予了画面之外生命与灵气，赋予了空白之处可供欣赏者无限玩味的空间。所以许多中国画里的空白对于意境生成的意义甚至要远大于所画物象的意义，而"留白"作为绘画中常用的技法和美学范畴，在中国绘画史上有着独特的艺术价值。

（四）中国诗论中的"留白"艺术

中国古代诗学向来是讲求"含蓄""蕴藉"的，含蓄美作为一种理想的审美艺术形态在中国诗学史上有着悠久的传统。这种诗学传统，可被视为王维诗歌"留白"艺术形成的重要源头。

孔子论诗，以含蓄为贵，讲求"中和"之美，即要求作品无论是思想内容还是语言表达都不能过于激烈或直露，要尽量做到委婉曲折。"儒家诗教主张'美'与'刺'，而无论'美''刺'都要求委婉曲折。温柔敦厚，乐而不淫，哀而不伤，不迫不露，不直不粗。"[1]含而不露，从政治伦理上讲是"主文谲谏"，从文学创作上讲是"意在言外"，所追求的都是这种委婉含蓄的表达方式。

道家哲学崇尚自然、从简守拙的文艺美学思想，也是"含蓄美"诗学观念生成的重要思想源头。《庄子·外物》篇中有著名的"筌蹄"之喻："筌者所以在鱼，得鱼而忘筌，蹄者所以在兔，得兔而忘蹄；言者所以在意，得意而忘言。"[2]此论开启了魏晋时期关于"言、象、意"的著名争辩，王弼就提出了"得象忘言，得意忘象"说，以突破语言的局限性，追

---

① 童庆炳：《童庆炳文集第八卷：中国古代的诗学与美学》，北京师范大学出版社2016年版，第432页。

② [清]郭庆藩撰：《庄子集释》（第4册），中华书局1961年版，第944页。

求意的无限性，达到"言有尽而意无穷"的境界。"言不尽意，得意忘言"说在魏晋之后逐渐被引入文学理论中，形成中国古代"意在言外"的传统，从而进一步促进了诗歌讲求"含蓄"观念的形成。

佛教从踏入中国起，就开始了曲折的本土化之路。"晋宋以降，玄禅合流，老庄的'非言、忘言'，衍而为禅宗的'不立文字'……及至力主顿悟的南宗禅，把不立文字的主张推向极致。"①禅宗讲的"悟"或"妙悟"，正是把语言文字的分量看得很轻，讲求超越语言文字形式的顿悟。禅宗这种"不立文字，超越语言"的主张，正与庄玄的"得意忘言"有着异曲同工之妙。

在儒释道思想的交互影响下，"含蓄美"逐渐作为一种理想的艺术形态和展现诗美的审美形式，为中国历代文人所推崇。以含蓄为美的传统诗学观念，对王维的诗歌创作有着重要影响。

二、王维诗画的"留白"艺术

（一）王维绘画中的留白技法

王维非常擅长山水画的创作，据《宣和画谱卷十·山水一》所载："维善画，尤精山水。当时之画家者流，以谓天机所到，而所学者皆不及。"可见王维绘画水平之高超，并且为当世画家所公认。而在画面中"留白"则是他惯用的技法之一，据传为王维所作的《山水论》写道："凡画山水，意在笔先。丈山尺树，寸马分人。远人无目，远树无枝。远山无石，隐隐如眉；远水无波，高与云齐。"②这里面所说的"远人无目""远树无枝""远山无石""远水无波"其实就是"留白"技巧在画面中的体现。因为在人的视觉经验中，远处的东西处于模糊不清的甚至是空白的状态，画家不必把细节画出来，观众可以根据自己的经验把所形成的图式投

---

① 陈文忠：《含蓄美探源》，《安徽师范大学学报（人文社会科学版）》，1998年第1期，第67—68页。

② 俞剑华：《中国古代画论类编：下卷》，人民美术出版社1998年版，第596页。

射上去①。王维显然对这种绘画处理技巧非常娴熟，总结了大量的创作实践经验之后提出了上述一系列理论。

中国绘画大不同于西方绘画。在画面布景上，一山、一舟、一树便可构成一幅画，其余处均用大量空白，使整个画面显得清淡旷远；西方绘画则追求真实的对象和真实的环境，其审美趣味旨在真与美。中国绘画不受空间和时间的局限，西方绘画则严格遵守空间和时间的界限②。中国画空间结构的营造也不同于西方，西方绘画严格讲究透视法的运用，以固定的地点与角度作画；而中国山水画则是通过散点透视的方法，将天地之间的大片景色自然地交融在一起，表现出来的画境是一种"灵的空间"。通过这些空白的设置会省略很多"赘疣"，画家心灵与思绪在这片空白之上自由地驰骋，达到神与物游的境界。中国人于有限中见到无限，又于无限中回归有限。恰如王维"行到水穷处，坐看云起时"所展现的那般无穷意趣。

王维绘画中的留白技法是受佛教"色空"观念的影响，作画与修禅都需要通过静心思悟，方能得其妙境。"禅家所谓色空观'真道出画中之白，即画中之画，也即画外之画也'。而文人画所追求的'画外之画'——闲、静、清、空、淡、远之深层意境，正是禅境的示现。"③"留白"艺术正契合禅门的机理并在王维的笔下与绘画艺术完美融合，从而妙境顿现。

总之，王维绘画中惯用留白技法，并且能够达到超然空灵的境界，这不能不对其诗歌的创作产生重要的影响，于是将留白技法移入诗中，成了王维诗歌独到的创造。

（二）诗与画的交融："诗中有画，画中有诗"

按照现代艺术学理论，一般把诗歌视作时间艺术，把绘画视作空间艺术。二者虽有显著区别，实则有着诸多相通之处，中国古代对诗画相通之

---

① 童庆炳：《童庆炳文集第八卷：中国古代诗学与美学》，北京师范大学出版社2016年版，第440页。

② 彭吉象：《艺术学概论》，北京大学出版社1994年版，第122页。

③ 周积寅：《中国画学精读与析要》，上海人民美术出版社2017年版，第11页。

处做出阐述的文论、画论有很多，如北宋画家张舜民说："诗是无形画，画是有形诗。"（《跋百之诗画》）诗与画这两种艺术都要借助具体可感、真实不虚的艺术形象，来表现作者的思想感情与审美趣味，以期唤起读者的共鸣，从而产生艺术魅力。诗画一体的这种艺术特质，在诗人兼画家——王维的作品中表现得尤为明显，这也正是王维作为诗画具有相通关系的典型例证被后人广泛探讨的重要原因。

如清代叶燮所说：

> 昔人评王维之画，曰"画中有诗"，又评王维之诗，曰'诗中有画'。由是言之，则画与诗初无二道也。……故画者，天地无声之诗；诗者，天地无色之画。……画者形也，形依情则深；诗者情也，情附形则显。①

诗与画都是在情感支配下表情达意的艺术，诗画相通，就是说这两种艺术类型都能通过对外在景物的描绘来抒情达意，创造意境。诗与画在艺术表现过程中又是可以各取所长、相互融合转化的，二者本身的差异并不影响诗画的"一律"，两种艺术的互补与融合反而能产生出一加一远大于二的效果。诗歌可以以不同方式不同程度地表现绘画中的画意与空间感。反过来，绘画也能在一定程度上表现诗意和叙事文学的时间感。②这两种艺术在王维的笔下达到了完美契合，读者在诗中看到了画意，从画中体悟到诗情。王维具有诗人兼画家的双重身份，绘画技巧和艺术修养的登峰造极，使得他无意有意之间便能以画入诗，不自觉地将留白技法移入诗中，从而营造出超然象外、贯彻中边的空灵诗境。

（三）画面色彩"留白"：造色空之境

王维有着"诗佛"的美誉，于诗中"入禅"是其山水诗歌的重要特点。王维理佛至精至诚，受佛教中道思想影响甚深，从他的《荐福寺光师房花药诗序》的开头几句话："心舍于有无，眼界于色空，皆幻也。离亦

① 自叶朗：《中国美学史大纲》，上海人民出版社1985年版，第495页。
② 陈惇、孙景尧、谢天振：《比较文学》，高等教育出版社1997年版，第207页。

王维诗「留白」艺术探微

幻也，至人者不舍幻，而过于色空有无之际。"①就能看出，这是王维深受佛教中道思想影响的体现，所谓中道思维，是指看待世间万事万物与现象都要出离"空""有"二边，不执"空观"，不执"有观"，而执"中观"。佛教禅宗的"色空观"认为世间万象皆是虚妄，于是将一切事物、现象的归宿均指向"空有"和"寂灭"，这种"空诸所有"的世界观深深地体现在佛教徒王维的诗中。王维为了阐发深邃的佛理，必须借助具体可感的艺术形象，通过描绘自然中的物象，来营造寂美的意境。在此种意旨影响下，表现在艺术创作上，诗人寻求的正是一种"有"与"无"、"色"与"空"之间的境界。在艺术技法运用上，王维又擅长以画入诗，所以中观思维往往体现在诗歌色空之境的营造中，而"留白"正是创设此种意境的重要手法之一。

王维诗歌对于色空之境的营造，"留白"手法的运用有着不俗的效果，这些特点主要集中在画面和色彩的"有""无"之间。如"江流天地外，山色有无中"（《汉江临泛》），此二句为历代众多评论家所激赏。明代王世贞在《弇州山人四部稿》中说此二句："诗家极俊语，却入画三昧。"气韵生动，清俊绝伦，如同一幅泼墨写意山水画，确实是体现"诗中有画"的精品之作。细细品之，"天地外"写空间极为阔大，江流漫无远近，直似溢出天际。"有无中"写山色恍惚朦胧，若隐若现难以捕捉，这里的"山色"既可以想象为江上雾气萦绕下朦胧的远山，在缥缈的烟波中时而露出时而隐匿的画面；也可以认为"山色"其实是江面上青山的倒影，在波浪中一层一层被揉碎时若隐若现的景象。此二句如同真切的画卷在读者的面前展开，这里面的"江流"与"山色"给人的感觉是极为素淡的，素淡到整个画面的背景空间趋于空白。但是结合整个诗句呈现出的意境来看，这空白之中彷佛有着无尽的灵气在流动与飞跃。诗中"留白"之处天然不事雕琢，却展现出了无穷的神韵，其中妙处更是无痕迹可寻。正如同宋代严羽所说的"羚羊挂角，无迹可求"那般透彻玲珑，不可凑泊了。

---

① [清]赵殿成：《王右丞集笺注》，上海古籍出版社1984年版，第358页。

通过画面"留白"营造出色空之境的诗句还有很多，类似的诗句还有："日落江湖白，潮来天地青"（《送邢桂州》），"悠然远山暮，独向白云归"（《归辋川作》），"白云回望合，青霭入看无"（《终南山》），"山下孤烟远村，天边独树高原"（《田园乐七首·其五》），"隔牖风惊竹，开门雪满山"（《冬晚对雪忆胡居士家》），"九江枫树几回青，一片扬州五湖白"（《同崔傅答贤弟》），"白水明田外，碧峰出山后"（《新晴野望》），"静观素鲔，俯映白沙。山鸟群飞，日隐轻霞"（《酬诸公见过》），"湖上一回首，青山卷白云"（《欹湖》），等等。

由是观之，诗人善于在"色空""有无"之际把握意象，凝成极具画面感的诗句，以画面的大片留白作为空间的背景，抓住最能够引人入胜的那一刹那，瞬间将读者带入天然自足的、看似空寂实则生机盎然的澄明之境中。

（四）语言情感"留白"：显韵外之致

王维不仅在诗歌画面意境的营造上广泛运用"留白"，还善于在诗歌语言中妙用留白技巧，以"不言尽"的方式留下空白，从而使得诗歌意蕴悠长，达到回味无穷的效果。同时，这类诗歌善以禅法入诗，王维在诗歌创作中吸收禅宗"妙喻取譬"的方法，从而寄托深层的审美意蕴。试看《送别》：

> 下马饮君酒，问君何所之？
> 君言不得意，归卧南山陲。
> 但去莫复问，白云无尽时。

这首诗以问答的形式赠别友人归隐，语言平白如话，而意蕴却是悠远绵长。结尾两句"但去莫复问，白云无尽时"，顿增诗意，为点睛之笔。友人将别，不知何时才能重逢，诗人自然有千言万语凝结在心头想对友人诉说，究竟想问些什么？一句"莫复问"给读者留下了无尽的猜想，却只见山中悠悠无尽的白云。清代黄培芳评道："此种断以不说尽为妙。结得有多少妙味。"(《唐贤三昧集笺注》）这正是王维诗"留白"的妙用，不言之处却只在白云无尽之时，将诗人情感蕴藏在自然物象之中，留下了无穷妙味供人体悟。

再看《酬张少府》：

> 晚年惟好静，万事不关心。
> 自顾无长策，空知返山林。
> 松风吹解带，山月照弹琴。
> 君问穷通理，渔歌入浦深。

此诗应为王维晚年之作，"松风""山月"都含有高洁、清流之意，与结尾的"渔歌"相照应。这首诗尾联很有意思，张少府想问的"穷通之理"是什么？王维没有对他说，问题戛然而止，留下了语言的空白。而结尾的一句"渔歌入浦深"，诗锋一转，悠然神远，看似答非所问，却不知胜过多少回答。这里"渔歌"的典故来自《楚辞·渔父》："渔父莞尔笑，鼓枻而去，歌曰：'沧浪之水清兮，可以濯吾缨；沧浪之水浊兮，可以濯吾足。'遂去，不复与言。"王维借"渔父"的典故仿佛在说，"通"与"穷"都非你我所能决定，豁达者何必一定要以穷通为怀呢？原来答案不在言内，而是要去言外体悟罢了。"结意以不答答之。"（沈德潜《唐诗别裁集》）说的正是此意。

王维在语言和情感上运用"留白"的诗句还有很多。如"行到水穷处，坐看云起时"（《终南别业》），"一生几许伤心事，不向空门何处销"（《叹白发·其二》），"空山不见人，但闻人语响"（《鹿柴》），"回看射雕处，千里暮云平"（《观猎》），"故人不可见，寂寞平林东"（《奉寄韦太守陟》），"了自不相顾，临堂空复情"（《待储光羲不至》），"我心素已闲，青川澹如此"（《清溪》），等等。

王维诗歌在语言情感层面的"留白"运用，不同于画面色彩层面的意境营造，在语言情感上的"留白"往往通过"不说尽"的方式达到佛家

"拈花一笑，不言而喻"的表达效果，诗人将自己内心世界的复杂感受与诗心禅意凝缩融会在言语之外的空白中，尽显无穷的意味。这是王维诗歌"不言说"的妙处，也是语言情感层面"留白"所展现的艺术魅力。

三、"留白"境界：禅悟与诗性的圆融

（一）王维与禅宗

禅宗作为中国化最为典型的一个佛教宗派，虽渊源于印度佛教，但深深根植于中国传统文化的土壤之中，它在坚持佛教的基本立场、观点和方法的同时，又大量融摄了传统的思想和方法，特别是老庄玄学的自然主义哲学与人生态度以及儒家的心性学说，从而形成了独特的禅学理论和修行方法①。禅宗强调"心空"的境界，证悟菩提的基础是人当下的现实之心，也就是本心，而要达到"心空"的境界就要破除"我执""法执"，消除人心中的各种欲望，"识心见性"，从而达到永恒涅槃。山水自然在证悟禅理的过程中起着重要作用，《五灯会元》中记载的"世尊拈花，迦叶微笑"的故事就能说明这种作用。"在禅宗观念中，山水自然不仅无知无欲因而没有痛苦烦恼，而且不是通过抽象的言说，而是直观感性地向人呈示，从而给人启示，使人开悟。"②可见，禅宗追求"心空"的境界和以山水自然证禅意的观念，对王维诗画艺术的创作有着极为隐秘和深厚的影响。

王维，字摩诘，从他的名字就能直接看出佛教文化的影子，"维"与"摩诘"合在一起就是维摩诘——一位佛教传说中无垢清净的著名居士。王维生活的时代，是唐代大乘佛教发展到顶峰的时期，神秀的北禅宗在两京地区一统天下。王维的家庭佛教氛围浓郁，其母师事神秀弟子普寂三十余年，其弟王缙也学法于普寂，并与普寂弟子广德结为好友③。王维从四十岁左右就开始了他亦官亦隐的生活，从宋之问处购得蓝田别墅，一边身

① 洪修平：《中国佛教文化历程》，江苏教育出版社2005年版，第184页。
② 吴怀东：《王维诗画禅意相通论》，《文史哲》，1998年第4期，第87页。
③ 参见张勇：《贝叶与杨花：中国禅学的诗性精神》，中华书局2016年版，第22页。

王维诗「留白」艺术探微

在魏阙为官，一边隐居山林，奉佛修行。王维晚年时愈加精勤礼佛不怠，《旧唐书·王维传》有云：

> 维弟兄俱奉佛，居常蔬食，不茹荤血，晚年长斋，不衣文彩……斋中无所有，唯茶铛、药臼、经案、绳床而已。退朝之后，焚香独坐，以禅诵为事。妻亡不再娶，三十年孤居一室，屏绝尘累。①

由此可见，王维在社会与家庭环境的影响下，深受佛教禅宗思想的影响。神会在南阳与王维相见，并向他阐述了南禅宗的修行义旨，令他耳目一新，自此，王维开始偏向于南宗禅，后应神会之托作《能禅师碑》，阐明了深邃佛理。"五蕴本空，六尘非有"的思想在王维的许多诗歌中多有所体现，把诗歌创作与佛教哲学思想融合在一起，有其独特的生活基础和思想基础。因此，将王维山水诗画沟通契合的，不仅仅是诗与画技巧层面的互相借鉴，究其本源，是更深层的宗教文化心理，而这正是禅宗思想的示现。

王维诗歌中的"留白"艺术，不论是色空之境的营造，还是语言情感层面的空白设置，都在很大程度上受到禅宗思想的影响。诗歌中许多"不言说"的表达方式正契合了南宗禅中"不立文字""以心传心"的宗门机理，不着笔墨，而意境全出。

（二）象外之境："留白"的审美境界

王维诗歌的"留白"艺术具有独特的审美意蕴，达到了极高的艺术境界。这里引入西方格式塔心理学派中的一个概念——格式塔质（gestalt-property），即所谓整体并非各部分的简单相加，整体质大于部分之和。超越局部成分相加的新的结构体，它具有局部意义之外的整体信息。格式塔质运用到艺术思维领域，其实质就是"艺术形式和艺术作品"及其"弥漫出的艺术和灵魂"的融会②。王维诗歌中"留白"的丰富意蕴可以看作一种"格式塔质"，正是由于这些空白和"未定点"为读者提供了一个个具

---

① [后晋]刘昫等撰：《旧唐书·王维传》，中华书局1975年版，第5052页。
② 骆蓉：《中国古典文学中的格式塔意境》，《安徽文学》，2006年第9期，第1—2页。

有无穷意味的审美想象空间。"格式塔质"理论的引入，为我们解读王维诗中的"留白"艺术提供了一个新颖的理论视角。

理解诗歌中"留白"的审美意蕴的关键还是在于读者。"留白"艺术作为一种审美形态，它赋予了读者参与作品意义生成的权力，并期待读者与鉴赏再创作的共鸣，从而达到完满的艺术状态，这是诗歌中空白运用的最终目的。格式塔心理学派认为，在审美接受的过程中，读者有一套他们自己的心理"投射"机制，在读者"投射"机制充分发挥作用的条件下，尽管诗里提供的是"半"，但半可多于"全"；提供的是"虚"，但可以"虚实相生"；提供的是有尽之言，但获得的是"无穷之意"。概而言之，正是读者投射机制的作用，填充了诗里的"空白"，使诗获得"不着一字，尽得风流"的品格①，从而使得艺术作品的生命力被无限地延展了，王维诗通过"留白"营造出的象外之境，完成了审美意蕴从有限到无限的生成转化。

王维部分诗中的"留白"之处往往表现出一种"空寂"，但这种"空寂"并非是一无所有，它是生命本原的空白与寂静，"留白"之外则是无限"生命"气息的流动，而赋予"留白"深幽玄远的审美意蕴的正是王维"破斥滞碍""物我两忘"的禅性。世间万象在王维的笔下仿佛都被消解了，唯有静默的观照与不可言说的留白，使得读诗之人于刹那之间体悟到无限的空灵之美和辽远的宇宙精神，最终又能诗意地复归到现实世界中来，乃至于领悟到"万古长空，一朝风月"那般涤除空间与时间束缚的精神境界，以"瞬间"见"永恒"，王维诗歌中空白之处展现出的正是诗人的禅悟与诗心，从而境界自出。

结　语

王维的诗歌在语言与情感层面、画面与意蕴层面广泛运用留白技法，达到了极高的艺术境界。这种"留白"往往不是诗人有意为之，而是在其

---

① 童庆炳：《童庆炳文集第八卷：中国古代的诗学与美学》，北京师范大学出版社2016年版，第439页。

高超的艺术造诣的基础上，兼顾禅悟之心与诗性精神，自然运化的结果。"留白"艺术在王维诗歌中的运用，对于山水诗歌空间感的营造、意境的拓展有着极为重要的影响。同时，对中国美学史上最具代表性的"意境"范畴的形成有着一定的推动作用。

王维诗歌中的"留白"之处给了读者去体悟、去神游的广阔空间，正是这些文本中"不说尽"的空白，使得王维诗在意的营造上显得气韵生动，格老味长。西方接受美学代表人物伊瑟尔在他的"召唤结构"理论中对空白作了如下解释："空白本身就是文本召唤读者阅读的结构机制。"借鉴此理论，我们也可以这样总结：王维诗歌中的"留白"就是一种让读者带着审美目的去填补文本空白从而获得美感享受的结构机制。

通过阅读王维的优秀诗篇，读者常常会一瞬间从眼前的现实世界抽离出来，暂时忘却眼前的烦恼，跟随王维进入一个天然自足的审美世界之中，尤其是一些借山水证禅悟的诗句，读来使人"身世两忘""万念俱寂"。品鉴王维诗句中的空白之美，能够提高读者的审美鉴赏能力，从诗句之中感受优美的意境和诗人的深邃心境，从诗句之外获得无限的美感享受和悠悠余韵。

对王维诗歌"留白"艺术的研究，不仅有助于深化对中国古典诗歌与绘画艺术的认识，继承和发扬中华民族特色的艺术精神，同时也可为当今的诗歌与绘画艺术创作提供借鉴和经验，具有重要的现实意义。同时，对王维诗歌中展现的精神境界的窥探，也可为当下社会中存在的现代性精神危机提供化解之良药。

唐代劝学诗的文学内涵及其思想价值

龚书娴①

目前，关于古代劝学诗内容的研究仅有十余篇论文，并主要集中于宋代劝学诗研究和对古代劝学诗的泛泛而谈，对唐代劝学诗的研究涉足较少。本文将从唐代劝学诗入手，探讨其思想内容与艺术特征。尽管相比数量宏大的唐诗而言，收集到的劝学诗所占比例不大，但在实行科举取士的唐代，劝学诗仍极具代表性，且今人对唐代诗歌的研究多集中于"山水诗""田园诗"和"边塞诗"等题材，劝学类题材没有得到深入系统的研究，因此对其进行专题研讨的价值不容忽视。劝学诗有狭义和广义之分，狭义劝学诗仅涉及读书学习方面，内容较为单一；而本文所研究的劝学诗为广义劝学诗，涵盖范围广，写作对象主要面向弟子、亲友，有的全篇劝学，有的部分诗句牵涉劝学，内容包括珍惜学时、修身养性和积累学识三个方面。

一、唐前劝学诗的发展概况

读书学习是古代士人日常生活的重要内容，不仅可以提高自身的文化修养，还能够在此基础上，通过求学上进步入仕途以实现政治理想。在古

① 龚书娴，女，安徽师范大学文学院汉语言文学师范专业2016级本科生，现为华南师范大学文学院2020级古代文学硕士研究生。本文为2020年度"安徽师范大学本科生优秀毕业论文培育计划项目"结项成果。指导教师为郭自虎教授。

代，勤学苦读的重要性不言而喻，由此形成的学习氛围也十分浓厚，古人间互相勉励努力学习的社会风气盛行。作为中华民族勤奋进取的文明产物，劝勉之词被人们记录下来形成文字，其中一种重要的表现形式即诗歌，劝学诗的创作一直伴随着时代、社会的发展，源远流长。

"劝学"一词，首次出现于《左传》："敬教劝学，授方任能。"后荀子又作《劝学》篇，从学习的重要性、态度和内容等方面，系统地论述了学习的理论和途径。关于劝学的释义，古代有两种说法：一为鼓励人努力学习，从《史记·儒林外传序》"今陛下昭至德，开大明，配天地，本人伦，劝学修礼，崇化厉贤"可知，"劝学"是人伦秩序规范的组成部分，也是奉行礼教的重要手段与途径；二为古代官职名称，犹后世之侍讲、侍读，《汉书·叙传上》"伯少受《诗》于师丹。大将军王凤荐伯宜劝学，召见晏昵殿"中"劝学"一职也与读书学习相关。因此，"劝学"离不开勉励人勤学苦读之意。而劝学诗作为一种诗歌题材，以其为题则首见于颜真卿的《劝学诗》："三更灯火五更鸡，正是男儿读书时。黑发不知勤学早，白首方悔读书迟。"劝勉人们在少年时代就应勤奋学习而非老时后悔。由此可见，在唐代，劝学诗才正式成为一种诗歌类型进入人们的视野。

先秦时代，《论语》中的劝学思想最为集中，如"学而不思则罔，思而不学则殆""三人行，则必有我师焉，择其善者而从之，其不善者而改之""知之为知之，不知为不知，是知也"等，多为具体的学习方法论述，但主要围绕孔子对于读书学习的一些言论，较为零散。后至汉魏时期，乐府诗集中出现了一首在今日也广为流传的劝学诗："青青园中葵，朝露待日晞。阳春布德泽，万物生光辉。常恐秋节至，焜黄华叶衰。百川东到海，何日复西归？少壮不努力，老大徒伤悲！"诗歌通过"园中葵"起兴，借自然万物的生长规律突出少壮需努力的诗歌主旨，劝勉人们应该及早努力学习。由此，劝学诗开始系统化，并成为独立的五言诗。南北朝时，劝学诗则成为一些文人的创作题材，陶渊明的《杂诗》最为著名："盛年不重来，一日难再晨。及时当勉励，岁月不待人。"从惜时的角度勉励他人。汉魏年间的劝学诗，因为创作者的身份大多是文人，内容也多为珍惜光阴、及时奋发，仍处于萌芽状态，创作规模较小。据笔者统计，唐代劝学诗百余首，在前代劝学诗的基础上逐步完善，规模不断扩大。作为一种初具名称的诗歌题材，唐代劝学诗呈现出涉及内容广泛、艺术手法多样和具有哲理意识的特征，劝学类诗歌在唐代开始走上独立的发展轨道，并为宋代劝学诗创作的繁荣打下了坚实的基础。

唐代是我国历史上政治军事力量强大、文化经济兴盛的朝代，为文学的发展创造了极为有利的环境。余恕诚在《唐诗风貌》中阐述了唐诗一个方面的重要特征："反映社会生活的深广与唐人在丰富的生活体验化为精神产品时超胜于其他时代的诗美。"广泛取材的风气为劝学诗的孕育创造了良好的文化氛围。同时，国力的强盛也为士人开辟了一条广阔的人生道路——科举取士制度，这使他们拥有了更多的入朝为官的机会，反映到文学上，便是具有昂扬情调的诗歌以及渴望施展理想抱负的人生追求。吴宗国的《唐代科举制度研究》提及"玄宗时，学校完全步入了科举的轨道"，表明科举科目和考试的变化直接影响到官学和私学的内容，所以与读书学习相关的劝学诗成为文学创作中不可或缺的一部分。此外，唐代的一些士人在入仕前，或隐居山林，或寄宿寺庙、道观以读书，陈子昂曾读书于金华山的玉京观，李白出夔门之前隐于大匡山读书，读书于山林的风气盛行也助长了劝学诗的发展。与之相伴，古人骨髓中的儒家传统也一直深刻影响着其文学创作，其劝学思想对后世诗歌产生了深远的影响，张次第在《儒家劝学的当代社会价值》一文中总结了儒家劝学学说的显著特征，并赞赏孔子能言传身教劝导别人读书学习。同时，唐人对于劝勉学习的主观态度也不容忽视，如文学大家韩愈，在他的门下聚集了李翱、张籍等文人弟子，他深刻意识到人才的选拔与任用对国家前途的影响，而人才的发掘和培养则是重中之重，因此他大力倡导兴办教育事业，鼓励士人读书学习。一代"诗圣"杜甫也认为，"富贵必从勤苦得，男儿须读五车书"。有识男儿应当博览群书，以求功名，这与他永不衰退的政治热情和坚韧不拔的顽强精神密不可分。以上背景与条件，都为唐代劝学诗的发展起到了巨大的推动作用。

纵观唐代劝学诗的发展，初唐和盛唐时期的劝学诗较少，多集中于珍惜时间以求取功名，并以单句形式出现，劝学意味并不明显。盛中唐之际，劝学诗增多，主要诗人为杜甫和权德舆，诗歌全篇与单句形式皆有，且多面向亲友。大历年间，韦应物、刘长卿和大历十才子中的司空曙、钱起、李益开始转向对读书的日常生活的描写，从修身养性的角度提倡读书学习。中唐后期则迎来了创作劝学诗的高峰，以韩愈、孟郊、白居易、刘禹锡和柳宗元为代表的诗人创作出大量的劝学诗，尤其值得注意的是韩、白二人善用长篇体制，结合自身的人生经历与学习体会勉励晚辈刻苦读书，其厚重情意和殷切期盼流露于字里行间。盛唐至中唐，国家形势剧变，诗歌风貌也随之发生明显的变化，内容从描写理想到反映现实，艺术也从浪漫飘逸转向朴实艰深，劝学诗立足现实、质朴简练，从而获得了高度的发展。至晚唐，劝学诗的数量锐减，唯有杜荀鹤的劝学诗值得一提，他常采用全篇表达对于亲友的劝勉之情。因此，唐代劝学诗的发展存在由弱到强再至弱的态势，这与时代风貌不无联系。

二、唐代劝学诗的内容

唐代劝学诗正处于承上启下的地位，既继承了前代劝学诗的精神风貌，又顺应时代潮流衍生出了新的内容，主要体现在以下三个方面：

（一）因惜时而劝学

早在原始社会时期，生产力水平低下，农业生产需要顺应节气，否则错过时机，后果严重，自然规律的不可抗性引发了人们对于时光宝贵的认识，惜时的情感由此萌芽。《淮南子》中"圣人不贵尺之璧，而重寸之阴，时难得而易失也"，表明圣人最看重的便是光阴；清代学者魏源所说的"志士惜年，贤人惜日，圣人惜时"，更加体现了惜时是所有人的共同追求。

人们熟知的"一寸光阴一寸金，寸金难买寸光阴"，出自唐人王贞白的《白鹿洞二首》："读书不觉已春深，一寸光阴一寸金。不是道人来引笑，周情孔思正追寻。"虽然这首诗可能因缺漏未被《全唐诗》收入，但却因其用金子比喻时间形象生动、朗朗上口，而广为流传。此外，在《全唐诗》中还有以鲜花作比的劝学诗《杂曲歌辞·金缕衣》：

> 劝君莫惜金缕衣，劝君惜取少年时。
> 花开堪折直须折，莫待无花空折枝。

诗中选取绽放的花朵，直言在花开之时直接摘取鲜花，而不要等到花凋零后只能折取空花枝，徒留遗憾。与前一句劝勉人们珍惜少年的光阴勤学苦读，而不应爱惜毫无价值的"金缕衣"的内容相呼应。刘长卿的《廨中见桃花南枝已开，北枝未发，因寄杜副端》一诗也化用了《杂曲歌辞·金缕衣》中的内容："年光不可待，空羡向南枝。"两诗有异曲同工之妙。由此可知，托物言志的表现手法在劝学诗中时常被运用，诗人依托于某一事物，抒发对时光不再的深切感慨，从而劝勉人们珍惜光阴、积极上进；并化抽象为具体，将诗人抽象的劝勉之情化为真实可感之物，生动形象，发人深省。

更为突出的为惜时而作的劝学诗则体现在杜荀鹤的《题弟侄书堂》中："少年辛苦终身事，莫向光阴惰寸功。"劝导后辈为一生的事业辛勤学习，莫要滋生懒惰浪费青春，情真语切、发人深省。纵使是其他事务繁忙，也要勤学苦读，如卢肇的《送弟》："去日家无担石储，汝须勤若事樵渔。古人尽向尘中远，白日耕田夜读书。"劝勉兄弟白天耕田，晚上仍要抓紧时间读书，充分利用好每天的时间。

此外，南宋严羽在《沧浪诗话》中指出："唐以诗取士，多专门之学，我朝之诗所以不及也。"唐代以诗取士，作诗就成了文人的晋身之阶，诗歌、仕途和利禄的紧密相连必然吸引士人为步入仕途夙兴夜寐、埋头书海，只为大展才干留名青史，此时诗人珍惜时光之情常与读书应试相糅合。如严维写下《送薛居士和州读书》：

> 孤云独鹤共悠悠，万卷经书一叶舟。
> 楚地巢城民舍少，烟村社树鹭湖秋。

蒿莱织妾晨炊黍，隔落耕童夕放牛。

年少不应辞苦节，诸生若遇亦封侯。

他送别友人去和州读书的诗中，描绘了一幅友人离去时"万卷经书"载满"一叶舟"的图景，以及想象中和州适宜读书的恬静生活环境，最后勉励友人应不辞辛苦，为"封侯"刻苦读书学习。权德舆的《送从弟谒员外叔父回归义兴》里也对勤学以成名直言不讳："馀力当勤学，成名贵少年。"少年当将余力都用在刻苦读书学习上，成就一番事业。

（二）为修身而劝学

受儒家思想的影响，自古以来，人们就十分重视提高自身的节操修养，上至统治者奉行礼乐制度中的道德规范，甚至不惜颁发"罪己诏"来检讨自身的过失；下至黎民百姓自觉遵守纲常伦理，士人们也崇尚着"修身齐家治国平天下"的人生理想。

增强思想道德素质的重要方法之一，即借鉴吸取前人的学说，通过阅读智者的书以提升自己的文化涵养。元结在《游石溪示学者》中对后辈进行勉励："时时溪上来，劝引辞学辈。今谁不务武，儒雅道将废。岂忘二三子，且夕相勉励。"诗人时常来到溪上，劝勉后代学者——如今世人多去习武从军，儒道的精神将要被荒废，所以"我"不会忘记你们这些人，早晚过来督促你们勤加学习。这不仅有利于传承儒家经学，还能使后辈接受儒学的熏陶，从而提高自身修养。此外，吴叔达在《言行相顾》中对"立志"和"修身"也有所提及："圣人垂政教，万古请常传。立志言为本，修身行乃先。"圣人的政教流传千古，意义非凡，点明了"立志"必须以"言"为本、"修身"必须以"行"为先的真谛，言行相顾的践行便在于勤于向圣人学习。

磨砺品性应从年少时开始，日积月累方能塑造出健全的人格。在李颀的《杂曲歌辞·缓歌行》中有云："男儿立身须自强，十五闭户颍水阳……早知今日读书是，悔作从来任侠非。"自强是男儿立身的根本，十五岁就理应关门闭户勤学苦读，而非到头来满怀遗憾，后悔自己没有在正确的时候做正确的事情。白居易同样写下了《闲坐看书，贻诸少年》一诗告诫少年们：

> 雨砌长寒芜，风庭落秋果。窗间有闲叟，尽日看书坐。
> 书中见往事，历历知福祸。多取终厚亡，疾驱必先堕。
> 劝君少干名，名为锢身锁。劝君少求利，利是焚身火。
> 我心知已久，吾道无不可。所以雀罗门，不能寂寞我。

读书可以通古今，从祸福变幻中借鉴经验为今人所用；一味地求多、求快，必然物极必反；功名利禄只是身外之物，具有禁锢人心的危害，所以要坚守本心，踏实向学，少一些功利思想，不为名利束缚，精心耕耘自身的品性。因此，从小养成读书学习的良好习惯，对道德品行的修养起着至关重要的作用，有利于个人的终身发展。

另外，针对加强品性修养的途径，王国维在《人间词话》中说道"古今之成大事业、大学问者，必经过三种之境界"，强调诗人创作必须弘扬发奋刻苦、至死不渝的执著追求精神。刘禹锡在《浪淘沙九首》里也明确指出，需具备"千淘万漉虽辛苦，吹尽狂沙始到金"的精神，尽管"千淘万漉"的过程辛苦又艰难，但通过不断地刻苦钻研、积极学习，最终总会收获"金"，即磨砺成的优秀品质，点明了坚持不懈学习的重要性。李咸用《送谭孝廉赴举》"好事尽从难处得，少年无向易中轻"，欲想成就事业，应当不怕困难，不要少年自负，妄想轻取功名。有一首劝学诗更是生动形象地把读书学习当作了"粮食"，朱庆馀的《题任处士幽居》说道："生涯无一物，谁与读书粮。"生命里别的事物都是可有可无的，唯有精神食粮——"读书"才是最宝贵的，因为它对人们精神品质的培养意义非凡。作为生活里不可或缺的"读书粮"，人们必须每日"食用"勤学苦读，才能收获其中的益处，从而丰富自己的精神世界。

读书，也是一种内心的修为，不含功利之心的读书则更能够享受生活的乐趣。古人善于在学中取乐，任情自然，杜甫在送别友人之时以书籍相

赠，创作了《赠虞十五司马》："沙岸风吹叶，云江月上轩……书籍终相与，青山隔故园。"表达出希望友人在远去归隐后与书为友，在平淡的生活中获得一份宁静与喜悦。描写读书场景在古人的诗中亦十分常见，如权德舆的《郊居岁暮因书所怀》："散发对农书，斋心看道记。清言核名理，开卷穷精义……就学缉韦编，铭心对欹器。"皎然在《答权载之书》中称赞其诗"立言典丽，文明意精"，对待书时"斋心""清言"和"穷"的举动，足以见其把读书看得异常神圣，且追求修养身心的读书态度。

此外，营造读书的氛围也很重要，人在与自然和谐共处的过程中精神境界也能够得到升华，如李群玉的《劝人庐山读书》：

> 怜君少隽利如锋，气爽神清刻骨聪。
>
> 片玉若磨唯转莹，莫辞云水入庐峰。

为何劝勉他人在庐山读书，因为庐山的自然环境令人神清气爽、神思聪颖，与外部世界融为一体，也在潜移默化中培养人的性情。同样提及读书环境的诗作还有莫宣卿的《答问读书居》，描写了读书房外的清幽气氛，与人心相合。正是这些怡人的气氛和迷人的景色，使得读书成为文人生活中不可缺少的点缀，读书与环境相互衬托，诗人在优美的景色中接受文化的洗礼，而景物也因有了书籍的渲染自带仙气，显得与众不同。物我交融，品性便在无形中得到提升。

（三）重学识而劝学

以上两部分主要集中于劝勉读书学习的目的，而此部分则为直接强调读书学习的重要性，即读书有助于学识的积累，提升自我。

在有关自勉的劝学诗中，诗人多从日常生活的小事出发进行思考，如王建的《励学》："买地不肥实，其繁系耕凿。良田少锄理，兰焦香亦薄。……况我性顽蒙，复不勤修学。有如朝暮食，暂亏忧陨获。"本诗以购买的土地需要经常施肥、良田需要辛勤耕种为立足点，说明读书也应孜孜不倦、辛勤耕耘，再联系到自身本性愚钝，就更不能不勤加学习。诗人运用了耕田的事例来勉励自己，得出勤能补拙的深刻道理，所以更应当努力学习有所收获。此外，古人也喜爱记叙自己的读书过程，以自己作为参照加以勉励，如韩愈的《短灯檠歌》："夜书细字缀语言，两目眵昏头雪白。此时提携当案前，看书到晓那能眠。"即使读书时因看细小的字、仔细揣摩语言而头晕眼花，他也坚持不懈，甚至到天亮也不停歇，这足以看见诗人勉励自己勤奋刻苦的优秀精神品质。对于藏书颇丰的李泌，韩愈在《送诸葛觉往随州读书》中赞道："邺侯家多书，插架三万轴。一一悬牙签，新若手未触。"后来"短檠""邺侯书"等成为苦读、藏书丰富的代名词。还有柳宗元的《读书》也表现了诗人整个的读书过程，从远离世事、俯仰古今谈起，到因书的内容或笑或叹，情思无限；再写自己的读书生活，累了就躺一会，熟睡以放松身心，体会到乐在其中的人生滋味；最后落脚于读书只求自慰，不在意他人对自己的评价好坏与否，更不求名利。这首诗酣畅淋漓，完美展示了作者读书的洒脱情态，令人神往。

在有关劝勉他人的劝学诗中，诗人往往直言读书的辛苦，希望对方坚持不懈，如孟郊的《忽不贫，喜卢仝书船归洛》："经书荒芜多，为君勉勉锄。"劝勉友人多耕锄经书里的荒芜，勤学苦读。张籍的《别段生》："努力自修励，常如见我时。"在分别之后，诗人也勉励友人今后应像见到"我"时一样，多加勤奋。对于志同道合的人也可劝勉，如李中在《勉同志》中道："读书与磨剑，旦夕但忘疲。"读书和磨剑一样，都是旦夕之功，唯有多加练习才能有所成。稚童时期是最好的读书时光，读书能够起到启蒙孩童的作用，如刘兼《贻诸学童》："劝汝立身须苦志，月中丹桂自扶疏。"劝勉学童立身需苦其心志，不怕苦读的艰辛。

另外，吴可在《藏海诗话》中说："凡做诗如参禅，须有悟门。"读书不可读死书，每日插科打诨，只知道单纯地念书或背书，绝学不到书中真谛，更无法让知识为己所用。因此，想要勤学苦读增加学识，还应掌握正确的学习方法，把书读活，真正从书中汲取智慧。

针对具体的读书方法，诗人多从博览群书、钻研精思和付诸实践角度进行论述，如韩愈在《赠别元十八协律六首》里强调："读书患不多，思

义患不明。患足已不学，既学患不行。"指出读书的三条禁忌，分别是读书不能读太少书，思考书中的意思不能不清楚明白，学习也不能不付诸实践，简明地阐述了读书的要领。只有博览群书，深刻理解并身体力行，才能"书劝养形神"，提高人的知识境界。韩愈之后，在柳宗元、李翱、皇甫湜等作家的文集中逐渐出现了一些与读书和读书方法有关的论述①，说明其对后世读书风气产生了深远影响。同样，杜甫在《奉赠韦左丞丈二十二韵》提到"读书破万卷，下笔如有神"，仇兆鳌的《杜诗详注》注释杜诗此句曰："胸罗万卷，故左右逢源而下笔有神。书破，犹韦编三绝之意，盖熟读则卷易磨也。"②说明了广泛阅读书籍的重要意义，只有阅读万卷书，写作时才会思如泉涌。此外，善于炼句也是一种在学习中追求卓越的表现，这在杜甫的《江上值水如海势，聊短述》中体现得极为生动形象："为人性僻耽佳句，语不惊人死不休。"诗人喜爱推求佳句，语言必须惊人到死才方休，这种对学习精益求精的态度十分值得借鉴。此外，杜甫的《解闷十二首》："陶冶性灵存底物，新诗改罢自长吟。孰知二谢将能事，颇学阴何苦用心。"体现了作诗的辛苦，并总结出创作心得——每当新作产生、久久吟咏时，诗人自己也会沉醉在那美妙的境界里，像阴铿、何逊那样千锤百炼，反复推敲，固然是一种苦；对于大谢、小谢的作诗之道要揣摩精熟，又何尝不是一种苦呢？总之，苦中含甘，先苦而后甘。清人翁方纲在《石洲诗话》中说此诗后两句乃杜甫"欲以大小谢之性灵而兼学阴、何之苦诣也"。

向古人学习的读书方法也被很多诗人提及，如韩愈在《出门》中言："古人虽已死，书上有其辞。开卷读且想，千载若相期。"古人虽死但其思想精髓还在，学习时边读边思，就犹如和千年前的古人相会一样，这种读书的情形似乎是进入了一种与古人交流对话的境界中，必定获益颇丰。刘

---

① 据统计，《古今名人读书法》所录唐人论读书凡十三人二十二则，其中韩愈七则，其余均为一至二则，如柳宗元二则，李翱一则，皇甫湜一则等，《名人读书录》所录只有杜甫、韩愈二人为唐人。

② 仇兆鳌：《杜诗详注》，中华书局1979年版，第74页。

禹锡创作了一首《学阮公体三首》，诗中亦详细描述了自己学习前人诗作的过程。同时，在学习古人时也需博采众长，如杜甫的《戏为六绝句》："未及前贤更勿疑，递相祖述复先谁。别裁伪体亲风雅，转益多师是汝师。"继承前人、互相学习的优秀传统不用分时间先后，应学会区别和剪裁。那些形式、内容都不佳的诗歌，继承《诗经》的风雅传统，虚心学习前人的优点。作为诗歌的集大成者，杜甫大力赞赏并努力学习同时代诗人们的诗歌思想、各具面貌的诗歌特色，这正是其《戏为六绝句》转益多师、兼备众体的诗歌思想的具体体现。最后，善于从古人的文章中推求己心，这也是读书时应当追求的，如皎然的《戏赠吴冯》："予读古人书，遂识古人面。不是识古人，邪正心自见。"诗人提醒友人，读书不是要辨识古人的好坏与否，而是要思考自己的心如何，不可受俗物的扰乱与影响，秉持己心的善良公正才是最重要的。

三、唐代劝学诗的艺术特征

劝学诗涉及内容丰富，勉励对象广泛，其艺术特色也不容忽视，主要集中在以下三个方面：

（一）修辞丰富，构思精巧

首先，诗人擅长化用前人的诗句，如贯休的《杂曲歌辞·轻薄篇二首》："方吟少壮不努力，老大徒伤悲，如何？"里的"少壮不努力，老大徒伤悲"二句，出自汉乐府民歌《长歌行》。还有陈子昂的《同宋参军之问梦赵六赠卢陈二子之作》："达兼济天下，穷独善其时。"出自《孟子》的《尽心章句上》。说明诗人喜爱学习前人的名言名句，并借用于自己的诗中，为自己的诗句增光添彩。其次，对比手法也十分常见，如孟郊的《冬日》："少壮日与辉，衰老日与愁。"青年与老年作对比，反衬出年轻时充满光辉与朝气，而衰老时却充满无限哀愁，以此勉励人们读书学习需趁早。还有孟郊的《大隐坊·崔从事郧以直隳职》："家怀诗书富，宅抱草木贫。"有诗书的地方是富有的，草木丛杂的地方则贫穷，体现家藏有丰富的诗书也是一种宝贵的精神财富。再次，比喻的手法也可将诗人的思想生

动地传递出来，如白居易的《闲坐看书，贻诸少年》："劝君少求利，利是焚身火。"把功名比作焚身的烈火，劝勉对方少追逐作为身外之物的名利，防止引火烧身。

（二）论述佐理，逻辑严密

诗人在创作劝学诗时视野较广，常采用多种论述方法。孟郊诗常采用归纳的方法，先列举各种现象，最后得出结论，形成由分到合、由多到少、逐渐汇总的表述形态，以劝学诗里的一首名篇《劝学》为典型：

> 击石乃有火，不击元无烟。人学始知道，不学非自然。
> 万事须己运，他得非我贤。青春须早为，岂能长少年。

他以石头为喻，认为只有击打石头才会有火花，不击打则一点烟都不会冒出，人亦是如此，只有经过学习才能收获知识，知识不会从天而降；世间万事重在亲身实践，青春年少应当及早努力，一个人难道能够永远是少年吗？诗中举出石击才能生火、人学才能知道、万事必须靠己、时光易于消逝四个理由，最后劝导少年勤奋读书。诗人充分地说理，阐明了学习的重要性，要通过自己的努力去学习和实践，才会有所收获，并勉励人们趁早努力学习。本诗说理性极强，逻辑清晰，且语言简明扼要，明白流畅。贾晋华在《论韩孟诗人群》中曾以"发端古朴突兀，或以比兴，或以格言，或以叠词，或以排比，尤以排比为多见，也常用于诗篇的中间部分"来概括孟郊诗的特点。

此外，在关键的劝学语句出现前往往有所铺垫，其后又有一定的说理论述内容，且有理有据，说服力极强。如杜牧的《冬至日寄小侄阿宜诗》中，先描写小侄的容貌，再交代书香世家的背景为"第中无一物，万卷书满堂"，并教导后辈读书的方法——读书应多读经史著作，向前人学习甚至超越前人，做到"一日读十纸，一月读一箱"的勤学程度，最后希望他能够继承家学传统继续勤奋苦读，以此诗为戒。此外，还有先行描写环境景色，再表明勉励之意的创作方式，李咸用《送从兄入京》："柳转春心梅艳香，相看江上恨何长。多情流水引归思，无赖严风促别觞。大抵男儿须振奋，近来时事懒思量。云帆高挂一挥手，目送烟霄雁断行。"此类多与送别诗糅合，送别时节是在春日，以柳树与梅香渲染氛围，流水多情引发思乡之情，严风无赖催促着送别远行，男儿需要振奋起精神来！同样地，莫宣卿在《答问读书居》中道："书屋倚麒麟，不同牛马路。床头万卷书，溪上五龙渡。井汲冽寒泉，桂花香玉露。茅檐无外物，只见青云护。"读书的地方犹如仙境一般，显示出书斋脱离尘世的与众不同之气，也意在说明在读书时形成的独特境界。

（三）言辞恳切，情深语重

古人的宗族观念极为浓厚，年长者对后辈往往寄予厚望，希望他们能够积极有为乃至光耀门楣，而实现这一目标的前提条件即为辛勤读书。很多文坛大家，如韩愈、杜甫、白居易等都创作出大量勉励后辈的诗作，这些诗语言明白朴实、真切感人，也成为劝学诗中不容忽视的名篇。

首先，诗人善从自身的经历中总结经验、循循善诱，韩愈自幼就刻励苦读，《旧唐书·韩愈传》记载："自以孤子，幼刻苦学儒，不俟奖励。"韩愈自己也说："生七岁而读书。"如《示儿》一诗先明言自己初来京城时只有"一束书"，但在三十年辛勤劳累后，为子孙们留下了这间房屋；接下来展开了对房屋华美的描写，以及现在上门拜访者皆为有学识之人，主人和客人们相互切磋、讲经论道，学习氛围十分浓厚；然后点出如果不提高学识，只会和庸碌之辈一样，绝不会和朝臣比肩而坐，拥有如今的荣华富贵和崇高地位；最后以不忘读书的初心作结，勉励后代继续奋斗。还有《符读书城南》："人之能为人，由腹有诗书。诗书勤乃有，不勤腹空虚。"强调勤勉读书的重要性，继承了自古以来的读书传统。

其次，杜甫为劝勉幼子宗武而创作的一系列诗歌尤其值得注意，作为古今公认的杜甫教子诗的名篇《宗武生日》和《又示宗武》，集中表现了杜甫的教育思想和培养目标"传之以仁义礼智信，列之以公侯伯子男"，足见父子之情深厚。如《宗武生日》中"熟精文选理，休觅彩衣轻"，诗人要求儿子继承并弘扬作诗的优良家风，劝诫他要趁青春年少及早努力，

熟读《文选》，不要像古代的老莱子七十岁还在父母面前嬉戏娱乐。最后说自己以重病之身，还为儿子的生日祝贺一番。还有《又示宗武》：

> 觅句新知律，摊书解满床。
> 试吟青玉案，莫羡紫罗囊。
> 假日从时饮，明年共我长。
> 应须饱经术，已似爱文章。
> 十五男儿志，三千弟子行。
> 曾参与游夏，达者得升堂。

更加深刻地训导宗武要学会博览群书，应该吟诵像张衡《四愁诗》那样的古诗，而非羡慕谢玄玩香囊一类的游戏；还应该饱读经书，你似乎已经领悟了。十五岁正是男儿立志之时，在孔子的三千弟子中，只有像曾参、子夏、子游这样学得通达的人，才能登堂入室。诗中饱含着杜甫对孩子的无限期望，他看到宗武学习作诗，在兴奋之余还叮嘱孩子要学习专心，不要玩物丧志，生活要有节制规律，更重要的是要勤学儒家经典，以曾参那样的先贤为楷模。再如《元日示宗武》中"训喻青衿子，名惭白首郎"，诗人以青衿作比，教育宗武发奋须尽早，而非年老时自惭形秽。由此可见，杜甫不仅以儒家的仁义思想严格要求自己，而且也将这一家风传承给后辈。刘熙载在《艺概》中指出"少陵一生却只在儒家界内"，在具体的传授过程中，他采用了言传与身教两种方式教育子女，对子女进行的以儒为本的教育说明了杜甫对于奉儒家风以及传承这一家风的重视。[1]

最后，白居易出身于"世敦儒业"的小官僚家庭，少时"家贫多故"，怀有"丈夫贵兼济，岂独善一身"之鸿鹄大志，晚来得子却不幸夭折，于是他把侄子们当作家教的对象，他在《遇物感兴因示子弟》中言：

> 圣择狂夫言，俗信老人语。
> 我有老狂词，听之吾语汝。

---

[1] 谭晓晔：《杜甫的家庭教育与亲情诗研究》，陕西师范大学硕士论文，2013年。

吾观器用中，剑锐锋多伤。

吾观形骸内，骨劲齿先亡。

寄言处世者，不可苦刚强。

龟性愚且善，鸠心钝无恶。

人贱拾支床，鹊欺擒暖脚。

寄言立身者，不得全柔弱。

彼固罹祸难，此未免忧患。

于何保终吉，强弱刚柔间。

上遵周孔训，旁鉴老庄言。

不唯鞭其后，亦要轭其先。

这首诗便是白居易教育晚辈如何为人处世之作，劝诫他们做人不可过于刚强亦不可过于柔弱，这也是白居易为官几十年的心得总结。他还劝勉子弟多向周王、孔子和庄子学习，应努力超过他们，强调一种创新精神。还有《闻龟儿咏诗》通过对小孩子读书时稚气未脱的生动描写，表达了对侄子白龟的眷爱之情，同时也抒发出诗人对年少时刻苦学习经历的慨叹。

综合以上有关劝学内容的论述，也可知劝勉内容既有宏观视角也有微观视角，大至珍惜时光、修身养性等，小至如何正确掌握读书方法和技巧。针对不同的对象，诗人劝勉的出发点也不尽相同，对友人多勉励其追求功名实现抱负，对后辈孩童多勉励其勤奋刻苦读书。

四、对唐代劝学诗的评价

通过上文的分析，我们可以看到研究唐代劝学诗，不仅对了解唐代的社会风貌和士人心理有一定的意义，而且丰富了对劝学诗这一题材的思想内容和艺术特征的现有认知。但是唐代劝学诗也存在着不足，所以我们应一分为二，客观对待其文学影响。

针对唐代劝学诗的积极影响，从其思想内容而言，作为鼓励他人读书学习的诗作，劝学诗具有重要价值。首先，劝学诗具有文学价值。唐代首

次出现以"劝学诗"或"劝学"为标题的诗歌，标志着劝学诗正式登上文坛，随即大规模的劝学诗出现，成为唐诗的组成部分。其次，劝学诗具有文化价值。劝学诗的精神内涵尤其值得关注，劝学诗勉励人们勤学苦读，塑造了积极进取的人生风貌，也为唐代士人参加科举考试、步入仕途创造了良好的读书氛围。劝学诗具有的教育和政治价值，为唐代政府培养了大批优秀人才，他们入朝为官恪尽职守，促进了唐朝的国力强盛与社会稳定。在今天，劝学诗也具有现实价值。古人劝学诗中的很多名句流传至今，给人们以无限启发，勉励今人也应刻苦读书，努力成为国家的有用之才。

另外，唐代劝学诗也具有时代的局限，如韩愈的《符读书城南》："三十骨骼成，乃一龙一猪。飞黄腾踏去，不能顾蟾蜍。一为马前卒，鞭背生虫蛆。一为公与相，潭潭府中居。"过于看重学习的功利性，以两个孩子作比较，一个勤学一个懒惰，但学与不学使他们逐渐分化成"龙"和"猪"，日后的成才也有了很大的区别。此种比喻虽然读来形象有趣，但语言不免过于直露粗俗，并且用"蟾蜍""虫蛆"的字眼，充斥着低俗浅陋的气息，也降低了诗歌的审美效果。此外，古人勤勉学习时常会附带求取功名的意味，如权德舆的《戏赠表兄崔秀才》："何事年年恋隐沦，成名须遣及青春。明时早献甘泉去，若待公车却误人。"劝告表兄应趁着青春年少成名；还有刘驾的《励志》"及时立功德，身后犹光明"和坎曼尔的《教子诗》"早知书中有黄金，高照明灯念五更"亦是如此，强调获取功德的重要性，这不免为刻苦学习增添了一层功利的色彩，使得读书的目的并不纯粹，违背了读书修身的初衷，这对后世诗歌产生了一定影响，在宋真宗对学习的态度中也可见端倪①。

因此，对待唐代劝学诗，我们需要取其精华而去其糟粕，不过分抬高其文学地位，也不过度贬低其中少量的庸俗趣味和不良倾向，唯有辩证评价劝学诗的价值，才能使其在教育子孙后代、为社会主义精神文明建设服

---

① 赵恒《劝学诗》："富家不用买良田，书中自有千钟粟。安居不用架高堂，书中自有黄金屋。出门无车毋须恨，书中有马多如簇。娶妻无媒毋须恨，书中有女颜如玉。男儿欲遂平生志，勤向窗前读六经。"

务等方面发挥重要作用。

随着隋唐科举考试制度的发展，读书学习日益成为人们的重要人生内容，劝学诗在唐代初具规模，成为研究唐代文化的重要参考资料，其蕴含的教育意义和艺术价值对后世影响深远。本文对百余首唐代劝学诗进行分析，从劝勉珍惜光阴、修养品性和重视学识三个方面，选取典型的劝学诗加以探究，得出劝学诗的艺术特征。在今天，唐代劝学诗中包含的积极思想仍历久弥新，发挥着重要作用，有利于"全民阅读"社会的建立；而其中的落后思想也需要人们细加甄别，合理利用。在写作过程中，笔者深感唐代劝学诗的重要价值，但唐代劝学诗在唐诗研究中却地位尚低，对其展开研究能够弥补唐诗研究的空白，探究唐代文化的内涵。但笔者能力有限，对唐代劝学诗仅做了有限的思考，文中存在很多不足，仍需进行进一步的研究。

已识乾坤大，犹怜草木青

——论白居易诗歌中的"小风景"

郭精金[①]

　　谈及白居易的诗，出现在人们脑海中的就是《长恨歌》《琵琶行》等描写朝代兴衰和表达人生感慨的歌行体佳作。长期以来，学界对白居易的研究集中在他的讽喻诗的成就上，往往忽视了他的闲适作品。据《白氏集后记》记载，白居易一生创作近3000首诗歌，其中讽喻诗有172首，除却感伤诗及不成系统的杂律诗外，闲适诗就有216首之多[②]，仅从数量上来说，闲适诗就要大大多于讽喻诗。于情于理，作为读者的我们都不该忽视这一现象。

　　诗歌历经两千年的发展历程，到唐朝被推向顶峰，取得了无与伦比的辉煌成就。在艺术方面尤以盛唐为绝，堪称楷式。盛唐诗坛涌现出来的天

---

　　①郭精金，男，安徽师范大学文学院汉语言文学专业2015级本科生，现为四川大学文新学院2019级古代文学专业硕士研究生。本文为2017年度"大学生创新创业训练计划"国家级项目结项成果，曾发表于《海外文摘》2019年第6期。指导教师为叶帮义教授。

　　②转引自毛妍君《论白居易闲适诗中渗透的现代休闲思想》，《西北农林科技大学学报》，2010年第5期；又朱金城据明万历三十四年（1606年）刊本《白氏长庆集》为底本作的《白居易集笺校》载"闲适诗"216首，共4卷。另，毛妍君在《白居易闲适诗研究》一书中对白居易的"闲适诗"进行广义划分，选出符合"闲适"条件的诗共885首，特在此说明。

才巨匠们用他们如花的妙笔描摹情状，形容性灵。从题材、格式、语言、意象、情感、境界等来说，大略早已被众体皆擅的盛唐诗人囊括笔端。那么对于中唐诗人来说，如何摆脱盛唐诗人们的风格，做到不落窠臼，推陈出新，也正是他们追求的方向。以白居易为代表的中唐诗人们的不断求索创新正是对于盛唐诗歌高峰的一种突破。

一、中国风景诗的传统及流变

（一）先秦至盛唐的写景诗发展脉络

中国诗歌的风格往往隐而不露，含蓄隽永，诗歌内在的情感往往需要借助外在物象展现，这在客观上就将抒情与写景牢牢地联系了起来。诗人借助对山川风月的描画，表达心中所思所感。将潜藏在内心深处最真实的感动形之于文、发而为诗，这就是中国诗触物起情的艺术特征。实际上，早在上古时期就产生了《卿云歌》这类描写自然物象（祥云）的佳构，但这仅是散篇佚文，未成体系。等到《诗经》编纂成功，这才诞生了中国文学史上的第一部诗歌总集，也是第一部风景诗的集大成著作。《诗经》中各类花草植被、山川河流、鸟兽虫鱼，历来是诗家兴致所在。《诗经》中的爱情、征戍、赠别、怀人、讽喻之作无不发生于一定的自然环境中。无论是初秋清晨薄雾笼罩的河畔，还是交交苦鸣于树丛的黄鸟；无论是去时的依依杨柳，还是归途的霏霏雨雪，都与自然风景密不可分，显示出一种天然质朴之美。然而，对于先秦劳动人民来说，他们对于自然审美的发现单纯停留在混沌懵懂状态，没有进行进一步的艺术加工和内蕴挖掘，人与景依旧是全然独立、主客二分的。到了屈原写作的《楚辞》，开创了香草美人的手法，以花草喻人，以众芳之姿类比人之高洁情性，第一次将人与外部自然风景联系起来，着重于内在人格的风标，形成了一定的格局，虽然还没有达到相合相融的地步，但对于先秦风景诗来说，已经是极大的进步了。

两汉以来，由于繁琐的经学考据和谶纬神学的不良影响，写景诗处在低谷阶段，即便如此，清新质朴的乐府民歌也流露出先秦的风貌。魏晋时

已识乾坤大，犹怜草木青

期，政治上的黑暗与社会的混乱使得玄学的影响日渐显露，考槃隐逸之风盛行，文人名士雅好清谈，托意玄虚。在玄学的感召和启迪下，文人们开始了玄言诗的大量创作。但是随着时间的流逝，文人们发现过分地注重说理和外在形式就会使得诗歌本身寡淡无味、千篇一律、机械死板。基于文学的内部发展演变规律，诗歌创作开始了题材层面上的过渡和置换。文人将目光投向自然山水，山水本乎自然，承载着大道轨迹，领略山水就成了一种体道悟玄的绝佳方式。老庄超然冲虚的人生境界，成为文人的一种群体性实践行为①。文人为了贴近自然，一方面秉持"以玄对山水"的审美态度，身体力行地游玩，醉心于浑朴幽姿之山水，一时间遨游之风盛行；另一方面则直接表现在他们的文学实践中，原先文人热衷于玄言诗的创作，现在诗歌中的景物成分则越发增多，江南的山水胜地给了文人极大的宽慰，更进一步促进了文人对山水之美的发现，山水开始成为独立的审美对象，自此山水诗应运而生。曹操发其端，谢灵运扬其波，将山水诗第一次清晰完整地展现于文学史的舞台上，山水从狭小偏僻的角落缓缓走向舞台中央，一跃成为时代的主角。

在经历了汉末以及魏晋南北朝那种乱离之世的探索与铺垫后，唐王朝迈着清新刚健的步伐登上历史舞台，它以横扫一切陈腐老旧、建立新秩序的决心与志气雄视百代，截断众流，巍然屹立在诗国之巅。初、盛唐风景诗承接魏晋六朝余韵，但在表现上视野则更开阔，境界也更层深，艺术也更高超，因而成就也更大。李、杜、王、孟作为风景诗写作的大家，春兰秋菊，各有千秋。虽才情禀赋、艺术技法、审美习性、个人遭际有殊，但在写景诗的气韵上却有着惊人的一致性，将盛世风采表现得更集中、更具体、更细致。盛唐诗人较之小家碧玉的"翡翠兰苕"，仿佛更偏爱"掣鲸碧海"这种气势雄浑之景。即便是对于小巧的花草树木的描写，也充满着时代新兴的生机和朝气。盛唐之音的背后寄寓着深厚的时代内容，时代的新气象成就了文学的新气象。严羽所言"盛唐诸人惟在兴趣"②，可谓精

①刘运好：《魏晋经学与诗学》，中华书局2018年版，第955页。
②郭绍虞：《沧浪诗话校释》，人民文学出版社1962年版，第24页。

到的概括。

（二）中唐诗风与政局

文学发展离不开一定的时代环境。"唐代文学思想的发展变化，与政局有关。但是它与政局的关系，主要是通过士人的心理状态表现出来的。政局影响士人的心理状态，士人的心理状态直接影响文学思想的发展变化。"[①]盛唐诗坛登峰造极、盛极难继的文学成就是时代赋予的丰厚赏赐，繁荣开明的盛世气象为盛唐之音的奏响提供了丰厚的积累。而在安史之乱后，社会环境剧变，盛世的神话被无情终结，国家百年的积累毁于一旦，唐王朝由盛转衰。由于战争对生产的破坏，土地、房屋被摧毁，百姓无家无业，流离失所，加之沉重的赋税，百姓生活得水深火热。这一时期，祸乱四起，战乱频仍，藩镇割据难以消除，地方势力蠢蠢欲动，社会动荡不安，朝廷宦官专权，朋党之争愈演愈烈，国家内忧外患。一方面是地方上委顿的局势，另一方面是朝堂政治愈发黑暗。时代的创伤给士人的心灵带来了难以愈合的痛苦，士人们强烈的用世精神和进取的人生态度渐渐消磨，失落消沉的情绪在滋长，"气骨顿衰"，文学格调为之一变。士人由关注外界政治环境转而投向对自身命运的思索，对生命的珍视、对富裕物质生活的享受成为士人们普遍的追求。继"大历十才子"后，中唐诗歌开始了求新求变的历程。

二、白居易的"小风景"诗

（一）中唐诗坛的分野流变

盛唐诗歌珠玉在前，如何进行翻新乃至超越是摆在每一位中唐诗人面前亟待解决的难题。所幸的是中唐诗人没有辜负时代的期许，在经历了大历年间的中衰和过渡时期后，元和成为唐诗发展的又一高峰。这一时期流派分立，名家迭出，胡应麟所言"元和而后，诗道浸晚，而人才故自横绝一时。若昌黎之鸿伟，柳州之精工，梦得之雄奇，乐天之浩博，皆大家才

[①]罗宗强：《因缘集——罗宗强自选集》，南开大学出版社2004年版，第212页。

已识乾坤大，犹怜草木青

具也"①,正是对元和诗坛盛况的描绘。"诗到元和体变新"就突出表现了唐诗嬗变过程中"元和"这一时期的特殊地位,而"变新"也成为诗人们摆脱盛唐诗歌风习传统的法宝。不因循旧法,大胆创新,多元发展,才能赋予艺术创作以新鲜的养料,使得艺术创作能够健康长久。

(二)白居易的遭际与创作转向

白居易二十七岁登进士科,此后仕途相对平顺。白居易性格耿直率性,作为谏官的他几次上疏,抨击以裴均为代表的骄横不法的地方节度使和以吐突承璀、俱文珍为代表的专权乱政的宦官,进言献策不计个人安危,富有传统儒家知识分子杀身成仁的政治风范。他对混乱朝纲的权臣充满厌恶,对于深受经济压迫和战乱苦痛的普通民众则充满同情。创作了大量的讽喻诗来反映民生疾苦,满怀着积极进取的用世精神臧否政治,考鉴得失。纵观白居易生平,元和十年(815年)是白居易一生仕宦生涯的转捩点。在这之前,白居易仕途一直较为顺利。815年,白居易因丁母忧去职返乡,服阕三载回京。这一年的六月三日凌晨,当朝宰相武元衡上朝遇刺,一时间人心惶惶,流言四起。白居易因越制上疏,要求缉拿凶犯,触怒权贵,以"不孝"这一莫须有之罪被贬出长安,左迁江州司马。谪居江州的三年半,是白居易人生观与价值观的重要转折期,也是白居易创作经历的一个重大分界线。作为终身服膺于儒家思想的庶族知识分子,在遭遇"忠而见谤"的无端戕害后,白居易面临着精神家园的失落。史书记载了他这时期的心路历程:"宦情衰落,无意于出处,唯以逍遥自得,吟咏性情为事。"②也正是在江州,白居易慢慢确立了自己守志藏道、随遇而安的处世态度,从此开始了闲适诗歌的大量创作。

(三)白居易"小风景"诗的艺术内涵

1.白居易写景诗的小大之辨

爱好阔大之风景或者细微之风景,作为两种不同的审美取向,是传统

---

① 胡应麟:《诗薮·外编》(卷四),上海古籍出版社1979年版,第187页。

② [后晋]刘昫:《旧唐书》(卷一百六十六),中华书局1975年版,第4353—4354页。

的阳刚与阴柔两种美学范式的展现，也反映出时代文化心理的变化，并没有高下尊卑之分。我们不妨将盛唐诗坛的天才歌手李白和白居易做一个对比，正如《庄子·逍遥游》"小大之辨"所预示的那样，李白选择了扶摇直上九万里的鲲鹏，而白居易则选择了这两种倾向的后一种，认可"高鹏低鷃各逍遥"（《喜与杨六侍御同宿》）的状态，更加趋于保守。这既是不同时代的影响，也是诗人之间不同的气质禀赋所造就的。

因此，与以李白、杜甫为代表的盛唐诗人偏爱宏伟巨大的物象不同，以白居易为代表的中唐诗人群体更爱细致微小的景物。一是"宏大的变调"，二是"新颖的异响"①，也是诗歌发展的自然选择。闻一多就曾在《唐诗杂论·贾岛》中形容这种审美趣味的转变："初唐的华贵，盛唐的壮丽，以及最近十才子的秀媚，都已腻味了，而且容易引起一种幻灭感。他们需要一点清凉，甚至一些酸涩来换换口味。"②正是在这种情形下，白居易开始了他诗歌的新历程，也最终孕育出唐诗的新意境和新面貌。

2."小风景"的对镜写真——"中隐观"之艺术阐释

白居易说过：自己"仆志在兼济，行在独善，奉而始终之则为道，言而发明之则为诗，谓之讽喻诗，兼济之志也；谓之闲适诗，独善之义也"。这就很能说明白居易心中最为重要的两种人生模式：达则兼济天下，穷则独善其身。在遭遇了政治人生的重大挫折后，开始咏拙、诵慵，由"兼济之志"转向"独善之义"。白居易闲适诗作中大量描写"小风景"的背后，正是其"中隐观"的折射。他开始把自己的注意力聚焦于日常生活细微具体的变化上。他后期的人生在乐天知命，知足保和，保持内心清明的平静中度过。58岁分司东都洛阳，隐居香山寺的经历，使得白居易在自然中进一步厘清了社会变化和个人存在的关系。这期间他在公余闲暇或休沐之时常寄情诗酒，徜徉于山水自然，过着半在朝堂半在野的"吏隐"生活。白居易在《香山寺》诗里这样写道："空门寂静老夫闲，伴鸟随云往复还。

① 李俊：《非必丝与竹，山水有清音——听葛晓音讲述诗歌之美》，光明日报，2018年2月7日。

② 闻一多：《唐诗杂论》，中华书局2009年版，第39页。

已识乾坤大，犹怜草木青

家酿满瓶书满架，半移生计入香山。"这首诗着意于白居易在洛阳香山寺的平日生活细节的描写上。佛门陪伴的老年诗人，看着天边的飞鸟来往反复，品味着一室书香酒香，满足之情顿生，抒发出一种欢情妙趣，富有飘然世外的超脱通透之感。

白居易选择中隐主要是因为它能实现双赢局面，既能避免从政的是非牵扯又有丰厚优渥的收入待遇，物质的富足与精神的独立兼而有之。白居易的"中隐观"主要建构在对传统休闲审美诉求的基础上，是对古来隐士文化的一种创新发扬。中国传统观念认为，隐居的状态往往源于一种对庙堂政治的回避，对社会职责的不合作，抑或是对家庭伦理关系的超越。但白居易的所谓"中隐"，并非不理政事，也不是与社会脱节，而是身在朝堂政治中却心隐于玄冥物化之境界，上下有道，进退有阶，仕宦与修心并行不悖，达到"致身吉且安"之效。他可以随时从喧嚣纷扰的浊浊世俗中回返思想宁静的心灵家园，进行自我拯救，这是介乎小隐与大隐的折中之法，亦是对自我修身功夫的一种更高要求，体现出白居易的人生智慧。

3."小风景"诗的内涵：以小见大

以一叶落，昭天下之秋；以一微尘，展无边溪山；以层云几点，表万千波浪；以一月圆，显宇宙之广袤；以一草木，示天地之大化精神，这是中国传统艺术领域的重要贡献。所谓"一花一世界，一叶一菩提"，一朵浪花可知海洋浩渺，一拳石可见群山巍峨，微小的自然物可以昭示宇宙天地的玄奥①，中国文化当中的见微知著给了白居易风景诗歌写作以无尽的智慧启发。

白居易尤为偏爱小池、斋舍、竹窗、亭台等小巧的风物风景，并多次出现在其笔下。以《白居易集》（顾学颉点校，中华书局1979年版）篇目索引佐证，其中以"小"字为诗题之作就有：《小童薛阳陶吹觱篥歌》《小庭亦有月》《小庭寒夜寄梦得》《小舫》《小岁日对酒吟钱湖州所寄诗》《小宅》《小池二首》《小台》《小台晚坐忆梦得》《小桥柳》《小曲新词二首》

---

① 朱良志：《曲院风荷：中国艺术论十讲》，中华书局2014年版，第83页。

《小院酒醒》《小阁闲坐》等。这与他生平爱好营造园林宅院有关，不管处境如何，他都尽可能使自己的生活环境舒适和美观，"所至处必筑居"，在退居渭村时"构亭台"，被贬江州时造"草堂"，卜居洛阳时兴致勃勃地指挥手下"栽松满后院，种柳荫前墀"。他在造园诗中就表达了园池不在大、在于适意抒怀的功能预设，认为流连小池小景可以获得更加丰富的审美意蕴，他可以在此回归情感天性的自由与内心安适的心灵状态。

> 闲意不在远，小亭方丈间。（《病假中南亭闲望》）
>
> 有意不在大，湛湛方丈馀。（《小池二首》）
>
> 茅覆环堵亭，泉添方丈沼。红芳照水荷，白颈观鱼鸟。拳石苔苍翠，尺波烟杳渺。但问有意无，勿论池大小。（《过骆山人野居小池》）
>
> 爱君新小池，池色无人知。见底月明夜，无波风定时。忽看不似水，一泊稀琉璃。（《崔十八新池》）

白居易诗中单以"池"为诗头的题目就有三十余处[①]。实际上，"小池"一词有着丰富的语义内涵，可将其拆开来看。一是在"小"，小池的小是客观事实，却因诗人无限的想象力令其内涵显得更加丰富，纳万象于一隅，容至美于方寸，可谓池小意丰，别有洞天。这是对于中国传统的园林造景法的借鉴学习，在小小天地间营造出无限的境界，于有限的形式中表现无限的心灵空间，大大拓展了其原本具有的表现义，展露出东方文化中特有的"以小见大"的美学智慧。二在"池"，小池里的水并非与外界联通的活水，而是拘囿于一方天地的止水。止水澄清，堪为镜鉴，止水疏

---

① 有《池西亭》《池上》《池上夜境》《池上二绝》《池上幽境》《池上作》《池上寓兴二绝》《池上逐凉二首》《池上清晨候皇甫郎中》《池上送考功崔郎中兼别房窦二妓》《池上有小舟》《池上早夏》《池上早秋》《池上早春即事招梦得》《池上赠韦山人》《池上即事（行寻鼇石引新泉）》《池上即事（移休避日依松竹）》《池上闲咏》《池上闲吟二首》《池上竹下作》《池上篇》《池上小宴问程秀才》《池窗》《池边》《池边即事》《池鹤二首》《池鹤八绝句》《晚池泛舟遇景成咏赠吕处士》《池畔二首》《池畔逐凉》《池畔闲坐，兼呈侍中》等。

已识乾坤大，犹怜草木青

淡，比喻君子之交，止水因而成了诗人精神涵养和文化意识的象征物。在追求心灵自由逍遥的同时赋予额外的人文精神滋养，对人的精神素养起到了重要作用。

诗人故意封闭空间，人为地隔开景区，使得小池成为独立的生命单元，但又与周围泉石竹树有着紧密的联系。日本学者赤井益久在其所著的《中唐文人之文艺及其世界》中就着重描写了白居易以"竹窗"和"小池"为中心的小风景观。由白居易的闲适诗出发，指出白诗中用风景来表白"闲居"中的环境和这种环境中精神与感情交融的普遍性，这种由小的文学风景构筑起来的"诗人自己的世界特区"，目的是为了达到"以小观大，则天下之理尽矣"的艺术效果，这也正是白居易闲适诗中淡泊平和、清旷隐逸之审美风格的绝妙体现①。白居易不遗余力地醉心于舒适精致的庭院修建，在内容和形式上又能达到高度的和谐统一。顺应自然造化，在精微处追求广大，于有限中追寻无限。清澹荡漾的小池，池边绵延的亭台水榭，参差错落的小山叠石，辅之以藤萝嘉树，花窗曲径，襟带环映，迤逦不尽，将审美视角无限延展，构成和谐圆融的整体，产生出超越于园林小风景自身的悠远的审美体验。园林成了诗人生命的寄托，诗人在其中构筑了自己精神的乐园，他可以独赏园林之趣，远离世俗尘嚣，在仕与隐中寻找平衡点，在散怀山水、寄情林泉中安放自己的尘心，自得天机之清妙。

4.白居易"小风景"诗的儒风、道意与禅机

白居易十分推崇陶渊明，和陶一样，皆十分注重个人情性的抒发和把握。陶渊明平生不解音律，常演无弦琴以抒个人情性，此为琴上之趣也；又嗜好读书，"不求甚解"，此为读书之趣也。故白居易常在诗中描写读书弹琴之景来吟咏舒张内心的审美体验，以期获得内心的畅快与心灵的解脱。他说："况此松斋下，一琴数帙书。书不求甚解，琴聊以自娱"（《松斋自题》）、"有书有酒，有歌有弦"（《池上篇》），一方面效法陶渊明读书弹琴的日常行为做派，更为重要的则是在琴音和书香中寻求与古人内在

---

① 赤井益久著,范建明译:《中唐文人之文艺及其世界》,中华书局2014年版,第81页。

精神的契合。他在《清夜琴兴》中描绘了自己静夜空林中弹琴的体验："月出鸟栖尽，寂然坐空林。是时心境闲，可以弹素琴。清泠由木性，恬澹随人心。心积和平气，木应正始音。响馀群动息，曲罢秋夜深。正声感元化，天地清沉沉。"在万籁俱寂的夜晚，群鸟栖息，月色皎洁，诗人心平气和地独坐林木间，弹起一张素琴，陶然于格古韵高的旋律，仿佛忘记了时间的流逝，一种舒缓和谐的氛围浮动充盈，天地仿佛都沉浸在那一种安逸舒畅、闲旷雅淡的韵味中。此诗与王维的《竹里馆》可谓异曲同工，却又能独具神采，颇见诗人之慧心。琴音与诗文交融，共同构成白居易陶冶情操的消闲方式，体现了处于典型的士大夫阶层的诗人对儒家诗乐文化发自内心的热爱与追寻。

作为传统的进士及第的儒家文人，白居易多次表现出愿为百姓发声的愿望："唯歌生民病，愿得天子知。"（白居易《寄唐生》）上以广朝廷正听，下以表民生关怀。希望通过针砭时弊、关怀民瘼，达到"美刺"的目的。但在遭遇了元和十年（815年）的一场无妄之灾后，白居易的思想开始转向。纵然他内心深处留有儒家思想深刻的烙印，但是面对淹蹇仕途的残酷，他还是选择了改变。他选择"栖心释梵，浪迹老庄"（白居易《病中诗十五首并序》），在佛道之间来往穿梭，寻求自在逍遥、超脱世俗的法门。

白居易是道家精神的践行者，也是禅宗思想的忠实拥趸，在他的诗中处处洋溢着道释情怀。如：

亦莫恋此身，亦莫厌此身。此身何足恋？万劫烦恼根。此身何足厌？一聚虚空尘。无恋亦无厌，始是逍遥人。（《逍遥咏》）

身着居士衣，手把南华篇。终来此山住，永谢区中缘。（《游悟真寺诗》）

空腹一盏粥，饥食有余味。南檐半床日，暖卧因成睡。锦袍拥两膝，竹几支双臂。从旦直至昏，身心一无事。（《闲居》）

湛湛玉泉色，悠悠浮云身。闲心对定水，清净两无尘。手把青筇

杖，头戴白纶巾。兴尽下山去，知我是谁人？（《题玉泉寺》）

从穿衣到饮食，从读书到出游，日常生活的点点滴滴对于白居易来说，绝非冗余的累赘，而是其修身养性的绝佳方式。白居易并不排斥物质生活，而是提倡物质与精神的统一。他的高明之处也正是在描写衣食住行等日常琐事之中，践行他那一套生活美学，将他自由超脱的人生境界，率情任性、放任无拘的精神追求，真实地投注到自我生命的状态中，达到身体与心灵的双重愉悦，寄寓生命情怀。

道家提倡的精神自由和思想解放，有着昂扬的内在生命精神。人是作为自然的一分子而非自然的完全独立者与自然和谐共生、平等相处，人可以在自然山水中徜徉自得，舒展性灵。道家重视对于人生命境界的构建和感悟，这直接影响了白居易乐天知命、任运自在、知足知止的性格，也完成了他审美观念的转化。

白居易自称"凡观寺、丘墅有泉石花竹者，靡不游；人家有美酒、鸣琴者，靡不过；有图书、歌舞者，靡不观"（《醉吟先生传》）。可以说他动用了一切手段来使自己的生活充满快意乐趣，去留无碍，随缘自适，尽情地享受世俗之乐。在山水登临、杯酒光影中放飞身心，畅叙幽情。

步月怜清景，眠松爱绿荫。早年诗思苦，晚年道情深。夜学禅多坐，秋牵兴暂吟。悠然两事外，无处更留心。（《闲咏》）

面对鲜明纯净的自然风光，诗人以自然之眼观之，以自然之美思之、悟之，以心关怀外物风景，再由外在的风景投射到内心世界，一种活泼泼的禅意跃然眼前。诗人把内在的生命情感投射到外部山水中，人与山水风景彼摄互荡，浑然一体，引发一种内心的欣赏、认可和体悟，从而达到一种物我两忘、"触目皆菩提"的审美之境，于日常凡庸的生活中获得审美层次的跳跃。

三、白居易"小风景"诗的流响及现代价值

白居易无论是生前还是身后，都在诗坛上享有极高的地位。唐宣宗在凭吊诗中不仅高度称他为"诗仙"，盛赞其诗歌成就璧坐玑驰，光彩夺目；也从侧面表现出白居易诗歌风行海内外，就连番邦之人都能吟咏欣赏的巨大影响力。明人则评价其影响："唐诗人生素享名之盛，无如白香山。"实际上，白居易对后世造成的影响，主要集中于两个方面：一是浅近平易的语言风格和随性淡泊的诗歌情调；二是吟玩性情的"中隐"思想和知足保和的生活态度。因与后世文人心理有相似之处，故而后者影响更为广泛和深刻。①

从中唐到晚唐，唐王朝国力日益衰微，江河日下，气息奄奄，党锢之乱与地方藩镇割据甚嚣尘上，文人们用世之志消磨殆尽，在社会的底层挣扎着生活。寒门士子进退无门，白居易的中隐策略，为失意的晚唐士人们如何应对仕途的得失成败提供了很好的效法范式。皮日休、陆龟蒙诗歌中就常有林泉池沼、诗酒逸乐等闲暇之咏，着力表现出俗世生活中的乐趣，就是对白居易创作思想的典型效法。

生活百事，看似繁碎琐屑，但白居易偏能自出机杼，多方面描述生活常见事物，在日常基本的生活方面发现美，描摹美，可谓开宋诗日常性描写之先导。南唐的徐铉、徐锴，再到宋初的李至、李昉、王禹偁等，无一不是受到白居易"小风景"写作观的影响，还因此形成了"白体诗派"。北宋大文学家苏轼就是白居易的忠实拥趸。苏轼自号东坡，其"东坡"之称谓，就来自白居易迁任忠州刺史所开垦的田地之名（详情参见洪迈《容斋随笔》第五卷）。两人仕途经历庶几似之，东坡视其为精神上的知己，在宦谪生涯中同白居易一样学会体悟生活的幸福美好，保持乐观豁达的人生态度，笑对苍茫。苏轼贬至杭州担任通判时所作《六月二十七日望湖楼醉书》："未成小隐聊中隐，可得长闲胜暂闲。我本无家更安住，故乡无此

---

① 袁行霈:《中国文学史》第二册,高等教育出版社1999年版,第356页。

已识乾坤大，犹怜草木青

好湖山。"未尝不能看作对白居易中隐思想的致敬。而自宋后，白居易诗歌影响虽非一直热烈，但是代不乏人，这种影响是一以贯之、持续不断的。

统观唐代诗人诗歌，李白是"谪仙"，杜甫是"圣哲"，孟浩然是"隐士"，王维是"佛陀"，他们是闪烁在诗唐天空的耀眼明星，下面充盈着无数人瞻仰和崇敬的目光。可他们离人间始终那么远，有一层看不清的隔膜，使人无法亲近和触摸。而白居易在佳构如林的诗人中显得是那么亲切自然，纵览白居易一生的经历与创作，幼年困苦的生活，使得他对于劳苦大众富有深沉的关切。一系列的政治打击让他逐步看清了现实，开始前后诗风的转向。经历残酷生活的百般磨砺之后，以苦难熔铸出纯净自然的生活心态，他实现了对自我的超越。这正是一个普通人奋斗成长的故事。

乾坤广大，草木青青，他的品质与情怀从来不曾消却，对于细微的一草一木依旧充满怜惜与同情。对于人世间平凡的生活，仍葆有殷殷的关切与悲悯，仍然充满发自肺腑的珍惜与热爱。认清生活的真相，却依然执着地爱着它，不求宦达显贵，只是安静地享受生活里的闲适温柔。处在喧嚣迷乱的世界中，白居易写景诗歌的审美精神让我们看见了另外一种可能。保持一种笃定安闲的心境，知足而常乐，从生活的点点滴滴中发现乐趣，享受生活本真之美。这正是拯救某些精神贫瘠、信仰缺失、焦虑迷惘的现代人的一味良药。我想，这就是白居易所给予我们的现代价值。

异代光景：古典文学中的"月照床"意象

邓沛裕①

　　中国古典诗歌经由文学加工，能够实现诗意自足的艺术形象构成②，存在于文学集体记忆中的可谓意象，人们熟知的意象往往经历过反复塑造，包涵了多重审美经验。《诗薮》云"五言古意象浑融"，被誉为"五言古诗冠冕"的《古诗十九首》中的意象具有相当的接受广度。《明月何皎皎》的"月照床"与情景象征下的忧愁贯穿全诗，天然地融入"思归"母题；当《静夜思》再次用"床前明月"作为吟咏起兴以引发"思故乡"的感悟时，曾"三拟《文选》"的作者极有可能受到熟悉文本的影响，而"月照床"意象所涉题材并不止"思归"一端。清代大型官修韵书《佩文韵府》下置"月照床"条目，显示了编写者对该语典的关注，但书中摘录的"月照床"例诗过于简略，界定标准未明，没有反映出该意象在古典文学作品中的具体分布。经基本古籍库检索，古代诗文涵括"月照床"作品有 358 句，作品间既有经典借鉴关系，又根据时代分布不同的审美体验。由于人称不明，《明月何皎皎》情绪强烈而主体朦胧，魏晋时期则根据"女"与"士"的抒情特质分化为"抒情"与"写志"两种主题；南朝诗歌将"月照床"的风景特征铺陈开来，于意态中表现意象"情"的内容；

<hr>

　　① 邓沛裕，女，安徽师范大学文学院汉语言文学 2015 级本科生，现为湖南郴州市第四中学教师。指导教师为王轶博士。

　　② 蒋寅：《语象·物象·意象·意境》，《文学评论》，2002 年第 3 期，第 69—75 页。

唐诗中的"月照床"被塑造为纯熟的场景配置，产生了成功翻新"思妇""游子"题材的名作《望月怀远》和《静夜思》，在赠答间传递的"半床月"成为寄托心意的常见表达；伴随中唐诗风的内敛，"月照床"也被用作哲理心灵的比喻；宋代"月照床"与士大夫的精神世界联系密切，宋诗对意象的感知偏重沉着质感，而宋词尽可能发挥其铺叙展衍的体式优长，苏轼与朱敦儒作为"以诗为词"的代表，完成了"月照床"内涵中哲理和抒情成分的高度统一。"月照床"意象在不同时代的作品集合中呈现出常用常新的形态，本文将根据类比对象、含义特征和体裁手法三种要素分析各时期典型作品，探察古典诗词中特定意象审美认识的发展。

一、"月照床"意象的生成

"月"与"床"是人们十分熟悉的名物。作为指示时令的发光天体，月亮受到的观察密切而持久，"月离于毕"对应大雨滂沱的天象，"日月逾迈"寄托了古人的忧患意识，"日居月诸"则是拟人化呼告的遗存，《月出》以月色类比佼人，《天保》将"如月之恒"作为对新君的祝颂，《天问》中"夜光何德"的设问把天体运动浪漫地转化为人类活动，先秦文学作品塑造了一系列极具启发性的"月"形象。"床"是人类起居的家具，昼夜活动的起始和休止在这里完成。"月照床"作品通常涉及古床的功能问题，对此简要梳理如下：史学家童书业先生的器物研究《"床"与"胡床"》提道，早期古人在床上也会呈现坐姿，"古人之卧，隐几而已"，床与几的搭配即能佐证；《礼记·内则篇》里的床可以"执"，说明彼时已有规格较小的床具；《说文》《韵会》《玉篇》一类辞书直接把"床"释作"安身"处所，具有普遍而私密的观感；"乃生男子，载寝之床""唯天子居床"等记载说明位尊者居床，古代绘画也常将主要人物隔置于床中，在透视截面内制造空间聚焦。新时期围绕《静夜思》"床前明月光"之"床"的释义引入了民俗学解读，观点集中于西域传入的"胡床"说[1]和四至八

① 程瑞君：《唐诗名篇词语新解五则》，《北京大学学报》，1995年第2期。

边形的井上围栏或轱辘架的"银床"说①。近年又出现了屋檐下台基或檐廊的"月台"说②，同时也不乏在分析《全唐诗》中所包含的"床"字诗句的义项比例后坚持"睡床"本义说③。就意象演绎而言，历代"月照床"创作不仅反映了作者的生活现实，还受到文本接受与改编的影响，这也是本文从审美发展角度进行研究的意义所在。

最早的"月照床"意象见于《古诗十九首》末篇首句"明月何皎皎，照我罗床帏"，这一画面令人联想到《豳风·七月》的"十月蟋蟀入我床下"，类似自然现象介入主体及处所的起兴，在汉魏五古中形成了固定句式，如"日出东南隅，照我秦氏楼"（《陌上桑》）、"北风初秋至，吹我章华台"（《古八变歌》）、"鸣声何啾啾，闻我殿东厢"（《鸡鸣》）等，诗中截取的场景受到物象、方位、季节的限定，具有时间的流动感，和《诗经》断续的四言句组不同，这些起兴场景与篇中叙事句连属浑成，并在后代诗人的接受过程中发挥着象征功能。

"月照床"的生成还与早期赠答诗的内容相关。托名李陵所作的《录别诗》有"愿言所相思，日暮不垂帷。明月照高楼，想见余光辉"的寄语，意使对方在入夜将寝时莫要以床帏遮挡月光，隐喻离思之情不可断绝。汉末秦嘉四言《赠妇诗》列举了一系列物象，"皎皎明月"与"飘飘帷帐"恰好与《明月何皎皎》首句对应。秦嘉赠诗"长夜不能眠，伏枕独展转"与古诗"忧愁不能寐，揽衣起徘徊"、徐淑答诗"长吟兮永叹，泪下兮沾衣""引领还入房，泪下沾裳衣"等也有类似关系。《明月何皎皎》的抒情身份一向未明，但它遵循"忧来如循环"的线索，在出室望月与归床泪下间转换画面，恰有"士""女"隔空对话的幽微意味。

《明月何皎皎》以"月照床"为中心布局，按顺序叙述，场景始终服

---

① 朱鉴珉：《床·井栏·轱辘架》，《北京师范大学学报》，1989年第5期。

② 周同科：《"床前明月光"本义与"床"—"牀"通假字说》，《南京大学学报》，2013年第6期。

③ 相琳，汤海鹏：《〈静夜思〉"床"字解诂再探》，《清远职业技术学院学报》，2014年第1期。

务于"游子思妇"的心理活动，深化了比兴可感性，结构与秦嘉夫妇赠答的倾诉特征相似，具有深婉的古意①。《明月何皎皎》中"月照床"的起兴看似偶然而成，却保留了年代相近诗作的影响痕迹，"言在带衽之间，奇出尘劫之表"，无论是《明月何皎皎》与《凛凛岁云暮》浓缩了秦徐本事，抑或夫妇二人自熟悉作品中汲取相同情景后精心改写，"月照床"时空下怀人恋乡、思而不见的抒情形象已然确立在后世文学认知之中。

二、魏晋时期："月照床"抒情模式的明确

魏晋的4首"月照床"诗歌沿袭《明月何皎皎》"怨情"和"宦游"两条叙事线索，分化出"女"与"士"的抒情身份，唐代象征"怀人"的《望月怀远》和象征"思乡"的《静夜思》两大名篇也是"古意"风貌的后继。

（一）以女性为主体的"月照床"创作

《燕歌行》踵接《明月何皎皎》，明确以"空房贱妾"口吻抒写明月床帏中的思妇怨情。魏文帝将古诗中"皎皎""明月""照我床"合成一句七言歌词——"明月皎皎照我床"，和"星汉西流夜未央"形成"星月"的对举，或许受到了《九辩》"仰明月而太息兮，步列星而极明"和《赠妇诗》"皎皎明月，煌煌列星"的影响，并通过强调自然现象的光线与时长放大了人物情感的具象。

托名魏明帝的《伤歌行》同样以女子为抒情主体，相较于引用意象语词的《燕歌行》，它对《明月何皎皎》的套用频率更高，如"昭昭"对应"皎皎"的叠词，原诗句式作了改动，"明月"前加上"素"的定语，"照"替换为同义且更具修饰性的"烛"，古诗中的"忧愁不能寐"被"忧人不能寐"取代，视角由内而外，"揽衣曳长带，展履下高堂。东西安所之，徘徊以彷徨"是"揽衣起徘徊""出户独彷徨"的延伸，结束动作"伫立吐高吟"则与"引领还入房"相对，将两诗主人公的情绪区分开来。地位

---

① 葛晓音：《论汉魏五言的"古意"》，《北京大学学报》，2009 年第 3 期。

不独立的封建社会妇女对遭到抛弃常怀忧虑，因而更难承受分离的苦痛，女性怀人的内容遂以"怨"为主，"忧来思君不敢忘"的《燕歌行》式女性呈现出"怨而不怒"的含蓄，"舒愤诉穹苍"的《伤歌行》式女性显然直露锋芒。

《燕歌行》和《伤歌行》作为魏晋时期"月照床"怨情诗的代表，深化了意象的情感容量，引发了许多绮丽的效仿，"东西四五百回圆"的汉唐明月从长信宫移向上阳宫，照耀了无数"一生偏向空房宿"的不幸女子，"真成薄命久寻思""红罗帐里不胜情"仍旧徘徊着意象中人"揽衣瞻夜""泪下沾衣"的旧影。《望月怀远》是唐代描写"月照床"怀人题材的名篇，明月从幽晦海面跃出的壮观开场令人想到"月重轮"和"海重润"的久远譬喻，情绪张力随有生光亮延展到天涯尽端，较《燕歌行》星汉与明月的对举更富神韵。"天涯共此时"体现了"同望同怀"的时空一致性；"灭烛""披衣""不堪盈手"是六朝"思妇"形象的再现，"同梦佳期"立意亦与前代"隔千里兮共明月"相类，表明离人心意相通的愿望，超越了一贯的悲凉基调，独立于该意象的怨情模式。

（二）以士人为主体的"月照床"创作

"游子"是"月照床"的另一抒情形象。战国时的许多辩士因从事游说离开故土，汉代宦游现象则更加普遍。文学原本是一门晋身的技艺，却在文士的切磋中提升到"经国之大业，不朽之盛事"的地位，"月照床"的独卧背景也为诗人的自我表达设置出一个巧妙的现场。《明月何皎皎》中"客行虽云乐，不如早还家"的宣言宛如弹铗歌曰"归来去乎？"遗风，阮籍《咏怀》中的主人公也有起坐鼓琴的举动，"薄帷鉴明月，清风吹我襟"沿用古诗"自然现象+动词+我+处所"的句式，视角由内而外，穿透帷帘的明月和吹入衣襟的清风使感知范围延伸到外野、北林，似有无尽之怀。"忧思独伤心"常被牵涉到魏晋迭代的丧乱现实，不过阮氏早年写成的《乐论》曾阐发"顺天地之性，体万物之生"的观念，可见该诗对意象的运用不但体现了逃遁名教的倾向，也当是作者把握自然与人文关系的美学实践。

陆机的《拟明月何皎皎》是从"宦游"视角模拟古诗的作品，不同于原作的愁肠百结，陆诗的"安寝北堂上"显示主体处于欣赏的位置，"照之有余辉，揽之不盈手"是"相见余光辉"的延伸，从《文选》注引《淮南子》"天地之间，巧历不能举其数；手征忽怳，不能览其光"可知，简单的动作蕴含了仰观俯察而知幽明的启示，可谓"事、情、理"兼备。陆氏广览坟典，自负雄才，"游宦无成"是这首拟诗在离思之外点明的焦虑源头，体现出仕人的恋乡表达与述志动机密不可分的特点。

陆机所作拟古诗有"一字千金"之誉，钟情于月的李白也通过"此堂见明月，更忆陆平原"的慨叹表达了对《拟明月何皎皎》的审美认同，"欲上青天揽明月"。李白有"三拟《文选》"的记载，其名作《静夜思》对"月照床"景观的把握同样能够向汉魏六朝追溯。众所周知，明代的《唐诗品汇》和《唐诗选》都对古诗有所窜改，现今流行版本已经遭到干扰，为了更接近原创，可从宋刻本"床前看月光，疑是地上霜"的早期异文展开分析：床前月光的物态起兴延续"月照床"古诗与拟作的经典结构，一"看"一"疑"明示主体存在，"月光"照在"床前"之"地"，继而投射到视觉感知内，引发主人公对"霜"的联想。关于"月"与"霜"，《赠妇诗》中已出现两者的对举，谢朓所作齐零祭歌辞"白帝"一章中则出现了"夜月如霜"的譬喻，白帝对应秋季，这一譬喻也应视作诗人在礼乐背景下有意组合的事典。梁简文帝的"影类九秋霜"（《望月》）与"夜月似秋霜"（《玄圃纳凉诗》）即从宫体诗视角对零祭歌典故加工的拟句，《静夜思》喻净意远，以其自然流利的特色后来居上，传诵最为广泛。寻找月光来源的动作对应《子夜四时歌》的"仰头看明月"，也重现了古诗结尾呼诉无门的"引领"一望，"低头思故乡"则和拟诗"离思难常守"一脉相承，"月照床"的游子怀乡象征就此传行于世。

三、南朝时期："月照床"表现形式的拓展

南朝"月照床"诗歌辑有10首，它们一改此前同题拟作的形式，不断增加表现风景的技巧，其景物布局和细节描写相继受山水诗和宫体诗的影

响，诗歌声律的发展也促进了意象的提炼。

（一）景物布局的增饰

晋宋之际，游览山林与开拓庄园的社会现象极大丰富了自然景观的文学描写，隐逸取代游宦成为士人审美的新风尚，发展中的诗体受"气貌山海，体势宫殿"的汉赋的影响，安排多种景物组合整体风景，作者们开始以山水画的眼光审视"月照床"这一独立的古诗片段。《子夜四时歌·秋风入窗里》营造的"罗帐秋月，寄情千里"是南朝作品中影响深远的"月照床"风景，不惟上文涉及的《静夜思》，谢庄《月赋》与苏轼《水调歌头·明月几时有》这两篇名作也有对其化用的痕迹。宋南平王刘铄以拟诗闻名，其《拟明月何皎皎》中"玉宇来清风，罗帐延秋月"一句，以清风路径勾勒"罗帐延月"，"月照床"和"浮云""层阙""河山"意象叠加，产生了散点透视的效果。山水诗盛行之时，"月照园""月照岭""月照池"等意象组合也见诸笔端，如"月出照园中，珍木郁苍苍""秋月照层岭，寒风扫高木""风朝拂锦幔，月晓照莲池"，显示出诗人不再满足于应用套语，而是自觉协调画面景观，不过，尽管景物搭配呈现多样，"月照床"意象仍具有与户外风景区别的空间感知，例如沈约所制《夜夜曲》：

北斗阑干去，夜夜心独伤。
月辉横射枕，灯光半隐床。

以"北斗"为远景，突出室内人物，"月辉"与"灯光"是一对清晰的特写，放大了"月照床"在明暗关系上的表现力。《夜夜曲》解题云"伤独处也"，该题虽沿用古诗思妇题材，却悬置了抒情对象，侧面表现人物心理的写景形式较前代别具纤细朦胧，《拟沈隐侯夜夜曲》再现原诗中伤心人独处卧房的场景：

愁人夜独伤，灭烛卧兰房。
只恐多情月，旋来照妾床。

用"灭烛"动作强调下文"月照床"的介入属性，"只恐多情月，旋来照妾床"如民谣口吻，尤使意象生动含情。伴随观照意识的进步，"月照床"以其匀称优美的画面结构从古诗套语中走进诗人有情的描写视野。

（二）心灵动态的外化

早期"月照床"诗歌以"游子思妇"为叙事中心，场景作为高度类型化的习语仅起指示作用，如同出自一口，魏晋之后的诗人转变写作方式，致力于还原自然物态，注重细节刻画的咏物诗还向意象注入了更多人物情性，意在传达突破传统诗教的唯美主义观念①。宫体诗是南朝咏物诗颇具代表性的支流，它对"月照床"表现内容的深化起到很大作用。曹道衡先生认为，以简文帝为首的宫体诗人受"新变"主张影响，注重物色搭配，他们熟悉宫闱女性的生活，并向前代《高唐赋》《洛神赋》等极力描写女子形貌的作品学习，通过比拟手法，使所咏意象生发出如人物一般的鲜活动态②。

"月照床"意象描写的创新实践还与频繁的文娱活动相关。彭城刘绘、刘孝绰父子扮演了齐梁文学交游中的重要角色，一场有沈约、王融、萧衍等当世名家参与的宴会上，诸主宾同赋鼓吹曲古题《有所思》，刘绘诗作中的"佳人不相见，明月空在帷"被张玉谷《古诗赏析》称道"虚拓一笔，意已跃然"，"空床"出自《古诗十九首·青青河畔草》的末句"荡子行不归，空床独难守"，西晋张华《情诗》以其"儿女情多"的基调改写了原诗的怨情冲突，潘岳《悼亡诗》则从私人视角写到妻子亡故之后的"空床明月"场景，"士"与"女"两类抒情主体统一于失偶主题下，汉魏古诗的内涵区别在此减退。此处"月照床"是人物思而不见的情感的譬喻，仍以写意为主，而刘孝绰的《望月有所思》却更着力模拟新月的物态，它不是普通的临摹，而是用女郎就寝的姿态比拟月光照射：

秋月始纤纤，微光垂步檐。

---

① 归青：《论南朝诗学对"吟咏情性"说的改造》，《齐鲁学刊》，2000年第3期。
② 曹道衡：《南朝文学的衰落》，《文史知识》，1998年第12期。

朣胧入床簟，仿佛鉴窗帘。

其实鲍照的《玩月》已有"夜移衡汉落，徘徊帷户中"的拟人化想象，而刘孝绰诗对月光照射过程的铺叙延展更凸显出"文章放荡"的志趣，心灵外化的体物观便是本时期以新调赋古题的一个特征。

（三）物色音声的提炼

随着汉魏古体的式微，声律偶对的要求令意象在吟诵上生发出音韵之美，如刘铄的《拟明月何皎皎》曾获得"浏亮"的评价，永明体的提倡者沈约在《夜夜曲》中在动词"射"与"隐"前添上"横"与"半"的状语，细化物态意趣的同时也使朗读节奏更加整饬。受到侯景之乱的冲击，南朝文学事业快速衰颓，一方面劫后的士族沉湎宴乐，创作现实更加推崇声色；另一方面，北上士人把齐梁以来的诗歌经验传入关陇，完成向唐诗高峰的迈进。梁朝宗室萧总曾作《孀妇吟》：

寒夜静房栊，孤妾思偏丛。
悲生聚绀黛，泪下浸妆红。
蓄恨萦心里，含啼归帐中。
会须明月落，那忍见床空。

将寒夜"孤妾"作为描叙对象，在铺垫"悲生""泪下""蓄恨""含啼"系列动作之后，亦以"会须明月落，那忍见床空"总结，继潘岳后又一次将"空床明月"应用于悼亡内涵，句意与刘绘《有所思》相类，而层意与音节都有新体特色。萧总后来成为北周文学博士，其同僚王褒创作的《咏月赠人诗》进一步协调着"月照床"的物色与音声：

月色当秋夜，斜晖映薄帷。
上弦如半璧，初魄似蛾眉。
渡云光忽驶，中天影更迟。
高阳怀许掾，对此益相思。

此处使用"半璧""蛾眉"的双音节譬喻调动读者在语外的想象，五、六句意兴益发飞动，足与唐诗艺术齐观。随着古诗向近体诗演进，七言诗的艺术表现力也开始向五言学习。早期七言诗被视为"小而俗"的杂体，对意象内涵的发挥也受限于篇章结构，如汤惠休《白纻歌》首句"秋风袅袅入曲房，罗帐含月思心伤"，采用了事类对举，但仍不免逐句押韵的紧促感。江总《姬人怨》的首句"天寒海水惯相知，空床明月不相宜"，从开端就传达出悲凉彻骨的体验，意象均取自《古诗十九首》，写法受齐梁赋题拟诗的影响，发扬古诗意象的声色之美，句间转韵带动全诗情感，曲折表露末代狎客的内心矛盾。体裁演进扩充着意象表现的艺术容量，近体诗里"月照床"大多独句或联对成意，同全诗内容保持着更为自由跳跃的关系。

四、唐宋时期："月照床"意象意指的定型

"月照床"最负盛名的象征出自唐诗《静夜思》与《望月怀远》，宋词《水调歌头·明月几时有》中不眠望月的想象也广为流传。唐诗中的"月照床"重在描写光影关系的情韵，宋诗中的"月照床"则富含日常观察的格物理趣，"月照床"意象在经历"以诗为词"改造的宋词中达到情与理的高度统一，其典故内涵臻至成熟。

（一）情韵生动的唐代"月照床"

唐代涉及"月照床"意象的诗歌有37首，其中的大多数褪去南朝咏物诗的靡丽绮艳，积极地摄取画面瞬间，简洁字眼的活用体现出诗人的匠心独运。

唐朝诗人致力以生活经验融入"月照床"意象，此前的"月照床"描写多用"烛""延""鉴""垂"等动词，即借室内器物形态比拟光照的特征，唐诗例如"山月临床近""隙月斜枕旁""一片月落床"等句则限定了月的形态，并选用更为直观的动词："临"能说明物象之间的距离，"斜"能说明光线折射的角度，"落"能说明物象接触的区域，它们是久经揣摩的句眼，也是唐人自然观照经验的多彩呈现。

先唐作品大多遵循严格的骈偶意识，《南齐书·文学传论》关于齐梁文学的批评"三体"之一即"缉事比类，非对不发"，这类倾向生出"月映寒蛩褥，风吹翡翠帷""枕席秋风起，房栊明月悬"一类的"月照床"诗文，它们追求事类对举，久之则陷入形式化的审美窠臼。唐诗咏物有意避免前代轻艳刻板的印象，追求神韵生气，如初唐刘元济的"虚牖风惊梦，空床月厌人"，"风"从"虚牖"而来，"月"照"空床"之内，作者的意识活动即刻传达到阅读层面。该句也是另一位唐朝诗人岑参的范本，他相继吟出"水驿风催舫，江楼月透床""砌冷虫喧座，帘疏月到床"、"疏钟入卧内，片月到床头"，在类似句式中运用不同的知觉，使阅读者不感到雷同，《河岳英灵集》论岑诗"语奇体峻，意亦造奇"，这一系列对生活体验的创作可谓"平中见奇"。

唐诗中大量出现一个新词——"半床月"，它是"月照床"意象的衍生表达，在基本古籍库检索到的历代358句"月照床"创作中共出现51次，或许从初唐诗句"月斜山半阴"处得到灵感，它的来处应当是元稹与白居易的嘉陵酬唱：

> 墙外花枝压短墙，月明还照半张床。
>
> 无人会得此时意，一夜独眠西畔廊。（元稹）
>
> 露湿墙花春意深，西廊月上半床阴。
>
> 怜君独卧无言语，惟我知君此夜心。（白居易）

同一个独卧场景进入了两位诗人的想象，友情和才情在诗中呈现为光与影、真与幻的往还徘徊，一赠一答的意象重复强调了知己的彼此认同，这份认同也成为意象约定俗成的新内涵。"半"喻示着二分，代表时间推移，如"梦中相聚笑，觉见半床月""半床秋月一声鸡，万里行人费马蹄"；和漫长的山水相比，"床"对画面人物的突出更适合以小见大，如"欲知万里情，晓卧半床月""山鸟一声人未起，半床春月在天涯""珠帘半床月，青竹满林风"吟唱良宵美景，"半床斜月醉醒后，惆怅多于未醉

时"抒发蓦然消沉，"半床月"的意象传递效应或许是诗论所谓"兴象"感染力的代表。

中唐以降，"月照床"往往作为譬喻被援引到禅理当中。王缙早以文翰与其兄王维齐名，弟兄皆奉佛，缙晚年尤甚，他的《古别离》结句"谁能待明月，回首见床空"便用古题古语隐喻《大般涅槃经》如来告迦叶的故事："譬如有人见月不现，皆言月没而作没想，而此月性实无没也。"含有禅意的"月照床"唐诗还有"洗药冰生岸，开门月满床"（无可和尚）和"江云入袈裟，山月吐绳床"（岑参《赠僧诗》），借"月照床"等情景描绘悟禅时清净澄澈的境界。晚唐方干自谓"半是学禅人"，他也是对句奇警的名家，其"月照床"作品有"光含半床月，影入一枝花""竹里断云来枕上，岩边片月在床头""映岩月向床头没，湿烛云从柱底生"三句，它们在动静升沉的时空中展开"物我合一"的禅意，折射出忘机避世的心态。

（二）质理分明的宋代"月照床"

宋代有"月照床"诗68首，书写中凸显士大夫身份，景物描写追求深刻，内容多表现生活中的理性观察，唐诗意象的典型内涵发生转移。

宋代文学主流虽被崇尚谈义理、重叙述的文人诗占据，"月照床"的"怨"与"怀"抒情传统却没有被时人回避。怨情方面，"月照床"可受温度与感情的修饰，构成萧瑟凄苦的环境，如"寒信风飘霜叶黄，冷灯残月照空床"与"高梧挂月照床头，聒砌寒螀似怨秋"；离别之情则如周紫芝《秋闺词》"不恨郎不归，恨月入我床"一句，返归乐府民歌的浅显风味；赵师秀在悼念亡友时所写的"哭君日无光，思君月照床"通过至暗至明的对比拉长时间跨度，情景打动人心。

浪漫奔逸的诗歌气象自中唐开始收敛，理性则是宋诗最主要的气质。宋代诗人向往唐诗，习仿唐人的用词，在"月照床"诗文中体现为"半床月"和"满床月"的运用，这两个语词也常见于中唐诗坛领袖白居易的作品集，然而宋人为了追求格调削减了意象原有的情态，继之以质理充实内涵。北宋前期的"月照床"诗文尚存唐诗写景的神韵，如范仲淹的"澄宵半床月，淡晓数峰云"，王安石的"翠幙卷东冈，欹眠月半床"，此后的孔平仲则写出"是非荣辱不相关，独卧南轩半床月"的心理内容，将景物抽象为隐居生活的象征。"月照床"有时仅作为叙事的时刻指向，例如"水满南河月满床，市楼灯火隔秋江""试拈茹草同君舞，后夜闻鸡月满床"。即便情绪张力下降，它们还是参与了全诗意境的构成。

作为独居景物的语典的"月照床"，说理气息更加浓厚，南宋方岳笔下的"月照床"就是底层文人的自我寓托——"半床明月老秋风，未必诗人一例穷""夜寒梦到西窗竹，明月一床冰一壶""那似冰桥楮夫子，满床明月解微吟"，沉吟寒士的形象跃然纸上。又如汪莘的《夜兴》：

> 簟纹如水浸蟾光，睡觉湖边月半床。
> 道是广寒疑不是，月中那得藕花香。

"月半床"既指示时间，又喻示诗人半睡半醒的状态，后二句的设疑自答是对虚构与真实的观察体会，同样强调着诗人格物的理趣。

与长于幻想的唐诗不同，宋诗在描写时侧重冷静地感受。诗人多采用"侵"和"窥"字这两个新语词。"侵"字反映出一些诗人由于苦思带来长久的失眠，而"窥"字体现出栖身于床的作者对"月"的主动感应，他们往往"灯暗不复续，卧看月侵床""夜长无寐月窥床，拥被孤吟起遐想"，镇定甚至苦闷地观察时间的推移。这种表现习惯确实削弱了诗歌的华彩，但人文意识对自然意象的渗透也在"月照床"中得到了体现：黄庭坚写到"秾李四弦风拂席，昭华三弄月侵床"，富有声光流动感，其余如"山幽云傍户，林迥月窥床""缺月窥我床，皎皎一室空"这类观照中的描叙，想象与情致不可谓不充实。

宋诗力求"言之有物"，意象结构中主客体的互动在"月照床"创作中表现为两种形式。第一种表现形式较为蕴藉，如"空余破窗月，流影到床垠""午夜风翻幔，三更月到床""寒声摇谷口，侧月到床边""夜静滩喧枕，窗开月到床"，它们在写景中改写了杂言诗《独漉篇》"罗帷舒卷，

似有人开；明月直入，无心可猜"的事典，目的是显示诗人磊落旷达的怀抱；第二种表现形式则直露许多：诗人有意结合"月"与"床"书写"心"与"物"的互动关系，通过"移床就月"揭示人物意志对情景相接的向往，如"移床就堂下，仰见月成钩""恰好来深夜，移床对月明""扫床留月宿，种药带云锄""竹风满院凉无价，最好移床就月明"，乃至主动地追求，如"据床招佳月，月转床屡移"，这种积极的欣赏心态不断延伸，便形成了吕本中极具个性的"观象取物"——"翛然六尺床，更许佳月共""举头揽取明月光，置我堂上六尺床"，后一句出自七言歌行《秋夜行》，利用大开大阖的节奏变化唐诗经典，给人以狂放疏朗的印象。

宋代诗人对理路和法度的崇尚在一定程度上影响了诗作的情感表现容量，而22阕起源于倚声传唱的宋词则发展了富于变化、婉转自如的体式所长，词人先是关注了"月照床"婉转含情的内涵，闺阁之词向文人之词转化后，意象内涵又进入了豪迈生情的境界。

"月照床"曾被填入教坊曲词《清平乐》："梦觉半床斜月，小窗风触鸣琴。"一如早期词作"拟情"式情景再现模式，这种叙写欢娱之情的语言体现出晚唐世风对中唐"复古重道"文潮的反拨，接过了诗歌所压抑的表现部分。

李之仪以《花间集》为宗准，称许"铺叙展衍"的文学，倡言词体"自有一种风格"（《跋吴思道小词》），他的《千秋岁》便用"檀篆灭，鸳衾半拥空床月"来描述"柔肠寸折"的别情。受到晚唐创作类型的影响，宋词中的"月照床"产生了一系列大胆生动的情语：程垓以"半床月"喻闺中之情，如"一枕新凉，半床明月，留人欢意""若是知人风味，来分付、半床月""露华凄凄月半床，照得人、真个断肠"；贺铸写"无奈占床燕月，侵鬓吴霜"，毛滂写"明月侵床愁不睡。眉儿吃皱，为谁无语，阁住阳关泪"，为别后愁怨难揩的境况作出动情写照。这些情语是重深刻忌轻艳的宋诗里所见不到的。

即使语言特点背离"雅正"观念，经典意象在俚语唱词中的参与还是显示出宋词趋向雅化的态势，宋代前期词作中的"月照床"中有浓厚的女性抒情属性，当宋诗主体影响向词转移时，"月照床"意象对士大夫的情志的表现便达到新的艺术高度。

作为家喻户晓的长调杰作，《水调歌头·明月几时有》展开了古今、物理、世情多方面的哲学思考，在词坛上获得巨大成功。它从古老的怀远主题出发，以巨笔绘制"月照床"时空下虚实相生的画面：月宫高洁的光芒照亮了天上起舞的清影，也照亮了朱阁绮户下的"无眠人"，天地建筑间的转换或许受沈约出守东阳郡所作《登台望秋月》的影响，作品中的月光由"三爵台""九华殿"向"飞燕户""班姬床"流转，同样暗示远离御阙的自身处境。苏轼将用离合圆缺的普遍规律缓和了理想与遭际的对立，"千里共婵娟"的愿景又照应了《望月怀远》"天涯共此时"的许诺，这是诗人的"伫兴之作"（王国维语），又是"月照床"历史情韵的厚积薄发。

继苏轼之后，朱敦儒又对宋词发展作出卓著贡献，他对待自然如同极亲切的友人，曾在《燕归梁》中写道"放教明月上床来，共清梦、两徘徊"，又在《念奴娇》中将"月照床"扩充为"插天翠柳，被何人、推上一轮明月。照我藤床凉似水，飞入瑶台琼阙"，"插""推""照""飞"动词浑然天成，当作尘外之想。辛弃疾《念奴娇·近来何处》自述"效朱希真体"，而他另一阕《水调歌头》"唤起一天明月，照我满怀冰雪，浩荡百川流"也应有所借鉴朱氏范式。

结　语

五言古诗通过意象传达人世间的至情恒理，这些意象又受撷取塑造，记录下文学审美取向的流动轨迹，《古诗十九首》等早期诗歌出现的事物组合在后世创作中的反复再现逐渐引起研究者的关注。起初注意到《静夜思》与古诗《明月何皎皎》、阮籍《咏怀》、陆机《拟明月何皎皎》间存在以"游子怀乡"为主题的影响路径，继而发现同时还有一条与之并行的"思妇怨情"主题。近年来出现了以"模件""套语"等概念来冠名此类事物的研究，笔者认为，这些舶来词尚不如古典诗学中的"意象"更贴近古诗词的创作批评。"月照床"意象不惟是研究创作技法与体式流变的样本

集合，也是叙述历代作者个性心声的载体，"明明如月，何时可掇"，当诗人远离白昼的繁忙偃卧在床，无往不至的月光便构建起具有普遍表现力的审美时空，它所包含的生命体验丰盈如月、泽被古今，并且为世人平等享用，艺术价值的永恒追求正是如此。

《酉阳杂俎》域外题材小说的叙事特征

郑可儿①

引　言

段成式的《酉阳杂俎》是唐代的一本具有代表性的笔记小说。此书篇帙浩繁，内容宏博，在唐代志怪小说中为集大成之作。②其内容包括前集二十卷，续集十卷，总共三十卷，一半以上的集卷中都包含有域外题材，而且种类十分丰富。

域外题材小说，顾名思义是指以域外题材为主要描写对象进行记叙或创作的小说。"域外题材"指的是在中外交流的过程中，由中国的作家选编的以域外的人、事、物为主要对象的写作材料③。因为"域外"这一说法在每一个王朝具体指向的范围有一定的差异，所以历史上每个朝代的域外题材都存在着很大的不同。这里的"域外"是以唐朝的疆域范围为标准，既包括唐朝周边的国家，如高丽、真腊、交趾，也包括唐朝周围的少数民族，比如吐蕃、契丹、突厥等。因此，在这里提到的域外题材小说就

① 郑可儿，女，安徽师范大学文学院汉语言文学师范专业2016级本科生，现为广东省南海双语实验学校教师。本文为2018年度"本科生优秀毕业论文"结项成果。指导教师为章池副教授。

② 苗壮：《笔记小说史》，浙江古籍出版社1998年版，第182页。

③ 汪云霞：《〈酉阳杂俎〉所见域外题材研究》，南京师范大学硕士论文2017年，第5页。

是指以唐朝域外的人、事、物为主要描写对象进行记叙或创作的小说。

根据《新唐书·西域传赞》的记载，唐朝的外交辐射"东至高丽，南至真腊，西至波斯、吐蕃、坚昆，北至突厥、契丹、靺鞨，谓之'八蕃'，其外谓之'绝域'"①，并且曾一度开创了"万国来朝，四海同贺"的繁荣盛世。因为唐朝对外政策的开放，异域的人、事、物大量涌入，极大满足了唐朝人的猎奇心理。同时，唐朝人的视野也得到了扩展。唐前的文学作品对于域外题材的描写大多只是寥寥几笔，且描写对象集中在域外的奇特事物上，虚构色彩十分浓厚。而唐时的描述已经不仅只涉及奇珍异宝，作为唐朝笔记小说的代表作，《酉阳杂俎》还涉及对域外故事、域外人形象以及域外物产的描述。

《酉阳杂俎》中的域外题材小说，主要集中在"天咫""贝编""境异""物异""诺皋记上""毛篇""木篇"以及续集卷中的"支诺皋"等篇中。这些域外故事的记叙不再只停留在只言片语的描述上，而是每一个都有其完整的故事情节，其中刻画的人物也十分细腻。

不同于唐前的文学作品，如《山海经》《十洲记》《洞冥记》等对域外事物的描述大多带有神秘色彩，真实性不够。《酉阳杂俎》前集卷中对于域外物产的记叙采取"真实平易"的写作手法，将所记载的动植物真实地呈现在读者面前。同时，作者还以这些域外物产为题材记叙了唐朝的许多轶事或者故事传说，使得人们在认识这些物产的同时，又不失读书的趣味性。作者段成式在自序中标举"录味"，这个词来源于柳宗元《读韩愈所著毛颖传后题》以奇味论徘谐之文，追求幻诡奇丽的艺术境界，充满文学性和趣味性，有"使读者忽而颐解，忽而发冲，忽而目眩神骇，愕眙而不能禁"的艺术效果。②《酉阳杂俎》之所以能达到这种效果，不仅仅是因为它采录旧闻或记录时下新奇知识，更多的是因为其在谋篇布局时的想法新奇，以及在情节处理上表现出来的创新。其域外题材具有其独特的叙事模式、叙事手法以及叙事风格，显现出独特的价值和风采。

---

① 欧阳修，宋祁：《新唐书》，中华书局1975年版，第6264页。
② 苗壮：《笔记小说史》，浙江古籍出版社1998年版，第189页。

一、叙事模式

唐代笔记小说不再单纯地继承自战国以来为政治和宗教服务的神秘化和"志怪化"的写作手法，而是具有了属于自身的文学性和独特性。作为唐代笔记小说的代表作之一，《酉阳杂俎》中出现了文笔动人、曲折完整的故事情节，并且显示出了一些具有特色的叙事模式。其中比较典型的叙事模式要属"扬善与惩恶相结合""记物与记事相结合"这两种。

（一）扬善与惩恶相结合

"惩恶扬善"一直是中国人遵从的教条，这亦符合儒家的道德思想，在中国的古代小说中都有不同程度的体现，《酉阳杂俎》也不例外。

在新罗贵族远主旁㐌的故事中，弟弟不愿让哥哥旁㐌的日子好过，在旁㐌来向他讨求蚕种和谷种的时候，他故意给了煮熟的。旁㐌不知，将种子带回家种上。可是令弟弟想不到的是，哥哥带回家的蚕种中却孕育出了一只巨大的蚕，而种在地里的谷种长出了一根穗长尺余的谷苗。旁㐌悉心守护这根谷苗，一日谷苗忽被鸟衔走，旁㐌一路尾随到了一座山中。在山里旁㐌遇到了一群正在嬉戏的红衣童子，他们用一金锥变出的酒食来款待旁㐌，随后将金锥插于石罅中离去。旁㐌欢天喜地地抱着金锥回了家，从此过上了幸福快乐的生活，还时常救济自己的弟弟。故事到这里并没有结束，而是画风一转，又写了弟弟因为嫉妒哥哥得此宝物，便模仿哥哥种了煮熟的谷种，养了煮熟的蚕种。只是结果不尽如人意，只得了普通的蚕和稻穗。情节神奇的是弟弟的稻穗也被鸟衔去山中。然而弟弟遇到的不再是热情好客的红衣童子，而是急于寻找失踪的金锥的一群饿鬼。因此弟弟也遭到了为其"筑糠三版"以及最终被"拔鼻长一丈"的惩罚，并被国人耻笑。照常理故事到这里就应该结束了，旁㐌好人得好报，坏人也遭到了报应。但是此时故事又拐了个弯，旁㐌的子孙后代把金锥当作玩物，以击打金锥求狼粪为乐，后引来了天雷，金锥自此也不见了踪影。故事的情节可谓一波三折，跌宕起伏，从中也体现出了唐人因果报应的价值观。

同样，在吴洞"叶限"的故事中，"扬善与惩恶"相结合的叙事模式

也体现得十分明显。南人相传，秦汉前有洞主吴氏，土人呼为吴洞。娶两妻，一妻卒，有女名叶限。在吴氏去世后，叶限的后母及其女儿对叶限百般刁难，常令她樵险汲深。机缘巧合下，叶限得到了一条赪鳍金目的鱼，将其养在后院的池子中，用自己省下来的食物喂养大鱼。这件事情被后母知道后，就趁叶限不在家时将大鱼杀掉食之，然后将鱼骨偷偷埋葬。叶限知道此事后十分伤心，后一自天而降的仙人告知她鱼骨埋葬之处，并且让她将鱼骨藏在自己的房间，日后有什么事情的话，可以向鱼骨祈求，这算是大鱼向叶限报喂养之恩。到了洞节，叶限因为没有得体的衣服，便想到了向鱼骨求助，鱼骨给了她一套十分华丽的衣裳以及一双金色的鞋。叶限怕在洞节中待太久后被后母怀疑，急忙回家，在回家的路上不小心遗失了一只金鞋，而这只金鞋被一洞人捡到后卖去了陀汗国。域外题材由此被引进这个故事来，而且作为故事情节来烘托主题。陀汗国国王亲自来寻找叶限并将她带走，以她为上妇，而后母及其女儿则被飞石击死。故事到这里并没有结束，而是又加入了鱼骨因为陀汗国的索求无度而自沉海底这一情节，更是体现了东方人感恩知报、劝人向善的人伦道德和处事准则以及以善为美、以德为宗的审美期待。

以上两个故事在体现"惩恶扬善"之余，我们发现两个故事对于宝物后期的处理也有着类似的地方，不管是"金锥"还是"鱼骨"，最后都消失不见了。这一类型情节的设置实际上也是继承了自《左传》以来形成的"因果报应"的叙述传统。所谓用来"扬善"的宝物本质上是人对于善良本性的一种期待，即为"发乎道德，应乎福祸"，当人是善良的时候，宝物就会帮助他，而当人性开始变质的时候，那么相应的宝物便会消失，对于"善"的期待也就没有了。这样的情节设置也为后世的小说创作提供了借鉴。

与此同时，作者还通过改编的域外故事来向读者传达"惩恶扬善"的价值观。在《酉阳杂俎》"语资"篇中描写了这样一个故事：宁王在鄠县打猎时遇到了一个被囚禁的女孩，将之救下。女孩告知宁王是两个和尚趁着其家中大火时把她掳掠至此。为了惩处凶手，宁王便命人捉了只大熊放在原先囚禁女孩的笼中，随后两个和尚被关于笼中的大熊杀死。这个故事是根据印度民间故事改编而成，在原来的故事中，主人公是狩猎归来的王子，而被关到笼子里的是猴子而不是熊。

综上可见，唐人非常注重人生的因果报应，这其实也契合了唐朝三教并行的宗旨，人应该知恩图报，不应做坏事，不然就会有因果报应。

（二）记物与记事相结合

记物与记事相结合的叙事模式其实早在唐前的域外题材小说中便已出现，即将域外的人与物融入叙事中。如战国时期的《山海经》中对于域外仙山的描述，西汉的《十洲记》中对于海外的奇珍异宝的记载，魏晋南北朝时期西晋的《博物志》对于外来的动植物的描写。一直到唐朝，这种叙事模式仍在发展，如《广异记》中对于域外人的游历与经商的记载，《羯鼓录》中对于羯鼓乐曲的描写，《杜阳杂编》中描写域外贡品时都采用了这种叙事模式。《酉阳杂俎》也不例外，不过在叙事时对这种模式有了一定的改变和创新，即文中记载的"物"与"事"相互成就，使得叙事更添趣味。

《酉阳杂俎》对于域外物产的记叙分两种：一种是单纯记录域外风土人情的条文，文字平淡真实，读者在阅读的时候难免感到乏味；另外一种就是采用了记物与记事相结合的叙事模式。在记录域外的风土人情的基础上引入新的故事情节，使得记物生动，从而使得读者在阅读这一类的文本时，能够更好地接受域外文化。如前集卷一"忠志"篇中记载的交趾"瑞龙脑"的故事。在这里，作者就不再只是对"瑞龙脑"这个域外物产进行一个类似于百度条文的记载，而是采取了记物与记事相结合的叙事模式。以"瑞龙脑"为引子，记述唐玄宗李隆基以及他的宠妃杨玉环的故事：天宝末年，交趾向皇上供龙脑，龙脑的样子很奇特，如同夏蝉的形状。根据波斯的传说，这种龙脑只生在老龙脑树的树节上，所以皇宫里的人称之为"瑞龙脑"。唐玄宗送了杨贵妃十枚，每一枚都香气逼人。唐玄宗曾在夏日里与亲王一块下棋，贵妃陪同，另让贺怀智在一旁演奏琵琶。棋下到一半，贵妃发现唐玄宗即将输掉这盘棋，便让自己的宠物前来将棋局破坏

掉，贵妃弯下腰将猧子放到棋盘上，等贵妃起身走后，贺怀智的领巾上便已经全是龙脑的香气了。贺怀智回去的时候发现自己全身都充满了香气，于是他便把幞头给摘下来，并且用锦囊把它保存了起来。以致后来唐玄宗成为太上皇后，再次遇见贺怀智时，还能闻到其锦囊中"瑞龙脑"的香气，由此又添怀念杨贵妃的伤感。从上面的原文可以看出"瑞龙脑"是作为一条叙事的线索而贯穿始终的，它将三个原本松散的故事紧密地连在了一起，使得故事的叙事性得到进一步增强，使得故事的记叙更加生动，增强了艺术表达的效果。

像这样将域外物产与一般叙事结合起来的例子在《酉阳杂俎》中还有很多，例如前集卷七的"医"篇中有关于婆罗门国延年药的记载。故事以一个被俘的婆罗国方士之口来描述婆罗国延年药的特征：婆罗门国有一种药，名叫畔茶佉水，长在大山石洞的缝隙之中，很难采摘。这种药草一共有七种颜色，不同颜色的药草的温度也不一样。不管是花草树木还是金银铜铁它都能溶解，人的手一旦触碰到它就会瞬间糜烂。除此之外，又有一种延年药，它的名字叫咀赖罗，生长在石崖山腹中的一个石孔里，其形状像桑树，极其难寻找，而且在这个大树洞中有一条很大的毒蛇在守着药草。在描述延年药特征的同时，还带上了一点神话色彩。唐太宗对此非常感兴趣，于是让这名方士负责制作延年药，后这名方士在长安一直生活到去世。又如前集卷十"物异"篇中记载的"铜马"的故事：俱德国建立在乌浒河中，里面立着一匹铜马。那匹铜马比寻常的马要大得多。铜马的两只前蹄腾空面对着神所在的方向，两只后蹄立于河中作为支撑。到这里对于"铜马"的记叙已经结束了，但是作者还记载了有关"铜马"的一个小故事。在西域，五个月为一年，每到一年的结束下一年的开始之时，乌浒河中会出现另外一匹马，并且全身显现金色，与原本立在河中的铜马互相嘶鸣，过了一会自己又沉入水中。更神奇的是，有大食国王不相信这个故事，想要毁坏铜马，但是不知怎么他的士兵都遭受火袭，于是大食国王便不敢毁坏它了。像这样的故事在《酉阳杂俎》中有很多，都是采用了记物与记事相结合的叙事模式。

同样是"记物与记事"相结合，在其他的域外题材小说中，叙事是为突显域外人、事、物而服务，不注重叙事的完整性和艺术性。而《酉阳杂俎》则以域外人、事、物作为引子来叙事，在保证域外事物真实性的基础上，又很好地将故事的一波三折体现了出来。

二、叙事手法

笔记小说的题材大多来源于生活，以民间故事作为写作素材，所以文章大多篇幅短小，叙事简单。作为众多笔记小说中的一本，《酉阳杂俎》显然也具有这个共性特点，但是在描写域外人、事、物时，它又呈现出不一样的叙事手法，其中表现最为突出的主要有两点：直接描写和奇特想象相结合、史实考证与虚构手法相结合。作者用简单明了的话语勾勒故事线条，在不经意之间为下文的故事转折埋下伏笔，使得读者在读完文章时，虽觉意外，但回味起来又觉得是理之自然。除此之外，在记载、收录或创作作品的同时，作者还在一定程度上尊重历史，将之与文章的艺术性相融合，让作品叙事更加圆融生动。

（一）直接描写和奇特想象相结合

直接描写和奇特想象相结合的叙事手法主要体现在异域的神话传说中。

在前集卷四的"境异"篇中有关于突厥祖先的传说：突厥的祖先名叫射摩，射摩与舍利海中的海神有一段十年奇缘。射摩是一个有神奇异能的人。海女神会在每天的黄昏时分用白鹿将射摩接入海中，到第二天的天明时分，再用白鹿将射摩送出来。海女神对射摩承诺，如果射摩能在打猎的时候射中那只白鹿，她就会和射摩终身来往，但是如果射不中的话，两个人的缘分就会到此结束。到了射猎的时候，一名阿嗜族的首领不小心将这头白鹿杀了，射摩做出了一个很残忍的决定，以后都要用这一族的人来祭祀天神。到了黄昏的时候，射摩来到海女神的处所，这个时候，海女神对射摩说，他的手已经杀了无辜的人，沾满了鲜血，他们之间的缘分到此结束了。在这个故事中对事件的展开采取了开门见山式的笔法，直接描写，

不拖泥带水，用简短的话语就交代清楚了事情的起因，让读者可以直观地看清楚故事脉络，然后顺利地引出下文突厥杀人祭天的故事情节，没有任何侧面描写，后又通过女海神的拒绝来使得整个叙事框架完整而不突兀。在段成式生活的年代，突厥族依然斩杀阿嗜族人来祭祀天神，而作者就是在这个现实故事的基础上，在故事情节方面加入了海神这一形象，并由此进行想象，将一个本来很残忍的风俗用一种带有奇特想象色彩的叙事手法将它表现出来。而且在叙事中加入一个神的形象，不仅体现出一种天马行空的想象力，还使人直观感受到域外人对上天的一种敬畏。这样一来，读者在阅读的同时既能了解域外知识，又能体会到叙事的趣味性。

又如前集卷十四的"诺皋记上"篇中记载的"长须国"的故事传说。大唐的一位士人在一个新罗人的引导之下来到长须国，这个国家不论男女都长了胡须。长须国的民风淳朴，士人在这里受到了款待，并在这里生活了十年，还与长须国的公主结婚生子，日子过得非常地幸福美满。直到长须国遇到了困难，国王请求士人去向东海龙王求情。在与东海龙王的交谈中士人才知道，原来长须国其实就是一群虾子生活的地方。从叙事手法的角度不难看出，故事一开始的叙事逻辑还是继承魏晋文言小说的志怪之风的。从士人进入长须国开始，对其所见所闻采用的都是直接描写，叙事采取的是平铺直叙，对于长须国的人、物的描写都是简单地一笔带过，让读者读来并没有什么奇特之处。如果非要说有那么一点点不同的地方，就是长须国的国民嘴边都长着两根长长的胡须。由于是简单地直接描写，这一特别之处并没有引起读者的注意。所以在故事开始之时，读者沿着故事发展的线索走，受志怪小说文风的影响，不会觉得这个故事充满奇幻色彩。而这一点刚好就为后面情节的转折发展埋下了伏笔，在士人向东海龙王求救之后，龙王告诉他，他这么久以来都是跟一群虾子生活在一起，而他这么久以来居住的地方也不过是一小块烂泥塘。这个时候读者就会马上联想到故事开头被自己忽略的几句话，这样一来，故事最后的结局既在意料之外，又处于意料之中。

在这些表现异域神话传说的故事中，不管是里面所描写的人物，还是记叙的故事都很好地体现了"直接描写和奇特想象"相结合的叙事手法。其中充满戏剧性的故事情节更是引人入胜。

（二）史实考证与虚构手法相结合

在中国古代，修史是一项重要的工作，主要为历朝历代统治者的统治服务。史官修订的历史被称为正史，以实录为主，一般不夹带个人情感，大多秉笔直书，这也使得正史缺少了文学趣味性。历朝历代的文人抓住这个契机，以朝代的关键人物为描写对象创作了小说，在描述史实的同时增加了另外的一些元素，或奇诡、或神秘，增强了小说的趣味性，从而满足大众的阅读需求。段成式也受到了唐朝史学风气的影响，在域外题材的创作过程中秉持溯源求实的实证态度，同时又兼顾文学的趣味性。

从战国时期的《山海经》开始，一直到汉代的《十洲记》，魏晋南北朝的《穆天子传》以及跟《酉阳杂俎》同时代的众多笔记小说，它们在记载或是描写域外题材的时候，大多是采用虚构手法，在每一个域外事物的身上披上一层神秘的外衣。而《酉阳杂俎》对于域外题材的记叙是采取了平实直录的态度的，换一句话说，作者真实地记录了域外的人、事、物。这为唐朝史官修域外史提供了重要史料。同时，为了体现其真实性，作者会在故事的末尾加上此故事的来源，由此来说明所记的这些域外人、事、物是经过考证、真实存在的。在这一点上，《酉阳杂俎》的史学价值远远高于前代和同时代的传奇和笔记小说。而且那些小说中记载的域外题材很有限，比如和《酉阳杂俎》同时代的《杜阳杂编》对于域外题材的记载面依旧比较狭窄，记载的方式比较单一，主要记载的是上贡的贡品。书中记载了各国朝贡的奇异珍宝、罕见的丝织物以及珍奇怪兽等。比如新罗国所献五彩氍毹，大林国所献火精剑，拘弭国所献的却火雀、履水珠、常坚冰，以及诃陵国所献金花帐、温清床、龙麟席等。①但要注意的是《杜阳杂编》中的域外贡品虽以真实的贡品为原型，史书上也的确记载过这些东西，但是离史书上记载的差得太多，而不是像《酉阳杂俎》那样将域外物

---

① 汪云霞：《〈酉阳杂俎〉所见域外题材研究》，南京师范大学硕士论文，2017年，第33页。

产的真实面貌还原在读者面前。由此可以看出,《杜阳杂编》在写作手法上是继承了魏晋志怪之风的,其中有大量关于幻想贡物的描写,尽管看上去荒诞不经,但是作者对远方殊国生活的描写,特别突出的是环境的神奇、物质生活的富足无忧,这些都是作者苏鹗对域外世界的遐想,得到一种充然而虚幻的满足,表现了人们的世俗人生需要。①但是这样的描写缺乏叙事的真实性,不能成为佐证历史的证据,仅是供读者遐想罢了。

由此可以看出,《杜阳杂编》更倾向于将描写的域外事物虚构化,不管是内容还是情节都大大偏离原型,使其叙事蒙上了一层神秘的面纱,以满足当时人的一种猎奇、尚怪的心理。而在段成式的《酉阳杂俎》中,作者既还原了域外人文、物产的真实性,又在此基础上适当增加了一些自己的想象或改编的故事情节,使得整个故事兼顾艺术虚构性和历史真实性。如前集卷十八"广动植之三"篇中记载的关于"菩提树"的故事。菩提树最初是生长于摩伽陀国的。为了保持叙事的真实性,作者详细地记录了菩提树的生长环境、生长状况、功用以及其全部的别称。为免过于枯燥,在提及菩提树的功用以及生长状况时,作者引入了无忧王因砍树受到神示忏悔的故事,以及菩提树传入中国时唐高宗的态度,还提到了玄奘出使西域时看到这棵菩提树已经长得超过了垣上二丈。这些情节或许是作者根据见闻进行的改编,但是对于菩提树这一域外物产的有关记载确是真实的。还有上文提到了关于交趾"瑞龙脑"的故事,即使无法考证里面关于唐玄宗与杨贵妃的故事,甚至可以说这个故事情节是作者根据李杨的爱情故事所想象改编的。但是不可否认的是,"瑞龙脑"的的确确是存在的,而且关于它的功用的描述也是准确的,同时还因为增加了一定的故事情节使得其功用更加凸显。

由此可以看出,《酉阳杂俎》中的域外题材小说确实做到了真实性和虚构性的结合,将"史实考证与虚构手法"相结合,体现出了《酉阳杂俎》描写的域外人、事、物的独特的文学性和历史性。

---

① 邬宗玲:《〈杜阳杂编〉研究》,四川大学硕士论文,2005 年,第 36 页。

四、传奇化的平直实录风格

唐代之前的关于域外题材的记载在叙事风格上呈现出来的大多是一种神话风格，具有鲜明的虚构性。这种虚构性是指作者所描写的域外物产以及穿插于其中的故事情节是虚拟的，不具备真实性；而《酉阳杂俎》中描写的域外物产是真实的，是经过作者段成式亲自考证的，只是所述的故事情节是作者根据当下时文或域外故事改编或创作的，所以《酉阳杂俎》中的域外题材小说虽然也是具有虚构成分的，但是其虚构性主要体现在情节结构上，这与唐传奇在情节上有一定的相似性。因此统观《酉阳杂俎》中域外人、事、物所体现出来的叙事风格，可将之归纳为"传奇化的平直实录"。这种叙事风格正是其域外题材及其叙事模式和叙事手法综合呈现的结果。

在"记物与记事"相结合的叙事模式中，就明显地体现出平直实录兼顾传奇的叙事风格，其共同特点在于在客观描述域外事物来源和存在的前提下，对其功用的描写略神奇化，将域外事物放入故事中充当叙事的主要线索时，其故事在记录上就包含了"传奇化"的色彩，为其故事平添了一些神话色彩。如《酉阳杂俎》前集卷十四中记载的乾陀国攻打天竺国的故事。原本这是一个平白无奇的故事，在史书中也只是一笔带过的描述，但是在《酉阳杂俎》的记叙中加入了一个起因，天竺国国王送给乾陀国国王一件"郁金香浸染过的蝶衣"，男人穿了，其背部会出现手印，女人穿了，手印即出现在胸部。对此乾陀国国王感到十分的耻辱，这才下令攻打天竺国。这样一来不仅使故事具有了传奇化色彩，还使得这场战争的发生有了一个合理化的解释。再如前集卷十六"广动植之一"篇中，通过皇宫中宫女"争相用嗽金鸟所吐出来的金子制作钗珥"的故事，来表现昆明国的"嗽金鸟"所吐的金块可以在冬天时御寒，以显示其功能和特征。虽说对于嗽金鸟吐金块这一功能被传奇化了，但是也客观地描述了嗽金鸟的来源与存在。还有"瑞龙脑"和"铜马"的故事，不仅让人了解到了"瑞龙脑"以及"铜马"的功用，同时被其中描写的故事情节所吸引，在了解故

事情节的同时，又加深了对域外人文物产的认识。

　　《酉阳杂俎》叙事手法的与众不同，也是其风格形成的重要因素。这在《酉阳杂俎》的域外题材小说中可以找到很多例证。如《酉阳杂俎》前集卷三"贝编"篇中记载的有关"梵僧不空"的故事。作者通过《不空在长安大旱时求雨成功》《不空与术士比试祈雨之术并胜于术士》《不空在邙山斩杀通灵性的大蛇以求降雨》这三个故事描写不空祈雨之术的高超，不仅显示出域外"奇人奇技"之特点，同时还体现了作品叙事的平直实录。在唐朝，"不空"这位梵僧是真真实实存在的，且在唐朝时的确有设坛求雨之事，而这位"不空"正好就是担任求雨任务的人选之一。只不过作者在记录这些时文时，在故事情节上加上了些具有传奇色彩的虚构情节，把"不空"求雨的这一细节夸张化，使得读者对于域外人的好奇心得到了满足。又如《酉阳杂俎》前集卷十四"支诺皋上"篇中描写的"波斯王女"的故事：在唐朝时，古波斯王国入侵了吐火罗国，并打算在此建一座城，但是这座城的城墙总是建不起来。为了帮助波斯王建造城墙，波斯王女割破自己的手指，绕城走了一圈，将自己的鲜血滴在土地上，城墙终得建成。而这位波斯王女也变成了海神，保佑着新建成的缚底野城。通过这个故事来体现域外人对无私奉献者的感怀之情。王女破指建城墙的事情很显然是一个虚构情节，但是，这从侧面反映了当时域外国家互相征伐的事实。在历史上波斯和吐火罗国经常发生战争，波斯人为了能在战争中取胜，他们祈求天神的护佑。为了体现这一心理，故事中出现了王女成为海神的情节。同样，在突厥祖先的故事中，作者将突厥人斩杀阿嗜族人来祭祀天神这一习俗展现出来，杀人祭天的确是符合当时突厥人的风俗，也体现了他们嗜杀好斗的民族心理。但是在故事记载中，出现了一个善恶分明的"女海神"的形象，通过对这一形象的描写来表现唐朝人对于这种习俗的不赞同，这一域外习俗因为加入神话因素也不再显得那么可怕了。这些故事恰好说明了在当时人们的眼中域外之人都会带着某种神奇的功能，他们用的东西是神奇的，他们也肯定知道很多新奇的事情，也去过很多神奇的地方，而且他们尤其崇拜神灵，勇武好斗，喜好征伐。同时这些故事也为后世创作海外探险寻宝故事的文人提供了宝贵的素材。

历代以来的域外题材小说其内容和情节都荒诞不经，作为一部收录了许多域外人、事、物的笔记小说，《酉阳杂俎》域外题材小说展示了自己独特的个性，在前代域外题材小说的基础上进行了改进和创新，体现了真实性和历史性相统一的叙事风格。

结　语

《酉阳杂俎》是唐朝具有代表性的一本笔记小说，在文学的历史长河中闪闪发光。作者段成式用其真实平易的手法向读者展示了域外人、事、物的真实面貌，又加之以奇特的想象与虚构，将《酉阳杂俎》域外题材小说的情节描绘得极具"传奇化"色彩。其中的"扬善与惩恶"相结合以及"记物与记事"相结合的叙事模式，使其域外人、事、物在叙事中更具文学性和趣味性，使其"传奇化的平直实录"的叙事风格在域外题材小说中独具一格。

论陆游的览镜类诗歌

张云云[①]

"镜"的基本功能是整饬容颜，因此"览镜自照"成为人们基本的行为模式。"镜"也逐渐成为古代诗词文赋中出现频率甚高的传统意象，历代文人在不同程度上对其倾注了错综复杂的人生体验和生命情感，创作形成了6000余首诗歌。

览镜诗，即诗人借"览镜"之机来表达伤怀、相思、叹老等感情，或是咏镜、以镜喻物时创作的古诗。笔者检索了有关"对镜""览镜""咏镜"的诗词，发现南宋诗人陆游以"镜"入诗的诗句颇丰，足有308条。按照上述定义，筛选出陆游览镜类诗歌182首。

目前，学术界对"镜"的研究主要侧重于宏观角度，涉及历朝历代诸多诗人诗作：一是"镜"文化的历时性考察；二是"镜"意象的审美类型分析。对于览镜诗，学术界研究者鲜。现已公开发表的学术论文和讲座讲稿多是对白居易所作览镜类诗歌的解读。但是，陆游作为写作"览镜诗"数量多、类型丰富、"览镜"情结独特的诗人却一直没有得到关注。本文以陆游182首览镜类诗歌为研究对象，从数量分布、创作成因、主题内容、思想特征四个方面来对其进行初步探析。

---

①张云云，女，安徽师范大学文学院汉语言文学师范专业2016级本科生，现为苏州大学文学院2020级学科教学（语文）专业硕士研究生。本文为2018年度"本科生优秀毕业论文培育计划"项目结项成果。指导教师为胡传志教授。

一、览镜类诗歌的数量分布

陆游览镜诗总体数量众多，但是各个时期分布有较大差异。笔者按照写作年份进行了统计，具体分布情况如表1所示：

表1　陆游览镜类诗歌统计表

写作年份	览镜诗数量	诗人年龄	写作年份	览镜诗数量	诗人年龄
1155年	1首	30岁	1189年	2首	64岁
1159年	1首	34岁	1190年	2首	65岁
1165年	1首	40岁	1191年	3首	66岁
1170年	3首	45岁	1192年	4首	67岁
1172年	1首	47岁	1193年	6首	68岁
1173年	2首	48岁	1194年	8首	69岁
1174年	4首	49岁	1195年	4首	70岁
1175年	1首	50岁	1196年	3首	71岁
1176年	5首	51岁	1197年	3首	72岁
1177年	5首	52岁	1198年	7首	73岁
1178年	3首	53岁	1199年	5首	74岁
1179年	4首	54岁	1200年	5首	75岁
1180年	5首	55岁	1201年	6首	76岁
1181年	5首	56岁	1202年	5首	77岁
1182年	4首	57岁	1203年	6首	78岁
1183年	4首	58岁	1204年	5首	79岁
1184年	5首	59岁	1205年	9首	80岁
1185年	2首	60岁	1206年	1首	81岁
1186年	5首	61岁	1207年	8首	82岁
1187年	5首	62岁	1208年	12首	83岁
1188年	3首	63岁	1209年	4首	84岁

此外，另有五首诗词因写作年月不详，没有统计在表1中。由表1可知，从诗人30岁起，一直到诗人84岁逝世，几乎每一年都有览镜诗创作

于世，平均每年4首。值得关注的是，陆游晚年更加热衷于览镜诗的创作。仅拿有明确写作年月记载的177首诗来看，从诗人30岁到70岁，41年间共创作览镜诗98首，而从71岁到84岁，短短14年创作览镜诗就达79首，数量的对比实在令人惊讶！71岁之后，陆游不仅没有中断览镜诗的创作，而且其中有11年的创作数量都超过了平均数，嘉定元年（1208年），也就是在诗人去世的前一年，更是达到了12首之多。

众所周知，文学创作会受到创作者生活经历的影响。同理，陆游览镜诗的数量分布也绝非偶然，必定与其人生经历有着密切的联系。这牵涉到其主观的创作动机，不妨在第二部分一并探究。

二、览镜类诗歌的创作成因

经济基础决定上层建筑，文学创作作为上层建筑的一部分，无疑会受到经济社会发展的影响，不能脱离社会发展而独立存在。陆游大量览镜类诗歌的出现，一定与经济社会的发展有着密切的关系。此外，文学创作与作者本人的思想、经历等主观因素也有着密不可分的联系。因此，笔者将从宋代社会背景、陆游的人生经历两方面切入，分析览镜类诗歌的创作成因。

（一）镜意象文化内涵的多样化

唐宋时期，铸镜技术达到了高峰。制作出来的镜子不仅做工精美，且种类繁多。镜子普及度大大增加，逐渐进入社会生活的各个领域，成为人们日常生活的必需品。与此同时，人们的审美意识相应地增强，对自我形象的关注度提高。

在这样的社会背景下，古诗文中"镜"意象的出现频率越来越高，其文化内涵也得到了丰富和发展。在劝惩、自省等意义的基础上，又增加了三种审美涵义：一是表达对时光飞逝、容颜不复的感叹；二是表达人生失意的悲伤；三是表达古代女子的相思之情。[1]宋朝统治者实行"崇文抑武"

---

[1] 林盛禹：《宋词"镜"意象的审美探析》，《安徽理工大学学报》（社会科学版），2012年第2期。

政策，社会文化大背景的活跃是文学创作的源泉。陆游基于"镜"意象独特而丰富的审美涵义，结合自己的人生经历进行生发，创作形成了182首览镜类诗歌。

（二）审视社会人生的需要

所谓"诗言志"，即是历来文人墨客借诗作表达自己的志向抱负，寓含自我生命体验所凝练出的思想感情。陆游志在经世，希望纵横疆场。但是，他的一生跌宕起伏，仕途不顺，几乎与沙场无缘，终其一生也未能实现理想。生在动荡的时代之中，历经人生的种种磨难，又深受以儒家为主体的哲学思想的影响，这些因素的相互融合，使得陆游涵养出一种冷静的洞若观火的心态。邱鸣皋先生曾说，陆游与时代和人民同舟共济，他站在思想的高峰，敏锐地洞察社会和人生，用诗歌去表现和抒发他的所思所想。①

在先秦散文中，"镜"意象便被赋予了审视自我的涵义，还被引申为清明之道的象征。"镜"意象这一特殊的审美类型，使得作为诗人和思想家的陆游对其十分青睐。在诗人八十多年的人生中，不知有多少抑郁难平的事情，宦海浮沉，举国之辱，晚景孤独，诗人多次借用"镜"意象来表达批判社会、审视人生等思想感情。试举几例，"沉忧羁客梦，孤愤远臣心"（《雨夜排闷》），"倚楼看镜待功名，半世儿痴晚方觉"（《玉局歌》），"放教绿酒关身事，留得朱颜在镜中"（《遣兴》②。陆游不仅是在审视自我的生命旅程，叹息人生无成，也在委婉地批判社会的黑暗、统治集团的无能。随着时间的流逝，诗人深切地感知到国家无望，自己也已经年迈体衰，因此批判审视的力度、强度和频度就会愈加强烈，览镜诗的创作数量也随之增加。

三、览镜类诗歌的主题内容

在陆游览镜类诗歌中，有15首诗直接以"镜"入题，例如《对镜》

①邱鸣皋：《陆游评传》，南京大学出版社2002年版，第329—335页。
②张春林编：《陆游全集》（上），中国文史出版社1999年版，第109页。

《览镜》《晨镜》等，直接点明了看镜的动作和时间，另有167首诗歌的内容与"镜"相关。笔者认真阅读了这182首览镜类诗歌，将其按照主题内容归为四类：寄友代言，倾诉情思；以镜作喻，写景状物；身体抱恙，惜时叹老；勋业未成，闲适劝慰。下文将详细阐述陆游览镜类诗歌的主题内容。

（一）寄友代言，倾诉情思

诗人在日常生活中与朋友交往时所作的一些诗歌，其中也包含了"镜"的内容。例如《寄陈鲁山正字》《寄张季长》等。这类诗歌虽然数量很少，只有四首，但每一首所表达的思想感情都有所差别。例如，"独观心地初，皎若虚室镜"（《寄陈鲁山正字》），诗人表达了对陈鲁山的敬佩，赞叹其心地皎若明镜，纯良通透。在写作此诗的时候，诗人正担任福州宁德县主簿，不久之后将被调到中央任敕令所删定官及枢密院编修官。此时诗人很可能已经接到了调令，于是他在诗中对朋友诉说了自己的近况，也含蓄地表达了自己对前途的担忧。《游学射山遇景道人》中，陆游对于萍水相逢的道人也作诗记录，评价其德行旷世超俗，即便是与他同坐一处不说话，也让人满足了。在这首诗中，陆游主要是表达对隐士德行的崇敬以及对隐逸生活的向往。此时他正供职成都幕府，由于其北伐主张不被范成大所采纳，还遭到庸俗官僚们的嘲笑，诗人有时难免会有这样消极避世的想法。陆游为人正直坦诚，作诗也明白如话，在交游诗中，他总是积极地与好友坦陈自己的感情。"功名渠自有人了，留我镜中双颊红"（《寄仗锡平老借用其听琴诗韵》），诗人被君王赵眘冷落，闲居山阴，内心郁郁。这句诗表面看来潇洒狂放，实则内心意难平，他只有向自己的好友倾诉一二。晚年的陆游长居故乡山阴，他在"临镜叹衰残"的同时也常常想到自己旧日的朋友，想到与他们远隔千山万水，只能作诗以表思念之情，"旧友岂知常阻阔，一尊那得叙悲欢"（《寄张季长》）。

代言诗，即男性作家用女性口吻来记录女性的生活、倾诉女子的情思，或者将女性作为描写对象，描摹其情貌。代言诗的审美景观有三类，一是将女性身份作为一种政治隐喻，表达自己官场失意的落寞；二是用

"佳人念我"的模式书写两性情感；三是依据自我审美理想，塑造女子形象。①陆游览镜类诗歌中有7首代言诗，涉及上述审美景观中的后两种。《征妇怨效唐人作》中，女子听闻前方战事告急，敕使迟迟不归，她的眼泪盛满了玉壶，写下书信寄到远方，也不知丈夫生死，担忧与思念让女子无心梳妆，镜子上都落满了灰尘，自己蓬头垢面却浑然不知。此诗之中女子泣涕如雨，娇容不再，内心满怀着忧思。而另一首同样题材的《古别离》，美人思夫不见眼泪，却更显凄凉寂寞。丈夫走的时候孩子尚在腹中，如今孩子都已经会走路了，但是他的父亲却还没见过他。为了知道丈夫的安危，女子找到仙姑求问，即便是听到吉利的话也不能安心，还要再去占卜问一问丈夫何时才能归来。思念之深切，溢于言表。陆游之所以能够写出这样情真意切的代言诗，是因为他自己也亲身经历过从戎南郑的军旅生活，深知从军之苦，也了解将士的家人们对他们的担忧。因此，他对奋战在前线的将士们有一份特殊的感情，借女子口吻去表达对他们的思念和牵挂，希望他们平安归来。

　　另有五首诗词，皆为陆游描摹女子情态所作。例如，"画眉鸾镜晕双蛾"（《鹧鸪天·梳发金盘剩一窝》），鸾镜的精美侧面衬托出女子的美丽与精致，春衫初换，微步盈盈，尽显姿态轻柔之美。在《风流子·佳人多命薄》中，诗人未曾提及女子的面容，而是写其情态，女子坐在镜子前缓缓挽起发髻，仔细地梳妆，"绣茵牙版，催舞还慵"，一位娇羞温柔的女子跃然纸上。

　　（二）以镜作喻，写景状物

　　镜子表面具有明亮、清晰、光滑的特点，容易使人联想到明月和水面等与之具有相同特点的事物。自先秦时期，道家、儒家就已用镜喻。历代诗人在创作中亦对镜喻加以沿用。唐代诗人白居易作《以镜赠别》："我道胜明月。"认为镜子与明月相似。又云："岂如玉匣里，如水常澄澈。"将镜子比喻为水和月。而陆游的览镜类诗歌中也有与此异曲同工之处。经过

---

　　①刘广锋：《女性视角下的他者世界——中国古代"代言诗"的审美赏析》，《文学传播》，2009 年第 4 期。

論陸游的覽鏡類詩歌

统计，陆游共写作了37首写景类的觉镜诗，其中有30首是以镜喻水，有3首是以镜喻月，有3首以镜喻打谷场、喻佛堂地面。另有一首是拟海棠花在雨中飘零的楚楚姿态，将海棠低头比喻为美人临妆镜，十分传神。

由此可见，陆游较为偏好以镜喻水。他常用的词有"天镜""清镜""一镜平""镜面平"等，直接将水面比作镜子。例如，"绕郭江流清镜空"（《野步至青羊宫偶怀前年尝剧饮于此》）；"碧海如镜天无云"（《碧海行》）；"风息天镜平"（《三江舟中大醉作》）等，形象地展现了水面清澈平静的特点。其中，《练塘》中对山水的描写尤为美妙：

> 微风吹颊酒初醒，落日舟横杜若汀。
>
> 水秀山明何所似，玉人临镜晕螺青。

酒后微醺初醒，夕阳西下，一叶小舟静静地横在开满杜若的水中。水秀山明，宛如玉人对着镜子晕画出来的一般。寥寥几语，就将人带入那灵秀的山水之中徜徉。

至于以镜喻月，只有三首诗，且有两首写于农历十五日，刻画月亮圆润明亮的样子。"众星敛欲尽，一镜独徐行"（《十月十五日夜对月》），拟出了天幕之中月亮缓慢升起的姿态。"峨峨大圆镜，粲粲白玉玦"（《读何斯举黄州秋居杂咏次其韵》），皎洁硕大的月亮如同美玉一般美丽而鲜明。"谁推圆镜上天东？桂影婆娑满镜中"（《十五日》）①，圆月高高地悬挂在夜空中，抬头望去，只见其中桂影婆娑，不禁引人遐思。诗人将山水和月亮刻画得如此生动形象，不仅是比喻运用得当，也得益于其观察生活之细微。

陆游为官清正廉洁，力行整顿农业生产，取得了不错的成效，深受百姓爱戴。罢官以后，陆游躬耕于田园之中，与乡邻们建立了深厚的感情。因此，他的觉镜类诗歌中也常常出现农村生活的元素。"新筑场如镜面平，家家欢喜贺秋成"（《秋晚》）；"鞭地如镜筑我场，破砻玉粒输官仓"

---

① 钱仲联、马亚中主编：《陆游全集校注》第6卷，浙江教育出版社2011年版，第9页。

（《农家秋晚戏咏》），将打谷场比作镜子，不仅写出了打谷场的平整、干净，也侧面反映出老百姓的勤劳和重视农耕的思想，表达出粮食丰收的喜悦之情。另有一首《寓宝相有作》，将佛堂的地面比喻为镜子，与青灯古佛短暂相伴，诗人感到平静、安心，这是他内心的一种信仰和向往。

（三）身体抱恙，惜时叹老

陆游常在览镜诗中记录自己病中的心态、病起之后的状态。乾道二年（1166年），陆游因主张抗金遭到主和派的陷害而被罢官，赋闲四年。后因生活贫困向朝廷请求官职，但是统治者听信佞臣，对陆游心存芥蒂，勉强给了他一个夔州通判的职位。"但愁瘿累累，把镜羞自照"（《将赴官夔府书怀》），这便是陆游在赴任之前所作的诗。此时他久病缠身，又不得统治者赏识，生活落魄，灰心丧气。诗人常常用"衰病""衰容""病辄经旬"来形容病中的自己，表现久病当中充盈在内心的凄凉之感。然而，正如陶喻之所言，陆游能够健康长寿的重要原因，在于他心态良好、广接地气。作诗是他排解自我的一种方式。[①]这一点在叹病诗中体现得也很充分，尤其是他在病愈之后，又常常能为生命注入新的活力。朱颜稍复，他就作诗调侃，"一笑衰翁乃尔顽"（《病愈看镜》），觉得自己的身体还是比较硬朗的。同时，田园生活为他提供了广接地气的载体，带给他许多的闲适和乐趣，让他有充足的时间养愈病体，感受自然之美，品味生活的情致，从而能够一洗病思。

多病之人在对镜时常能敏锐地察觉到自己面容、鬓发的变化。陆游在诗中常用"衰鬓""残发""苍颜""满镜霜"等词来形容自己，并慨叹岁月流逝，容颜衰老。在叹老之中，诗人隐藏着自己内心复杂的情思。陆游晚年生活清苦孤寂，无旧友陪伴，因此，他常常表达自己对友人的牵挂以及内心的凄凉孤独。例如，"故人零落今无几"（《眉州披风榭拜东坡先生遗像》），昔日的故人已经寥寥无几，唯有自己空悲切。嘉泰二年（1202年），77岁高龄的诗人重新被朝廷起用，赴临安编修国史。在临安一年，

---

① 苏雪林等著，陶喻之整理：《陆游评传三种》，浙江古籍出版社2017年版，第149页。

诗人对旧友的怀念愈加深切。"平生师友凋零尽"（《叹老》），"旧吏仅存多不识"（《开局》），故地重回，但物是人非，曾经相熟的友人们都已经离去，这种感觉多么悲凉！陆游的一生都仕途不顺，得志之时少之又少，他常年蛰居山阴，因此叹老诗中不仅有隐居生活的情致，也有对自己的宽慰，如"勿以有限身，常供无尽愁"（《还都》），人生时光是短暂的，个人的能力也是有限的，诗人劝慰自己安度晚年，勿要太过忧心国家勋业。然而，诗人的宽慰恰恰是由于他心中对国事太过牵挂，才会如此刻意。在他去世的前一年，一面在感叹不敢在清镜之中看自己的鬓色，一面又写"不尽城头画角哀"（《戊辰立春日》），一个"哀"字暗示军事不利。此时，开禧北伐已经失败，诗人早已到了垂暮之年，在忧虑国事的同时，也透露出内心深深的无力之感。

（四）勋业未成，闲适劝慰

陆游的祖父和父亲都曾在朝为官，且十分廉洁奉公。陆游很小的时候，他的父亲就在家中会见士大夫，一起谈论国事，揭露上层统治集团的黑暗。因此，陆游的身边常常聚集着一批爱国志士，他们的思想感情对陆游产生了很大的影响，在少年陆游的心中播下了爱国的种子。踏入仕途以后，在外族入侵、时局动荡、统治昏庸等种种外在因素的激发下，陆游的爱国情怀便显得更加深刻、激烈。他平生最大的志向就是为国家荡平贼寇，收复失地。

他在第一首览镜诗《夜读兵书》中就郑重申明了自己的这一决心："平生万里心，执戈王前驱。"在孤灯清霜下读兵书，平生最大的心愿就是帮助君王扫平敌虏，恢复疆土。即使战死疆场也觉得无上光荣，而在家中守着妻子和孩子却是人生的耻辱。想到这里，再看看镜子中的自己，盛年难再来，还有多少这样年富力强的时光留给自己为国家建功立业呢！虽然不是身在疆场，也深知实现抱负遥遥无期，但诗人还是在艰苦的环境之中坚持阅读兵书、学习兵法，期盼有一天能够派上用场。但是，他的壮志苦心在苟且偷安的社会中很难得到重视。因此，诗人有相当多的览镜诗是在控诉自己壮志未酬的悲愤，"塞上长城空自许，镜中衰鬓已先斑"（《书愤》），一个"空"字，何其悲愤！人生理想尚未实现，衰老却已经到来。在现实之中得不到满足，诗人便常常想到古代的明君贤臣，"万世见唐尧，夔龙获亲陪"（《晨起》），以此来表达自己内心的不满。陆游绝不是一个在意功名利禄之人，从不肯和主和派同流合污。他一生之中无论是做官还是蛰居山阴，生活都是比较清苦的。所以，他对功业期许的背后，更多的是心忧天下的胸怀。他常常在览镜诗中寄托自己对友人、后辈的期望，渴盼有一天能够收复失地，完成大业。

陆游一生经历诸多磨难，对于朝廷之中的是非黑白了然于心。罢官蛰居，雄心壮志无法施展，他只好时常劝慰自己将官场功名置之度外，逐渐涵养出了宠辱不惊的气度。此类诗作可分为两个阶段。第一阶段，生活虽闲适，但自我劝慰的痕迹较为明显。例如，《山居戏题》中，"扫地焚香悦性灵""硬黄一卷学兰亭"，诗人扫地焚香，写字作画，竭力描写山居生活的安逸和宁静。但是，仍然可以看出，这样的淡然带着一些刻意的因素。"尊酒不空身见在，莫争天上少微星"，在诗作的最后，诗人劝解自己，远离世俗的生活十分美好，不要再介怀于怀才不遇，要保持平和的心态去过好当下的生活。然而，随着北伐大业迟迟没有起色，诗人也进入了耄耋之年，他心中的愤懑、无奈、苦涩、豁达相互交织、相互平衡，所创作的这类览镜诗开始进入第二个阶段，即只保留了闲适之情、潇洒之心。例如，"江楼月夜吹长笛，谁似侬家不负身"（《江楼次前辈韵》）；"明当鼓枻行，放浪穷七泽"（《舟中》）；"归来青灯耿窗扉，心镜忽入造化机"（《湖山寻梅》）；等等。此阶段的诗作中，诗人塑造了一个乐于享受悠闲田园生活的文人形象，泛舟湖上、月夜吹笛、骑驴喝酒、伴灯作诗，生活十分惬意。

四、览镜类诗歌的思想特征

苏雪林评价陆游是"中国第一尚武爱国的诗人"[1]。邱鸣皋在《陆游

---

[1] 苏雪林等著，陶喻之整理：《陆游评传三种》，浙江古籍出版社2017年版，第1页。

评传》之中谈道，以收复失地为中心的爱国诗是陆诗的大宗，是陆游爱国主义思想的载体。本文所研究的览镜类诗歌也是如此。①上文中将陆游的览镜诗分为四类来进行阐述。但是，每一类的主题思想几乎都离不开"爱国"二字，就连以写景状物为主要内容的览镜诗，也有部分是源于诗人对祖国、对人民深沉的热爱和关切。只是，不同时期，诗人的境遇不一样，爱国的方式、思想也有所变化。下文将细论陆游览镜类诗歌的思想特征。

（一）尖锐的审视眼光和明晰的自我定位

"镜"最基本的功能是审视自我以正衣冠，且"镜"对物体的反映是客观真实、不掺任何杂质的。历史上唐太宗就奉行以人为鉴知得失、以史为鉴知兴替的治世方略。在览镜类诗歌中，陆游也沿用了"镜"意象这一象征特点，主要表现在以下两个方面：一是以锐利的眼光来审视昏庸的统治集团，二是以清醒的态度来进行自我定位。

南宋王朝久受金人侵略欺侮，主和派当权，统治者苟安一隅。陆氏家族家风严谨，祖上为官忠孝廉直，陆游从小便受到了良好的家庭教育，树立了纯正的报国之志。即使几经迫害，他也不愿意为了功名利禄而与世俗为伍，仍然敢于坚定立场。在残酷的现实面前，他始终保持清醒的头脑和审视的眼光去面对污浊的政治环境。陆游多次在览镜类诗歌当中表达对当朝统治者、朝廷权臣的批判、讽刺。他锋利地指出"郡县轻民力，封疆恃虏和"（《遣兴》）的荒唐现状，不仅意识到人民群众的力量强大，也尖锐地揭露了统治集团苟且偷生的丑陋面孔。他以"衮衮诸公"来讽刺那些居高位而无所作为的官僚，毫不留情地指出他们的做派乃是"达宦儒骄儒作戏"（《自解》），十分可笑荒唐。除了讽刺，陆游还写诗警醒统治者。他在《晨起》中提道，万世贤明君主唐尧，善待夔龙两位辅弼良臣，而如今的朝廷已经是一片"蒿莱"之地，令人何其痛心！他将"明镜"比作君主，感慨"若无明镜奈君何"（《秋怀》），自己纵有一腔热血，然而未能遇到贤明的君主，无人赏识，报国之志无处施展，又能怎么办呢！仕途失

---

①邱鸣皋：《陆游评传》，南京大学出版社2001年版，第388—395页。

意与生活清贫都无法阻挡陆游说真话、进忠言的决心，这是他对统治集团赤裸裸地讽刺和批判。

难能可贵的是，在昏庸的统治下，诗人并没有因为不得赏识而丧失志向，反而对自己有着清晰的认知。他的览镜诗中常常出现贤臣名相的身影，或是赞扬其鞠躬尽瘁死而后已的精神，"出师一表真名世，千载谁堪伯仲间"（《书愤》）；或是满怀敬仰之心，愧疚自己没有为国建功立业，不能与之相提并论，"千秋有管葛，看镜汗吾颜"（《昼卧》）；或是明确自己坚定的人生追求，"生无鲍叔能知己，死有要离与卜邻"（《书叹》），生前没有像鲍叔这样善于举荐人才的人做知己，死后也要与要离这样杀身成仁的侠客葬在一起。虽然生逢乱世，又处江湖之远，但是坎坷的生活从来不能消磨诗人恢复中原、期盼国家统一的远大志向。诸葛亮、管仲、萧何、要离、廉颇等仁人志士是陆游览镜诗中的常客。对于他们，诗人的心中充满了景仰、钦佩、羡慕，并时时以他们为榜样来警醒、激励自己，这体现了诗人远大的人生追求和高洁的情操。总之，在览镜诗中，诗人对官场、世俗的审视态度是鲜明的，对洁身自好的立场是坚定的。

（二）现实与理想的巨大落差

陆游的览镜类诗歌中，"空"字出现了37次，或是描写空间之大，或是描写事物之少，或是指长空。还有一类特殊的意义，就是指对镜时心中产生的落差感和空虚感，且此类意义运用得最频繁。例如，"空自许""看镜空悲""横戈空觉""空怀四方志""心空在""空自感"等。如此强烈的落差感可用八个字来解释，"心在天山，身老沧州"。

陆游一生志在收复失地，希望能够驰骋疆场，驱除敌虏。他对于国家统一大业的执著是毫无疑义的，临终绝笔还在叮嘱自己的儿子，北伐大业成功的那一天，祭祀的时候不要忘记告诉我！如果说，上阵驱敌的志向从来都是纸上谈兵，或许诗人心中的落差感就不会那么强烈。但是，他偏偏深切地体会过纵横沙场的酣畅淋漓。从戎南郑的短暂经历在诗人的生命中刻下了深深的印记。南郑军旅期间，他积极地熟悉地势地形，攻读兵书，甚至身披铁甲参与作战，十分享受横戈立马的快意生活。不幸的是，好景

不长，随着王炎被召回京，征西大幕很快结束。诗人那一颗炽热的心被迫迅速冷却下来，此后很长时间都蛰居山阴，过着田园生活，社会大环境几乎彻底断绝了他的报国志向。在这样的现状影响下，他的览镜类诗歌开始体现出现实与理想之间的巨大落差。一方面，随着时间的流逝，镜中之人，也就是现实当中的诗人，白发日益增多，直到鬓无添白处，皱纹加深，面骨突兀，行动不便。时不我待，此时诗人的情绪总是消沉、低落，甚至是悲愤的。另一方面，他总是难以忘怀那个身披铁甲、意气风发的壮士，这也许是南郑沙场上的诗人，也许是诗人想象出来的形象，总归是诗人理想之中的"自我"。在览镜诗中，陆游不仅多次写到军中的武器，还频繁地描写征战的宏大场面。有时是回忆南郑从军的生涯，有时是描写自己金戈铁马的梦境。大快人心的回忆有往昔事实的支撑，而想象和梦境是可以随心所愿的。但是，唯有现实是残酷的。现实之中的自己已经年迈体衰，现实社会则是一潭死水，朝堂上是粉饰太平的丑陋小人在作怪，北伐大业却遥遥无期，怎能叫人不感到失望和痛心呢！现实之我与理想之我的反差，现实社会与梦中沙场的对比，这正是览镜诗中表现出来的空虚感、落差感的缘由所在。

（三）清醒、博大的生命意识

莫砺锋先生在《陆游诗中的生命意识》一文当中提道，"陆游诗歌中有大量关于生命意识的歌咏"[①]。这不禁让人联想到本文的研究对象——陆游的览镜类诗歌。镜子是人们用来映照容颜的物品。它在帮助人们看到自己面貌的同时，也忠实地记录着岁月留下的痕迹。在览镜类诗歌中，"镜"意象也承载起了时光流逝、生命衰颓的意义。笔者认为，正因"镜"意象这一特殊的象征意义，相较于陆游的其他诗歌而言，览镜类诗歌中所体现的生命意识更加丰富、完整、具有代表性。主要是以下两个方面：一是对生命的关注；二是对自身生命价值的期待，及对生命价值延续的期望。

---

①莫砺锋：《陆游诗中的生命意识》，《江海学刊》，2003年第5期。

陆游在览镜自照的时候，频频表露出自己对于面容变化的关注。而且，他通常用"清镜""明镜"来形容镜子，凡是点明照镜子的时间，必然是"晨镜"。"清镜"和"明镜"自然都是光滑明亮的，而"晨镜"是早晨照镜子的意思。所以，陆游在览镜类诗歌中对自己的面容有很多细节性的描写，涉及"须鬓""面骨突兀""衰发""鬓丝""发成丝"等。这说明诗人照镜子的时候，不会刻意地回避衰老的事实，而且是非常仔细地在观察自己的容貌。衰老是自然的生命过程，只是时光匆匆，衰老似乎也是弹指一挥间的事情，有时难免让人难以接受。陆游同样如此，他对自己的衰老也表现出了一定的惊讶和担忧，见到落花就感到愁苦，听见猿鸣又觉得凄凉，认为"老可惊""老可憎"，感叹"年事速"。此外，他还常常在览镜诗中提到自己的年龄，例如"五十忽过二"（《病中戏书》），"浪迹人间四十年"（《浪迹》），"六十登山"，"奔走三十年"，"寄命三十载"，"七十衰翁"，等等。这些都说明了诗人对于自己的年龄、身体状况以及生理衰老的变化有着较为清醒的认识，他对生命的关注度是比较高的。

陆游一生都志在收复失地，完成统一大业，他对自身的生命价值有着崇高的期待。览镜类诗歌有一个不可忽视的主题内容，那便是诗人对于壮志难酬的感慨，这种感慨是十分强烈和悲愤的。读到动情之处，我们仿佛能够看到一位白发苍苍的老人掩面而泣的情景。陆游经常在览镜诗中表达自己对仁人志士的崇敬和羡慕之情，并且多次回忆、想象行军征战的场面。在诗人心中，他应当身披铁甲，上阵杀敌，为了民族大业，即使是杀身成仁也义无反顾。然而，当他逐渐迈入暮年，认识到自己这一生再也没有机会为国家建功立业的时候，他对生命的这种期待便开始发生转移。在览镜诗中，诗人时常透露出自己对于后人的期望，曾明确地表示过"残功赖有吾儿续"（《感怀》）。在《寄五郎兼示十五郎》中，诗人感叹自己一生当中没有建立什么功业，便已年老体衰了。诗歌的颈联提到了他的儿子，"大儿为国戍绝塞"，在诗人心里，为国家戍守边塞是一件值得骄傲的事情。所以他才会特意写下来并以此来勉励其他的子女。当然，除了自己的子女，他也将这一期望寄托在其他人身上，曾写诗言明"但愿诸公各戮

力，上助明主忧元元"（《舟中醉题》）。或许，这只是诗人的一种自我安慰和一厢情愿。但不可否认的是，陆游对于自身生命价值的期待没有随着他的衰老和死亡而消逝，而是经由寄托，延续到了子女及他人的身上。

以上，本文对陆游览镜类诗歌进行了较为明确的定义，依此定义搜集整理了182首览镜类诗歌，并对其进行了数量分布说明、创作成因探析。同时，详细阐述了其主题内容。最后，简要分析了陆游览镜类诗歌的思想特征。当然，必须承认的是，陆游览镜类诗歌数量众多，情感内蕴丰富，是一个比较复杂的研究对象。笔者学力不足，以上分析虽然用心，但也比较粗糙，很多问题阐述得不到位，还有很大的提升空间。

析"三言二拍"鬼魂托梦情节

孙静静①

鬼魂托梦情节在中国古代文学作品中有着悠久的发展过程，先秦开始出现雏形，历经整个中国古代文学史，不同时代有不同主题不断融入进来。明代中后期拟话本小说"三言二拍"中，鬼魂托梦情节以表现社会为出发点和落脚点。笔者以明清拟话本小说"三言二拍"为例，将鬼魂托梦情节分为报恩类、报冤类、圆情类和其他类，结合现实社会背景和文学创作传统，试探析 "三言二拍"中鬼魂托梦情节的文化意蕴及时代特征。

一、鬼魂托梦情节的基本类型

据笔者统计，"三言二拍"中出现梦境的共84篇，鬼魂托梦情节出现频率较高，共计21篇。"三言"中涉及鬼魂托梦情节的共12篇：《喻世明言》有7篇，分别是《沈小霞相会出师表》《杨思温燕山逢故人》《新桥市韩五卖春情》《羊角哀舍命全交》《范巨卿鸡黍死生交》《闲云庵阮三偿冤债》和《闹阴司司马貌断狱》；《醒世恒言》有3篇，分别是《两县令竞义婚孤女》《闹樊楼多情周胜仙》和《薛录事鱼服证仙》；《警世通言》有2篇，分别是《杜十娘怒沉百宝箱》和《金明池吴清逢爱爱》）。

"二拍"中涉及鬼魂托梦情节的共9篇。《初刻拍案惊奇》有6篇，分

① 孙静静，女，安徽师范大学文学院2020级学科教学（语文）专业硕士研究生。指导教师为俞晓红教授。

别是《赵司户千里遗音》《李公佐巧解梦中言》《大姊魂游完宿愿，小姨病起续前缘》《诉穷汉暂掌别人钱，看财奴刁买冤家主》《屈突仲任酷杀众生，郓州司令冥全内侄》和《西山观设箓度亡魂，开封府备棺追活命》；《二刻拍案惊奇》有3篇，分别是《满少卿饥附饱飏，焦文姬生仇死报》《迟取券毛烈赖原钱，失还魂牙僧索剩命》和《青楼市探人踪》。故事类型研究大致分为报恩类、报冤类、圆情类和其他类，共有四类。

（一）报恩类

"三言二拍"中报恩类共4篇。《喻世明言》第四十篇《沈小霞相会出师表》中沈小霞托梦给冯主事："屈年兄为南京城隍，明日午时上任。"[①]《醒世恒言》开篇之作《两县令竞义婚孤女》中石璧受屈枉死，托梦给钟离公，作者在篇末设计鬼魂托梦情节，旨在弘扬有恩必报的道德观念，反映了世人希望好人有好报的普遍社会心理。《初刻拍案惊奇》第二十五篇《赵司户千里遗音》中苏小娟替赵司户、苏盼奴夫妻二人合葬，后梦此二人，乃知是死魂生前相托，指引成全了苏小娟的一桩婚事。

此外，"结草衔环"式的报恩情节在《警世通言》中也有所反映，第三十二篇《杜十娘怒沉百宝箱》中杜十娘"以小匣托渔人奉致，聊表寸心"[②]，柳遇春因自己的善心终得宝箱。作家借此告诉读者善有善报的道理，鬼魂托梦报恩的情节是颇具教育性的。

（二）报冤类

"三言二拍"中报冤类共9篇。鬼魂托梦向生人报冤的情节，充分体现了主人公反抗恶势强权的无所畏惧和与之斗争的意识。劳动人民生前由于社会地位低微被恶人欺压逼迫致死，阴魂不散，只能通过托梦给生人报冤才能得以昭雪，从侧面揭露了封建制度的黑暗和封建社会的不公，也表达了作家对于劳动人民遭受迫害的同情与无奈。

《喻世明言》第二十四篇《杨思温燕山逢故人》中郑义娘被薄情丈夫韩思厚残忍杀害后冤魂不散，进入周义的梦境，询问韩住处后前去报仇。

① 冯梦龙：《喻世明言》，人民文学出版社1999年版，第369页。
② 冯梦龙：《警世通言》，人民文学出版社1999年版，第173页。

《二刻拍案惊奇》第十一篇《满少卿饥附饱飏，焦文姬生仇死报》中焦文姬托梦给朱氏梦中说道："今在冥府诉准，许自来索命，十年之怨，方得申报。"①《喻世明言》第三篇《新桥市韩五卖春情》中生前犯色戒的和尚托梦给吴山，欲拉吴山做阴魂之伴。《初刻拍案惊奇》第十七篇《西山观设箓度亡魂，开封府备棺追活命》中道童太素破了色戒，吴氏和师父的阴魂托梦于太素，太素虽一时染指，后终枉死。《初刻拍案惊奇》第三十五篇《诉穷汉暂掌别人钱，看财奴刁买冤家主》中张善友梦到鬼使请其去阎君处，乃知已故妻儿是宿世的冤家债主。《初刻拍案惊奇》第三十七篇《屈突仲任酷杀众生，郓州司令冥全内侄》中仲任夜间梦两个青衣人请其去阴间地府，还了冤报，暴死，一昼夜后，活转过来，自此焚香持诵，得善果而终。

还有《初刻拍案惊奇》第十九篇《李公佐巧解梦中言》和《二刻拍案惊奇》第十六篇《迟取券毛烈赖原钱，失还魂牙僧索剩命》，作家在故事中均加入鬼魂托梦情节，在极大程度上扩张了冤魂索命的威慑力，也和鬼魂报恩情节一起反映了善有善报、恶有恶报的社会道德观。

（三）圆情类

"三言二拍"中圆情类共6篇。鬼魂主要因两种情感托梦：一种是爱情，一种是友情。

一方面是表现爱情。《警世通言》第三十篇《金明池吴清逢爱爱》中卢爱爱前世缘分现世来续，"是前缘宿分，合有一百二十日夫妻。今已完满，奴自当去"②。《喻世明言》第四篇《闲云庵阮三偿冤债》中阮三托梦给陈三小姐续前缘还宿债。《醒世恒言》第十四篇《闹樊楼多情周胜仙》中周胜仙三次托梦和郎君重温夫妻情，后保郎君洗脱罪名的行径让人深受感动。《初刻拍案惊奇》第二十三篇《大姊魂游完宿愿，小姨病起续前缘》中吴兴娘假妹子之形，却是其一点灵性与崔兴哥相处一年。

作家凭借民众对鬼神的信仰，使得被封建伦理道德扼杀的少女鬼魂可

---

①凌濛初：《二刻拍案惊奇》，岳麓书社出版1996年版，第598页。

②冯梦龙：《警世通言》，人民文学出版社1999年版，第219页。

析「三言二拍」鬼魂托梦情节

以通过托梦的方式使得生前圆不了的情，死后在梦境里得以圆满。"与封建的'理'与'礼'相对抗的，是'情'。"①鬼魂托梦情节批判了封建伦理道德对少女的约束和残害，反映了以情抗理的主题，体现了作家对自由恋爱的认同和向往；同时，也体现了作家浓厚的宿命意识。

另一方面是表现友情。《喻世明言》第七篇《羊角哀舍命全交》中柏桃被葬在荆轲的冢边，现形诉苦望改葬他处，羊角哀多次相助，无果，遂舍命入阴助挚友一臂之力，传为一段佳话。《喻世明言》第十六篇《范巨卿鸡黍死生交》中范巨卿与张劭惺惺相惜，相约于荆州再会，恰逢约期，张劭突然病逝，其魂魄托梦于范巨卿，诉其爽约缘由，范不远千里前去为张守墓，真可谓知音难遇、一诺千金。

除此之外，"三言二拍"中还有少数其他类型，共2篇。如《醒世恒言》第二十六篇《薛录事鱼服证仙》中薛录事的魂灵幻化成鱼，生身已死，唯心头微温，魂灵现身向其妻子叙述死后幻化成鱼的遭遇，遂复活升仙。

二、鬼魂托梦情节的功能作用

"三言二拍"鬼魂托梦情节深化了作品的主题思想，体现了作家的创作意图。一方面，鬼魂托梦作为文学创作传统的一部分，对民众的影响是潜移默化的；另一方面，鬼神的存在对民众是具有威慑力的，对民众的影响是深远持久的，鬼魂托梦对社会有一种道德监督的作用。中国古代最初期的鬼神观念的时代虽已过去，但这种特定的思维模式却随着时间的推移不断延续下来，并且体现在各个时代的文学作品之中，影响深远持久，提升了作品的文学价值。总的来说，鬼魂托梦情节有文学和社会两方面的重大功能。

鬼魂托梦情节在"三言二拍"中的首要功能是文学功能。一是有利于辅助性地塑造人物的形象。"三言二拍"塑造了一系列文学史上的经典的

---

① 俞晓红：《古代文学"鬼魂"意象的文化索解》，《湖南农业大学学报》（社会科学版），2000年第2期。

鬼魂人物形象,尤其是女性形象较传统有很大进步。鬼魂为了圆情在虚幻的梦境中托梦于人,再续前缘,这是对主人公性格塑造的补充和加强。敢爱敢恨、有仇必报的焦文姬、郑义娘,情深义切、坚贞不屈的吴兴娘、卢爱爱,冲破枷锁、追欢逐乐的吴氏和金奴,都为作品平添了平民化色彩。她们打破封建礼法的束缚,由传统女性形象逐渐过渡到新女性形象,在女性形象文学发展史上有着深远的影响。二是有助于推动小说情节的发展。《李公佐巧解梦中言,谢小娥智擒船上盗》中的谢小娥连得了两梦,便道:"此是亡灵未泯,故来显应。"①没有谢翁和段居贞的鬼魂托梦,后续就没有寻仇的头绪,报不了杀父之仇,情节也就进行不下去了。鬼魂托梦推动情节发展,一方面体现在鬼魂托梦是情节的发展线索,另一方面体现在是故事走向高潮的推动力。三是增强了文本的神秘性。作家以梦幻的形式叙述鬼魂托梦故事,使小说内容扑朔迷离而具有传奇色彩,契合了读者的猎奇心理,有利于增强文本的神秘性,吸引读者探寻思考,同时,也让读者在文学艺术中得以陶冶情操。作者精心设置鬼魂托梦情节,对鬼魂托梦情节"关目"的设计体现了作者的蓄意经营意识,赋予鬼魂托梦以独特的文化意蕴。

鬼魂托梦情节在"三言二拍"中的另一功能是社会教化功能。明代冯梦龙创作的《警世通言》《醒世恒言》和《喻世明言》,以及凌濛初创作的《初刻拍案惊奇》和《二刻拍案惊奇》,这五本著名拟话本小说集合称为"三言二拍"。从作品名称不难看出,小说的主旨倾向性十分明显。"警醒"("警""醒")是使人警觉醒悟,"喻"是使人明白、了解,"拍案惊奇"指对奇异的事情拍着桌子惊叹。不难看出,作家编辑、整理"三言二拍"的主要目的就是为了"喻世""警世""醒世",让世人"拍案惊奇",以此来警醒世人,转变世风。"三言二拍"是社会黑暗腐败、民众生活面貌和思想感情的真实写照,是充满活力的市民思想意识的体现。现实生活中,迫于政治高压,广大人民有苦无处诉、有冤无处申。冯、凌二大家以其高

---

①冯梦龙:《警世通言》,人民文学出版社1999年版,第514页。

度的社会责任感，借助鬼魂托梦这一渠道，一方面表达了对劳动人民的同情与悲悯，另一方面对这个黑暗社会的一切丑恶现象进行了无情的讽刺与深刻的批判。

此外，"陆王心学"是明中后期文学新思潮的重要理论来源，它强调尊重个体，对传统儒学产生了冲击，对于"三言二拍"思想主题的确定、价值观念的选择和艺术风格的确立等诸多方面产生了不可忽视的影响。

三、鬼魂托梦情节的原因分析

鬼魂托梦故事的设计不仅有利于推动情节发展，而且有助于传达伦理道德思想，达到对市民阶层的教化作用，实现拟话本小说的宣教辅教功能。人们现世的情感需求得不到满足，转而凭借鬼魂、梦境等虚幻手段达到表情达意、吐露心声的作用。鬼魂托梦在"三言二拍"中的出现既有文学传统原因，也反映了一定的时代特征，还有作家个人的有意的设计。

首先，鬼魂托梦情节在"三言二拍"中的出现有文学传统原因。明代以前的文学作品里鬼魂托梦情节遍布、不胜枚举。从先秦时期的《左传·宣公十五年》中的"结草衔环"开始，历代文学作品中都曾出现鬼魂托梦情节。六朝的《搜神记》；唐传奇中的部分篇章，如《谢小娥传》《霍小玉传》；宋代文言小说集《太平广记》中曾记载南朝宋少帝子业枉杀一少女，梦见其前来索命；元杂剧《窦娥冤》中窦娥显魂诉冤，恳求复审冤案；明代的《金瓶梅》中花若虚的冤魂托梦给李瓶儿索命，以及明代汤显祖的《牡丹亭》构织了杜丽娘死后鬼魂托梦与柳梦梅再续情缘的情节等。文学作品中涌现的鬼魂托梦情节随着时代更替不断地变化发展，普遍反映出当时的时代特征。"三言二拍"中的"魂""梦"意象既是对前人作品的继承与发展，又是鬼魂托梦文学传统的传承与延续。作家利用世人对于鬼魂的敬畏，劝诫恶人勿做恶事，否则会有冤魂索命，劝告世人广积阴德，必有福报。

有学者认为："佛教在中国能够发展为具备民族特色的宗教，与帝王的需求与支持，僧侣和朝廷与士子的联系，文人学士对佛教文化的兴趣与研究是分不开的。"①涉佛小说在明清拟话本小说中占比颇重，多以崇佛弘法为主旨，以实现拟话本小说的宣教辅教功能为使命，利用世人鬼魂信仰的传统心理机制，在虚幻的时空里给予现实生活一些慰藉。笔者认为，"三言二拍"中的鬼魂托梦情节虽然反映了市民阶层的生活状态和思想情感，但也在一定程度上体现了拟话本小说的果报观、宿命论思想和思想教化的局限性。

其次，鬼魂托梦情节在"三言二拍"中的出现有其时代背景和时代文化的原因。"任何文学作品都是它的时代的表现。"②鬼魂托梦情节的设计与鬼魂文化的继承和发展有着密切联系，鬼魂托梦故事的内涵也历经整个中国古代史，不同时期有新鲜内容注入，鬼魂托梦的类型呈现出多样化。前代文人的思想文化对鬼魂托梦情节的影响颇深，不同历史时代下的小说主题也在不断更新。明中后期文学作品中鬼魂托梦故事以表现社会为目的。鬼魂托梦于爱人、友人、亲人的故事感人至深，感动之余，更是体味到了作家批判社会的黑暗、恶势力的强大的良苦用心，感受到了市民阶层呼唤人间真情、呼吁个性解放的迫切渴求。

最后，鬼魂托梦情节在"三言二拍"中的出现有作家个人的原因。冯梦龙毕生从事小说、戏曲、民歌等通俗文学的创作、搜集、整理与编辑，在《山歌集》中曾提出："但有假诗文，无假山歌。"追求真挚的情感，反对虚伪的礼教。他认为文学是"民间性情之响"，应当流露真情实感，强调教化作用。凌濛初的《二刻拍案惊奇》"全书几乎弥漫了鬼气"③，谈鬼的作品明显增多。冯梦龙之后，凌濛初在拟话本小说的编辑、创作中，有意识增加佛教思想和道德教化内容，与商品经济日益发展下利益的驱使有着密不可分的联系。这种宗教宣传适应的是世人的精神需求，有浓厚的思想教化意识，是一种社会道德的教化。"三言二拍"中市民意识的觉醒与平民观念的出现在一定程度上反映了作者的创作动机，体现了作者独特的

---

① 俞晓红：《佛典流播与唐代文言小说》，人民出版社2017年版，第59页。

② 普列汉诺夫著，吕荧译：《论西欧文学》，人民文学出版社1957年版，第277页。

③ 郑振铎：《中国文学研究》，作家出版社1957年版，第415页。

文化追求、审美追求和情感表达的侧重点，也反映了明代小说的独特的时代心理和时代追求。

托梦报恩、托梦报冤以及托梦圆情，是作者赋予鬼魂再生能力，让其精魄进入活人的梦中，了却其生前的夙愿。现实生活中他们由于社会地位低，受到传统道德观念的束缚，而无法实现，只能依靠托梦给生人来实现夙愿。鬼魂托梦情节的构建打破了生人与死魂的时空界限，托梦者的魂魄被赋予自由穿越时空的能力，其生命长度得以延伸，小说情节容量得以扩大，艺术表现力增强。曹雪芹的《红楼梦》中多次蓄意设计鬼魂托梦情节，体现了对"三言二拍"鬼魂托梦传统模式的继承与发展，秦可卿两次托梦情节尤为精彩：一是临终时托梦给王熙凤嘱托其治家之法；二是"显灵"引鸳鸯自缢，作者借秦氏托梦预叙了贾府由盛及衰的必然趋势。鬼魂托梦情节模式经历不同时代不同作家的补充，逐步发展，日趋完善，为我国白话小说的艺术表现提供了更大的张力，为后世白话小说的创作提供了范式。

明代"吴派"山水诗和山水画的互动关系

顾王传奇①

在中国人的感情中，积淀最深的应该就是中国山水了，自古以来，"游山玩水"的文化意识似乎已经融入我们的血液里，且在每一位热爱山水自然的文人墨客眼里，山若是意识的美德，那么水则是天然的赋性。

山水画作为中国绘画史上一个独特的分支，自隋朝出现，繁荣于宋元时期。其突出强调的用散点透视来表现"平远""高远""深远"三种视觉观感，以及视觉错觉意识中的"咫尺天涯"，也一直是山水画诠释的中心轴。"平远"即"走山路"，行走时，注意力不断地变化，从而视线中便可产生出长长的画卷，可囊括千里江山，万里平畴；"高远"就像是乘坐降落伞着陆，降落伞从山顶慢慢地落下，目光焦点也随之改变——从山顶到山脚，可以画出一幅长长的垂直卷轴；而"深远"则通过对远近山脉形状的比较，描绘出一幅具有三维深谷效果的画卷。

描述山川风景的诗称为山水诗。山水诗并不强制要求山与水同时出现。有些人只写山景，有的人更关注水景，然而无论是哪一种，都强调景观必须保持原样，也就是说都必须是从未被诗人的意识或情感所干扰过的景观。当然，诗中的风景并不局限于单纯的山山水水，其他著名的人工装

① 顾王传奇，女，安徽师范大学文学院2016级卓越语文教师实验班本科生，现任合肥滨湖寿春中学初中语文教师。本文为2018年度"本科生优秀毕业论文培育计划"项目结项成果，指导教师为程维副教授。

饰的景点，以及郊区的田野或庄园等风景，都可以包括在诗中，起到辅助衬托等作用。而无论写何景致，诗人创作的主要目的都是为了表现出山水的色彩和声音之美。

诗是时间艺术，画为空间艺术，如果将二者结合起来作为同一对象（山水）的不同审美介质，则能够帮助我们更好地探究诗画文化，产生美的感受。

一、"吴派"山水画和山水诗的概况和代表人物

（一）"吴派"山水画的概况和代表人物

明代画派林立，然多以地域分别，处于同一地域的画家相互交流，彼此影响，从而形成共同的见解。我国明代从洪武元年到崇祯十七年（1368—1644），这一前后历时277年的绘画史，初期以"浙派"为主体，明中期以后则被"吴派"取代，"吴派"占据了当时画坛的主导地位。

吴门画派这一称谓是董其昌先生提出的，亦称"吴门派"，它是明代中期的绘画派别。之所以叫"吴门"，是因为现在的江苏苏州市地区在古代曾经建立过吴国，吴门便是当时的苏州。而吴门在中国绘画发展史上，可以说是钟灵毓秀、画家辈出之地。据记载，从晋代一直到清朝，这里出现的有名望的画家共计一千二百余人。尤其是在明代的时候，这里更是涌现出一大批享有盛誉的画家。

"吴派"在明代中期的画坛煊赫一时，到了晚期大家则以"松江画派"为重。而松江也原属吴地，因此后来人们便直接将两派合称为"吴派"。代表画家有董其昌、陈继儒、莫是龙、李日华等，其中的董其昌和陈继儒更是此派的中流砥柱。

当浙派风行的宣德年间（1426—1435），苏州地区的一些画家想要追随元四家"雅洁淡逸"的画风，上溯山水画鼎盛的北宋时期，再从中吸取精华，蜕化出来。这种企求直到沈周、文徵明这里，逐渐形成新的山水风貌，影响逐渐扩大，最终成为当时画坛盛极一时的画派——吴派。

苏州诞生了吴门画派开宗大师沈周之后，又有继起者文徵明、唐寅、

仇英等人，一方面他们在艺术上较为全面地继承了宋元以来的优秀传统；另一方面又各自发挥特长，形成独特的风格，引领一代潮流，才使吴派历时150多年占据画坛主位。这几位画家固然同时崛起于苏州，但他们的风格却迥然不同，也各有师承。沈周以董源、巨然为师，同时受杜琼等前辈的影响，他主要继承的是元代文人的绘画风格方法，擅长简洁、刚健的粗笔画。参照元四家的方法的同时又把元四家细致、经意的笔墨变为粗放而漫不经意，因而逐渐形成了他特有的风格——布局宏敞、笔致雄健。

文徵明是沈周的学生，他们作品的共同之处是都喜欢表现江南山川秀丽的面貌。文徵明向沈周学习，吸纳了赵孟頫和王蒙的绘画方法，但用笔比沈周要工致精细，有一种古雅秀润的味道，他以一丝不苟、细腻文静、温润文雅的笔触而闻名，发扬了元代文人的绘画传统，强调笔墨的表现，突出静谧平和的情感色彩，追求一种朴素自然、宁静祥和的风格，奠定了吴门派的基调。

同为沈周的学生——唐寅，相较之下是一位比较落魄的文人，他的画适当地结合文人的绘画技法，形成了浓烈细腻的笔触——丰富的水墨、严谨典雅的艺术风格。另一代表仇英出身工匠，他的山水画多学赵刘（赵伯驹和刘松年），发展南宋李唐等人的院体画传统，融会前代名家画家的长处，保持工整精艳的古典传统，融入文雅清新的趣味，形成工而不板、研而不甜的新典范，他擅长绘作鲜丽的青绿山水和精细的工笔人物，其艺术行利兼备，雅俗共赏。

作为一个群体，吴门画派却没有公认的、统一的艺术观念作为创作规范，尽管如此，但在审美取向上也一定程度地表现出一致性。吴派在绘画艺术上承接宋元，下启松江，为以后的画派在师承、风格、主题、流变及新风尚的开拓等方面作出了极其重要的贡献。

（二）"吴派"山水诗的概况和代表人物

明朝早期的山水诗可以根据胡应麟的《诗薮》，依照地区将其分成五大创作群体：以高启为首的吴派，以刘基为首的越派，闽派，岭南派，江右派。而其中吴派与越派的山水诗成就高于其余三派。

高启是吴派代表山水诗人，字季迪，号青丘，又号槎轩，苏州长洲人。他在元末明初的诗坛上亦是一个重要的存在。陈田在《明诗纪事》（甲签卷七）中这样评价高启的诗："诸体并工，天才绝特，允为明三百年诗人称首，不止冠绝一时也。"《四库全书总目提要·卷一百六十九》中也说道："高启天才高逸，实据明一代诗人之上。"诗人一生大部分时间都住在苏州，他所描述和关注的对象大多是吴地的点点滴滴、一草一木。

无论是在元末还是明初的政治恐怖时期，自然景观都是高启躲避政治纷争、寻求精神寄托和自由的避难之所，因此他对山水有着特殊的向往和依恋。如《吴趋行》则体现了他对吴中的山水有着深切的眷恋之情，对家乡的山川树木、小桥流水等景物观察细致，倾注款款深情，因此他笔下的山水具有浓郁的江南色调，诗句也细致传神，感人至深。

杨基是元末明初诗人，字孟载，吴派的另一健将，他的山水诗中也不乏一些佳作。杨基诗风清俊纤巧，他的诗虽然没有高启那样众体纷繁，但也多有自然的神韵，他尤其擅长描述江南湖光山色的旖旎以及烟树青春之景，如《岳阳楼》："春色醉巴陵，阑干落洞庭。水吞三楚白，山接九疑青。空阔鱼龙气，婵娟帝子灵。何人夜吹笛，风急雨冥冥。"由于此诗境界开阔，时人称杨基为"五言射雕手"。

二、诗、画创作技法上的互动

诗和画尽管是不同的艺术表现形式，但在创作过程中二者所采用的技法亦有着相似甚至相同之处，尤其是"吴派"山水诗和山水画之间还存在着同题、同景、同人等内在联系，因而其诗画创作上存在着互动关系，结合具体诗画作品的分析大致有以下两点。

首先，移步换景、咫尺千里的场景布局。

想要绘出一幅笔精墨妙的山水画，首先要让画面布局得当，恰当安置画中景物位置，处理好它们的大小、远近关系。"远近法"是中国山水画构图布局的重要法则之一，体现出中国画"散点透视法"的精妙。画家们在处理画面时，即便是想要画中物象的外形更显夸张放逸，也必须以实际为底本，再经主观加工而成。

其次，景物造型上的改变与不同，也同样影响着画中物象所表达的意趣。画面构图的转变既要以所画之景为根本，又会反过来影响着境象主题的走向与气局。如《两江名胜图册》和《渡吴淞江》："稍离城郭喧，远适沧州趣。乘潮动旅榜，雾散寒江曙。苍兼靡靡出，白鸟翻翻去。不识野人村，舟中望高树。"二者都撷取富有特征的景物，如舟、树、江洲，其安排的位置也如出一辙——山远而舟近，江低而树高，城喧闹而客欲离，以及远离世俗尘嚣的清淡之景，剪裁简明，却构成诗意盎然的境界，情景融合，意味隽永。用笔质朴凝重，用繁笔勾皴山峦，用简笔勾描屋宇，形成疏密的鲜明对比，看似近在咫尺，实际却远在千里之外。

吴派山水诗代表高启自称其诗"兼师众长，随事摹拟""待其时至心融，浑然自成"①。就山水诗而言，他尽可能地以人或自然物为老师，尤其擅长取经六朝及唐人的艺术。高启的山水诗中更多地表现出文人气息，他酷爱游览山水，自谓"我性好游观，夙负云水债"（《太湖》），创作了大量的山水诗，且众体纷繁皆备，为明朝一代诗人所罕见。

高启的诗与"吴派"中的一些代表作有着"同景"之关联。如他所写的《庐山》："骑马幽幽度岭迟，老僧不识使君谁。门开红叶林中寺，泉浸青山石上池。残果已收猿食少，枯松欲折鹤巢危。壁间不用题名字，无数苍苔没旧碑。"

与沈周的《庐山高》属于有"同景"关系的作品。该画是沈周41岁那年为庆祝陈宽70岁生日所作。画中可谓山峦起伏，郁郁葱葱，气势恢宏。著名的庐山瀑布是水幕的中心，水幕很高，直往下飞。两座悬崖之间的木桥斜跨而过，打破了流水的柔性和呆板。山两边的悬崖向内敛。瀑布之上，庐山主峰耸立，云雾飘扬，山势越来越高。由近景山坡、松林、瀑布，中景岩崖和庐山主峰组成。从下到上，近、中、远依次连接，通过一系列组合形成S形曲线的构图。

---

① 郑乃臧,唐再兴：《文学理论词典》,光明日报出版社1989年版,第504页。

这种构图法与《庐山》中的移步换景有相似之处：从"骑马渡岭"到"门开林中寺"脚步的换移，从"泉浸青山石上池"到"枯松欲折鹤巢危"的俯仰之间的转换，再到最后"无数苍苔没旧碑"流露出无限感慨，尽管二者所描绘季节并不相同，眼中的景色也全然不同，但同样设置了近、中、远三景，与沈周之画有着异曲同工之妙。

第二，水墨为主、虚实浓淡的色彩搭配。

传统上，山水画按照绘画风格分为绿色山水、金碧山水、水墨山水等，其中水墨山水更为广大画家所推崇。水墨山水画尤重气韵，颜色上以墨色为主，把画中物体的真实颜色消融散去，采用一种纯粹的写意之法，用水墨色的浓与淡、深与浅来描绘山水景物，营造一种静谧淡远的水墨意境。而在山水诗中，诗人则会用语言艺术尽力表现出自然景物的实际本色，通过真实的摹状，表达出清冷恬淡的艺术意境，二者彼此对立又相互统一。如果说山水画对墨的巧妙运用可以体现山水本性的回归，那么山水诗中选择对山水景物色的彩进行写实处理，则体现了山水景色本原的回归。

墨的浓淡转变中也充满了虚实的变化，使画面具有更加强烈的装饰美感。翰墨与物体形象之间的关系是不可分割的。它的作用是创造物体形象，同时也受物体形象形式的制约：它随物体形象的变化而变化，同时影响物体形象的整体气质。而且由于其丰富的变化和情绪的关涉，除拥有造型功能外，还能留有一层想象的留白空间来供观赏者欣赏品味。

如唐寅的《黄茅渚小景图》和高启的《太湖》诗也都取景同一地——太湖，这幅画是唐寅三十岁左右作，此图卷写景真实，在狭长的小卷里，取山崖下截，墨色的浓淡交替变换中突出太湖黄茅渚头熨斗柄般的奇异形状，山崖和巨岩以乱柴皴和折带皴相间，较为工细劲峭，浓淡之中使画面具有强烈的美感。

而取同一景的诗中所写太湖"长溪如白虹，分走荆雪派。具区纳群流，襟带三郡界。太虚混鸿蒙，元气流沆瀣。初疑溟渤宽，稍觉云梦隘。……烟中树若莎，波上舟如芥。渔就沙岸炊，客来水祠拜。"也将浓淡不同的景物（长溪与烟树，舟芥和沙岸）描绘在一起，巧妙而完美展示了太湖的奇景，营造出太湖的浩渺的气象。

再如唐寅自题自画的《山路松声图》也体现了这一特点。这幅山水画以畅达自如的笔墨挥写了作者眼中的山石树木——层岩邃壑，悬泉飞瀑，松林茂密，枝干虬曲，山石硬朗，棱角分明。整幅画层次分明，景色优美，真实感强。唐寅自题云："女几山前野路横，松声偏解合泉声。试从静里闲倾耳，便觉冲然道气生。"

画的主体是高山，山的部分几乎占了一半的画幅。画家主要采用清晰有力的皴法画出细长线条，并在线条之间运用勾斫的点斫笔法，使山体显得极为陡峭坚硬。一悬泉瀑布倾泻而下，气势惊人。岭头的松树由梅花点作成，非常秀气美丽。山的下部几乎都被参天的柏树覆盖，最下面有半块巨石裸露在外，让人有一种壁立千仞无依倚之感。瀑布倾泻到裸露的巨石上，形成两股激流，迎着溪流冲击岩石，最后汇入山间。在叠泉之间有一座桥横架悬崖上。一位隐士正在桥上观赏美景，十分陶醉。一个小童子抱着琴站着，仿佛也在听松树和泉水的声音。

这幅画用淡墨着色，石的构建和层次用浓点分隔开。右边远处的山峰用浅墨勾勒出来，拓深了画境。以浓墨突出重点，再与淡墨区分干湿，恰到好处地形成了生动活泼的墨韵，使人感觉色彩丰富无尽。反之再对背景进行极其简单的处理，以稀疏几笔便能豁然给人一种空阔寂寥、冷漠萧条的感觉。

而这首诗是从写山路和木桥开始，然后引出了阵阵松声和泠泠泉声，弥补了画面无法传声的不足。在诗中也突出了山之色淡而路之状浓，松涛与瀑布的形状淡而声韵浓。"松声偏解合泉声"运用拟人手法，仿佛松林的沙沙声和山泉的隆隆声正彼此应和。诗的第三、四句带出木桥上的隐士和童子，他们悠闲而安静地听着，仿佛突然从这松声泉韵中领悟了宇宙和生命的真谛，让他们感到内心的道气油然而出。

唐寅的这幅作品正是由于诗与画互动配合，才能将整幅作品的含义表达得淋漓尽致，也使唐寅的内心世界与外在形象融为一体，使美景与情感相结合，得到精神上的愉悦。

三、诗、画意境上的比较与探究

所谓"意境"，指的是诗人、画家通过翰墨、语言所创造的气象、境界与风格，以及观赏者在其中通过精神层面的体验主观感知到的一种精神和境界的高度。中国的诗画特别强调营造出某种"意境"，这是中国传统美学思想中的一个重要范畴，一直是古代艺术家追求的最高艺术表现境界。

古人认为，在现实景物的引导下，通过情感与景物的交融，读者可以发展出更丰富、更广阔的审美想象空间。一方面，这一空间是原始意象在联想中的延伸和拓展；另一方面，是读者对情感、精神和意义的体验和感知，伴随着这种想象联想。而意境的塑造在诗作中体现为意象、手法的选取以及在画作中需要造型、构图与笔墨的搭配。

意境的创设往往由作品中的意象所决定。吴派代表画家作品中出现的高频景物基本上是山、雨、树、江等这些清雅脱俗之景。如沈周的《两江名胜图册》和《夜雨止宿图》，文徵明的《雨余春树图》和《春山烟树图》，唐寅的《黄茅渚小景图》和《震泽烟树图》，董其昌的《建溪山水图》《林和靖诗意图》以及项圣谟的《风号大树图》等。

而这些画作与吴派山水诗中的《吴越纪游十五首》《渡吴淞江》《五坞山》《登阳山绝顶》《太湖》《天平山》《游城西》《陪临川公游天池三十韵》《长江万里图》等，不仅在相同或相近的地理区域取景，更在意境的塑造上有着异曲同工、殊途同归之感。这些有着同题、同景、同人关系的诗画作品，都可在其中寻得一种风骨清雅的山水意境。

对比一些具有代表性的吴派山水诗与山水画，可发现二者所创造的"意境"之间有着紧密关系，概括成两种：一是风骨清雅的山水意境，二是物我两忘的无我之境，二者并生共存，互生互发。

例如文徵明的《雨余春树图》所描绘的"西山"（泛指苏州城西诸山，包括天平山在内）和杨基的《天平山中》所写之景也属同一区域。

《雨余春树图》是一幅充满诗意和风雅之趣的山水图——近景之处是盘曲险涉的山路，四五棵古松错落有致，茅亭前可见两位高士策杖闲话，另一人则倚坐桥上，望桥下潺潺流水，正陶醉在流水贯耳山满目的景色之中；中景平岸参差，坡脚间以巨石、谷间岩际和木桥相连，仔细观赏可见，在松林深处画家还别开生面地放置了六七间水榭茅舍，游人点缀其间；远景之处一山耸起，壁峭顶平，由于平顶的山距离变远，也看出形状有所变化，加之以苔点簇成小树，与山腰丛林紧密相连，山脚远处的松林用虚笔浅墨淡淡化去，似在烟中，是雨后的绘景之法。为使全图层次分明，设计了一连串的"区域画面"，从右到左，从左到上，又从右折回，末了达到最顶部。这部分随着两侧不远之处灰色的山，成为全图的核心。

面对大自然的山川秀水，中国古代的文人墨客们以他们独特的艺术感知，创造并发扬了独具东方特色的山水诗与山水画，他们游遍中国的自然山川，以心中之象抒写万物之景，将自身体验与世界万物融为一体。山水诗和山水画常常是这种神与物游、物我两忘的主客观结合的产物。中国诗画的意象观念是中华民族的特色，似与不似之间，对形与神的总体把握是其核心。想要在作品中创造出"物我两忘"的境界，要求创作者做到既不是"以我观物"，也不是"以物观物"，而是创作主体与客体的双向交流、互相消解、融合中达到"两忘"。

如果说文徵明的《雨余春树图》着重表现了清雅的山水意境，那么和写同一区域之景的《天平山中》（杨基）中，似乎更能品出一种物我两相忘的境界，诗中写道："细雨茸茸湿楝花，南风树树熟枇杷。徐行不记山深浅，一路莺啼送到家。"

天平山是吴中胜景之一，林木秀润，奇石交纵，杨基从小生活于此，山中的一花一草、一木一石，对他来讲都非常熟悉而亲切。这首诗截取了他闲居时的一个生活片段，写得天然典雅，情深义重。这首诗的前半部分犹如一幅精美的图画。在无尽的春雨中，苦楝树开着紫色的花，雨滴的缘故，更显美丽娇艳。南风轻轻地吹着，在茂盛的草地上，不时出现一棵枇杷树。这两句诗搭配得很好，从气候和植物两个方面描绘了江南特有的景

观。后两句由景到人，画面也有了动态感，"徐行不记山深浅，一路莺啼送到家"，听着莺鸟在耳边啼叫，诗人沿着山路拾级而上、渐行渐远，无意间便走到了自己家的门前。这里，诗人有目的地摆脱了时间和距离的束缚，想要营造出一种物我两忘的境界。

诗的前半部分表露的那种淡淡的悠然自乐的心情，在后半段生动地呈现了出来，三、四句看似是从人的感觉出发的，但始终没有脱离写景，它们不仅色彩丰富，而且声音优美，使天平山的春天充满了野趣和活力。同时，诗人游走时忘记了距离和时间，从另一个侧面描绘了风景的美。诗人的关注点在景，但同时也衬出了情，在景中观景，诗人立在那儿，看细雨蒙蒙，风动花树，听莺啼婉转，南风习习，"我"即景，景即"我"。

此外，题画诗更能体现这一特点，如文徵明的《山居图》。这幅画是文徵明晚年的粗笔山水中最典型的代表作品，图上诗云："竹冠梭履芰袍轻，高树垂萝碧阴清。燕坐只应输此客，不知人世有功名。"

结合诗与画，我们看到图上近景和中景的楼舍依山傍水，山光水色，而"高树垂萝碧阴清"一句完美贴合了古树丛集、郁郁葱葱的山间美景，画中山之青水之秀更像是雨天初晴，此时雾霭将散未散，正与"清"字呼应，读之仿佛置身于其中。

可细观全画却未发现有戴着竹皮冠、踏着"梭履"、身穿"芰袍"的朴素的乡野农夫，也不曾看见正在闲坐的游客，使人疑惑，而最后那句"不知人世有功名"一出，令人恍然大悟：想要寄情于山水的"客"试图借山水之"清"冲刷内心受尘世污蒙之"浊"，而此刻看见了质朴纯粹的农夫，情感再无法压抑，直接感叹，羡慕这不知人间功名亦不会为之追逐的纯净的灵魂。此时画中却故意不安排人物画像，有一种走进画中之感，我们便是"客"，顷刻间那种物我不分、物我两忘的境界全出。可谓"画写物外形，诗传画中意"。

此画写的正是他向往的生活——归隐江南，简居深山，远离尘俗，放迹林泉，身心俱清。这幅画不只是一件艺术品，也是作者心中恬淡的表现和不慕名利的写照，从某种程度上看，更体现了明代文人隐逸的生活理想和审美情趣。

再如另一个经典的题画诗，唐寅的《匡庐图轴》（真迹现藏于安徽省博物馆）。据说唐寅此次游览庐山与以往游历山川的心情截然不同。正德九年（1514年），唐寅应宁王朱宸濠之邀，奔赴南昌，结果半年后，竟觉察宁王图谋不轨，于是他假装癫狂才得以脱身而归。在这场惊吓之后，他心有余悸地登上了这座千古名山，游览了庐山的险峰峻岭和飞瀑流泉，并且还精心绘制了这幅《匡庐图轴》。

这是一幅全景图，描绘的是庐山三峡桥地区的风景——怪石嵯峨，几棵古树枝叶交错的近景，一条瀑布在横亘山腰的白云中若隐若现，倾泻于碧水中，在山脚下荡漾，最后与直刺苍穹的险峰这一远景相结合，而在桥的右下角还画了一座横跨山涧的桥，桥上是一位老者骑驴过桥，一名童子尾随其后。

如果只看画，似乎会以为作者想描绘一幅充满情趣与悠闲情绪的童子陪老者骑驴过桥图。可再看唐寅在画上题的诗句："匡庐山前三峡桥，悬流溅扑鱼龙跳。赢骖强策不肯度，古木惨淡风萧萧。"

诗的一、二句描写了三峡桥的所处位置和山水美景，与所绘之景相对应，而第三句笔锋一转"赢骖强策不肯度"，结合诗人的遭遇可以看出唐寅以老者喻自己，把现实生活的不顺比作马，表明了作者内心难以排遣的隐痛和有志未酬的愤恨，最后一句朔风阵阵、落木萧萧的气氛更是加重了这样的愁绪。

整幅作品正是诗与画的结合才得以让作者的真实心意表露出来，诗与画充分互动，画是诗的参照和依托，诗是对画境的补充和发展，共同营造了萧索悲凉的意境，呈现了压抑沉重的情感色彩，展现了作者感怀自然又感叹自身的真实的性情。

四、诗、画情感意蕴上的相互生发

好的山水诗不仅仅是山川的写照，更是蕴含着作者深刻的人生经历，其艺术风格也很突出；好的山水画也不仅是描写自然风光，还通过山水抒

情和生动的描绘来表达作者的情感。由此可见，情景交融是二者的灵魂所在。

想要读懂山水诗，第一阶段就是理解文字的意思，结合诗句描绘出山川景色，接着把重点放在诗的焦点"情"上。首先我们要画出轮廓，即以不同的方向依次在脑海中呈现出物象的方向、形状。其次再给景观添色，让它们回归自然的本原，赋予其真真的色彩。再次，将景致脱离静态，根据诗中所描述的内容使景物动态化，增强图像的生动性和真实感，更贴近实际情况。最后为画面添加细节内容，而诗的简洁虽然能够表现出所有描写事物，但无法详尽，剩下的就交给读者去填补留白，还可以使欣赏者的思维更完整、更全面、更深刻，从而也使画面加倍活泼传神。

第二步是品山水之情，"登山则情满于山，观海则意溢于海"。优异的山水诗应具备"诗中有画，画中有诗"的特色。山川承载着从古至今的人们的情思，写山川遥寄真情，赏山川诗品味情绪。当古人情寄山水的时候，往往是他们入世之后受挫无奈之际，因此山水诗大多试图创造一种无忧无虑的田园牧歌式的生活，借以表达诗人在现实生活中的不满，以及对闲适祥和生活的向往和自己不与世俗合污的高尚情怀。

山水画是通过描写自然风光来表达作者情感的一种创造性形式。自然风景是客观存在，思想感情是创作者的主观意识，山水画则是客观世界风景与主观世界情感相结合的产物。甚至可以说它们是"天"与"人"的统一，是人性化的自然，目的在于对客观景物的描述和表达人的主观感受。正因为山水画的目标是表达感情，所以意境是山水画的灵魂。

画作和诗作都是来源于现实且高于现实的艺术品。如何创作一幅有灵魂有意境的山水画或山水诗，首先，要做到"外师造化，中得心源"。这八个字不仅适用于画的创作，亦适用于作诗。"造化"即指客观世界，也就是创作者眼前的自然风景，"心源"便指作者内心深处的思想感情。诗人和画家在创作过程中，想要做到客观对象与主观思想感情的完美结合，首先要从山水景物中精心选取创作的材料，再在大脑中加工创造，并融入主观情感。

所谓"造物在心"，尽管山水画中所描述的对象极其复杂，但其中也隐藏着规则。人们反复观察和研究自然世界，使其在大脑中留下印记，只有这样才能到达"随心所欲不逾矩"的自由境界。创作诗亦如此，尤其是山水诗，诗人们纵情于山水自然之后，在落笔成诗之前，心里同样要经营位置，考究景物的布局和虚实，以期既能够做到符合事实地移步换景，又能够巧妙地以景衬情，将每个意象都赋予情感的色彩。

其次，要注意"意在笔先，形神结合"。五代山水画大家荆浩说："凡画山水，意在笔先。"元代四大家之一的黄公望也说："或画山水一幅，先立题目，然后著笔。若无题目，便不成画。"用简洁直白的话说，就是要有"主题"，否则的话，结果必然是下笔千言，离题万里，不知所云。写山水与画山水也是如此，落笔之前如果没有"立意""存想"，便完成不了一篇佳作。

清代山水画画家王原祁有一段详细论述，回答了构思立意包括的内容，以及创作时要解决的一系列问题："意在笔先，为画中要诀。作画于搦管时，须要安闲恬适，扫尽俗肠，默对素幅，凝神静气，看高下，审左右，幅内幅外，来路去路，胸有成竹，然后濡毫吮墨，先定气势，次分间架，次布疏密，次别浓淡，转换敲击，东呼西应，自然水到渠成，天然凑拍。其为淋漓尽致无疑矣。若毫无定见，利名心急，惟取悦人，布立树石，逐块堆砌，扭捏满幅，意味索然，便为俗笔。"①形式与精神的结合是中国艺术创作的最高标准，也是吴派山水画创作的一般规律。

最后，要注重"大胆落笔，细心收拾"。古往今来的画家所推崇的作画经验就是要"大胆落笔，细心收拾"，意思是创作者在创作的准备阶段，胸怀要开阔，在心里确定整个作品的章法结构，再放笔直写。吴派山水诗、画也都遵循此法。山水画着重气势的体现，如果作画时画家气弱胆小，用墨下笔犹豫不决，运笔战战兢兢，欲行不行，画出来的画就显得缺少气势，相应的艺术感染力也会降低。此外山水画景物非常繁杂且琐碎，

---

① 王原祁：《雨窗漫笔》，西泠印社出版社2008年版，第19—20页。

如果刚开始下笔作画就纠结于细部点滴的描绘，谨小慎微，最终的成品就难逃气脉不连贯的弊病，精神涣散而缺乏神采。

写山水诗亦如此，诗人要先有大视界，描绘眼前整体景观，等大局确定之后，再细致入笔，写人写景，变化不断。最后再回过头来修改欠妥的字句和不足之处，以求细部的完美。可见"大胆落笔"还少不了结合"细心收拾"，因为落笔之后，可能出现败笔或遗漏，这些地方都需要再修补琢磨。还有一种情况就是有时落笔之后，由于灵感的迸发，有新的章法产生出来，需要因势利导，以取得意外的情趣。

可见，情感意蕴是中国山水画的精髓所在，也是山水画最高的美学追求，是画家把自己的生活感受不断提炼、精简概括，将它们进行艺术加工，最终形成的一种境界。这种境界凭借有限的视觉感性形象，在"中得心源""形神结合""大胆落笔，细心收拾"中诱发联想，使欣赏者能够在"不尽之境"中受到感染，产生共鸣，实现情景交融，进而去领悟和把握天地万物之美，领会作品的"景外之意"乃至"境外之蕴"。

如果说山水诗与山水画之间本就有着一些共同共通之处，那么处于同一地域、同属吴派的诗人和画家则使这些相同点在作品中表现得更加具体化、细致化、实物化。一方水土养一方人，也酝酿了一方文化。正因受地域限制，吴派山水诗与山水画之间有着同题、同景、同人的紧密关系，这种关系影响了不同艺术形式之间的创作存在着技法上的互动，意境上的互生，情感意蕴上的交流，也可以帮助我们打破文学研究与绘画研究的界限，具体深入地探究其关系，将同一流派的不同艺术创作方式和作品进行比较，更有利于读者对作品的理解。与此同时，中国人与自然山水的关系之亲密在中国的山水诗画作品中可见一斑，而这个特点在世界文艺之林中日益凸显出其独特的艺术风貌。

论宗白华流云小诗中
"星天月夜"的宇宙生命观

谢 敏①

引 言

身处"五四"洪流的宗白华面对中西文化思潮的碰撞，他一方面借鉴西方"神即万物，万物即神"的泛神论思想，另一方面积极发扬东方精神文化，重返中国传统老庄易哲学，将中西趋静与趋动合流，并在"把哲学诗歌化，把诗歌哲学化"的思想下创作出诸多具有微情渺思的流云小诗。而在诗作中，宗白华热衷于将自己对生活的希冀、对生命的领悟以及对浩渺宇宙的观照，渗透于具体形象的自然景物之中，在心与物的共感下，在心与物的契合下，形成自己独特的宇宙生命观。

本文则聚焦于宗白华流云小诗中"星天月夜"这一经典意境，通过研寻其意境的选构，以窥探宗白华活泼玲珑的生命意识；透析其意境的蕴涵，以体察宗白华兼容深广的宇宙意识；挖掘其意境的美育价值，以启迪人们向美向善的人格重建。最终达到诗歌意境分析与宇宙人生阐释的辉映融合，从而系统地体验宗白华以生命为本体、意境为媒介所构建的合宇宙、艺术、人生于一体的境界美学，深入地感悟宗白华对自然、对生命、对人类的终极关怀。

① 谢敏，女，安徽师范大学文学院2020级学科教学（语文）专业硕士研究生。指导教师为乔东义教授。

一、"星天月夜"意境选择的自觉性

宗白华偏爱以"星天月夜"的意境来呈现自己独特的宇宙生命观，其之所以选择此意境主要受历史经验和主观经验两方面的影响。

回顾中国经典古诗词，追溯"星天月夜"作为意境表达的历史，可以发现，借"星天月夜"熔铸个体对于人生、自然、宇宙的静思顿悟是一种传统的审美取向，是古往今来文人骚客的价值选择和情感归宿。首先，"星天月夜"是漂泊落魄的游子传达羁旅思乡之情的典型意境。从李白的"举头望明月，低头思故乡"到王建的"今夜月明人尽望，不知秋思落谁家"，再到王安石的"春风又绿江南岸，明月何时照我还"。可以说，借"星天月夜"遥寄游子思乡之苦的例子在中国诗歌中俯拾皆是，而且往往会包含一个共同的情境：对于漂泊流离的落魄之人来说，白昼的疾走奔命使人无暇思念家乡，然而当深夜袭来，万籁俱寂时，得以休憩的离人的心却并未沉静下来，那别离思聚之情犹如八月潮水，来势汹涌，更何况是在这充满团聚意味的月明之夜。其次，星天月夜常以其空间和时间上的特质触发人们感伤人生易老的无奈心境。如屈原的"夜光何德，死则又育"，再如张夫人的"月临人自老，人望月长明"，宇宙大化之中星天月夜运转不停，循环不息，而个人只能面对生命不永的事实。如此强烈的对照势必会引起人们在仰俯之间发出对宇宙永恒而生命短暂的深长叹惋。再次，"星天月夜"这一意境还映射着人格。如王昌龄的"秦时明月汉时关，万里长征人未还"，李贺的"大漠沙如雪，燕山月似钩"，这里的月凛冽冷峻，散发着寒光，象征着爱国志士虽处境艰苦但雄心不改的坚毅人格。又如苏轼的"灯火钱塘三五夜，明月如霜，照见人如画"，这里的明月皎洁澄澈，散发着清光，象征着诗人高雅脱俗、洁身自好的独立人格。然而，在中国文学经典中，"星天月夜"这一意境所蕴含的内容还远不止这些，可以说星天月夜最是长情，亘古不变地映照着人间，无论是喜还是悲，无论是片刻的兴会，还是绵长的哲思，都可以从中得到回应。

星天月夜是宇宙时空的浓缩，它的包容，它的深邃，它的沉静，柔和了汲汲于生死久暂，惴惴于世俗沉浮的心灵。因此，自古以来星天月夜不仅是一个审美环境的存在，它还是人们主动沟通宇宙、思索生命真相的载体与媒介。

宗白华在文章《我和诗》中，清晰地呈现了自己的诗人天性是发乎自然的。自童年时代起，宗白华就常常沉醉于锦绣河山的怀抱里，沉醉于良辰美景的遐想里。他还坦白道："尤其是在夜里，独自睡在床上，顶爱听那远远的箫笛声，那时心中有一缕说不出的深切的凄凉的感觉，和说不出的幸福的感觉结合在一起；我仿佛和那窗外的月光雾光溶化为一。""往往是夜里躺在床上熄了灯，大都会千万人声归于休息的时候，一颗战栗不寐的心兴奋着……一轮冷月俯临这动极而静的世界，不禁有许多遥远的思想来袭我的心，似惆怅，又似喜悦，似觉悟，又似恍惚……我的《流云》小诗，多半是在这样的心情中写出来的。"①星天月夜里万籁俱寂，一切事物都收敛起白日的锋芒，归于安宁，归于平等。因此，朦胧夜色可以说是人性最亲切的陪伴，它具有抚慰感官心灵和丰富情感体验的无穷魅力。宗白华在这样的诗意背景下最能诗兴勃发，他自觉地将个体小我融入美妙夜色中，与星月无间，与天地共感，与自己最真实的心灵对话。正如他在文中的直白，那星天月夜之际往往给人以浓重的凄怆之感，但凄怆中又充斥着热爱，又满怀着期待，通透的心和那苍苍茫茫的自然，和那变幻无穷的人世，串成一线，在静谧中，在微光中获得与自然人生神秘而又亲密的交流。所以，星天月夜对于宗白华来说，可谓溶剂一般的存在，催发着他诗人天性的觉醒和宇宙生命意识的发酵。

综上所述，星天月夜兼具消解一切渣滓的空灵性和包容一切生物的充实性，它千古不变地静默着，具有启示人们探索宇宙生命真相的美感特质。因此，宗白华偏爱借"星天月夜"这一意境来抒写自己的宇宙生命观，是主客观作用下的自觉选择。

①宗白华：《宗白华全集》第2卷，安徽教育出版社2008年版，第154页。

二、"星天月夜"意境的创构

宗白华为表达自己深邃的宇宙生命观，他自主开启了符合宇宙生命观表达需要的意境创构方法，即他在"星天月夜"意境的创构上，坚持中国古典主义美学的深厚传统，继而吸收西方近代美学的有利因素，为"外师造化，中得心源"注入现代形态。

唐代著名画家张璪根据自己丰富的创作经验，抽象出"外师造化，中得心源"这一重要理论，在中国美学研究史上发挥了重要作用，言简意赅地表达了文艺创作的本质，也成为宗白华毕生坚定的艺术信念。宗白华认为意境是文艺的核心，是一切艺术创作的精髓。他认为意境不仅是艺术的形式，而且是造化与心灵的结晶，是"客观的自然景象和主观的生命情调的交融渗化"①。由此，他提出意境的创构应包含三个层次："从直观感的渲染，活跃生命的传达，到最高灵境的启示"。②首先，"直观感相的描渲染"得之于虚心静观，偏重客观的"外师造化"，明确感知现实是艺术创造的根源。其次，"活跃生命的传达"即"求返于自己的深心"，得之于凝想入神，偏重主观的"中得心源"，强调主观意识的参与，重视主观情意的生发。最后，"最高灵境"指向的则是一种超然的境界，即超脱个人情意抵达物我融通、泯合无间的境界；即静谧观赏与盎然生机的浑然契合，这是一种禅的心灵状态。而"星天月夜"这一意境作为宗白华诗哲相结合的产物，其创构思路基本符合他的艺境理论。

《夜》："黑夜深，万籁息，桌上的钟声俱寂。寂静！寂静！微眇的寸心，流入时间的无尽。"对于创造艺术而言，艺术感知能力就是创作的源泉。而艺术感知能力也是一种共情能力，即善于体会自然万物的变化，并令一己之心与之互动，产生沉甸甸的共鸣，文学艺术的价值即在于此。这虽只是一个平凡的静夜，但对于内心丰富、感知力强的宗白华而言，深夜的平和安宁正为他静观的心灵创造了适宜的环境与契机，他在这夜深人静

①宗白华：《宗白华全集》第2卷，安徽教育出版社2008年版，第327页。
②宗白华：《宗白华全集》第2卷，安徽教育出版社2008年版，第331页。

之际心潮起伏，发散联想，由浩瀚无垠的静夜想到漫长无尽的时间，空间之广与时间之久两相对照，又反衬出个体的微渺。可见，宗白华正是以虚静空明的审美心胸来感知这息息生灭的天地，从而体察时间的流逝，感召生命的精进。

《流云·月夜海上》："月天如镜，照着海平如镜。四面天海的镜光，映着寸心如镜。"西方的"移情说"重视主体对客体的作用，意在强调主观情感对外的单向投射，而中国传统美学的"感物动情说"则重视主体与客体的互动，意在强调主体与客体的相互感发，再现与表现的互为补充，只有心灵和外物和谐统一，创造出来的意境才能真切感人、意味隽永。静谧月夜下海天相接，光洁如镜，波光粼粼，迷离美妙，不禁触发了诗人的情怀。海面又映着寸心，诗人的心灵也似这海面般平静了下来。这时，海天月夜与人同为生命体，两者相契相安，融化于一片清空明澈的意境里，融化于一片静的境界里。

《无题》："孤舟的地球，泛泛空海。缠绵的双星，同流天河。但我们的两心，寄托在地球的孤舟之上。"宗白华认为，艺术的境界在于创造美的感受，即要以宇宙人生中的具体物象为对象，欣赏玩味它的色彩、秩序、韵律等，并以此窥视自己的内心深处，这样一来，物象就被赋予了象征的色彩。因此，诗人得以化实为虚，令具体感人的形象也可获得抽象隐喻的意味，进而使人类最幽深的心灵具体化、可视化。基于宗白华的这一艺境理论，我们来欣赏这首诗中"星天月夜"的意境。浩瀚苍茫的天穹映着开阔辽远的海面，一只孤单的小舟在这片无垠中彷徨踟蹰，不知驶向何处，而那遥遥银河里，星辰却可以彼此相伴闪烁。这对比鲜明的一幕牵动了诗人倍受分离之苦的心灵，于是诗人给双星披上了情感的外衣，双星变得有知有觉，有情有义，双星变成了缠绵的双星，温情脉脉，情深意长，寄托着诗人对心中人的深切眷念。此时情与景交织相融，景中含情，情形象化后也成了景，表现出一个超然的境界。而此境的超然，又表现为诗人心性情怀的自然表露，表现为经过诗人心性过滤后的宇宙感和人生感。因此，我们可以想见，艺术境界的美全是由心灵孕育而成的，没有心灵的爱

抚，是无美感而言的，这也正是美不自美的真谛所在。

《柏林之夜》："楼窗外，电车，马车，摩托车，商人，游女，行路人；灯光交辉，织成表现派的图画。百声齐响，仿佛贝多芬的音乐。啊，美的世界！动的世界！伟大的夜，如诗人的眼光，在上面临照你了。"灯红酒绿、热闹非凡的都市之夜具有让人迷醉深陷的魅惑力，如果只凭感觉印象，得到的只会是纸醉金迷的浅层体验，片刻心动之后仍是一片虚无。唯有像宗白华这样兼具博大的胸怀和清明的意志，才能拨开纷乱的表象，化光怪陆离的物象为整合统一的意境，即这里的五光十色、川流不息并非是无序的，而是有一种内在的音乐韵律使其变得和谐有序。并且，诗人的着力点也并非在于夜之闹，而在于夜之动——车的动、人的动、光的动、音乐的动，这是一片生意勃发、欣欣向荣的动的世界。可见，宗白华体验到了近代西方文化向外发展的积极进取精神，故而热情洋溢地希求一种具有创造性的动态生命力。就此而言，宗白华已然成功抵达"最高灵境"，超越了个人之情，表达了对群体进步的期许，进而由小我升华到大我，使其"星天月夜"的意境显得格外深沉蕴藉。

"艺术表演着宇宙的创化"①，诗歌创作是艺术表达的一种形式。流云小诗中"星天月夜"意境的创构，是宗白华作为诗人、作为艺术家心灵活跃的成果，而艺术家心灵的活跃，其本质就是解构生命、创化宇宙的一部分。因此，"星天月夜"意境的创构既因为宗白华作为诗人的缠绵悱恻，所以情思深长；又因为宗白华作为哲人的虚静空灵，所以浑然一体。

三、"星天月夜"意境的蕴涵

在宁静旷朗的星天月夜下，宗白华以诗人兼哲人的敏锐感知力，洞察到了具有永恒价值的哲理妙悟，其中体现他宇宙生命观的思想主要有以下三个方面。

---

①宗白华：《宗白华全集》第2卷，安徽教育出版社2008年版，第365页。

（一）天人合一，物我无间

"天人合一"思想是宗白华宇宙生命观的核心内容，而这一思想在他精心构筑的"星天月夜"里也有着清晰的流露。从诗歌的审美角度看，"天人合一"意味着审美主体与审美对象是统一的，统一于浑然无隔的审美境界中。审美主体并非对自然物象进行被动的体验，而是主动地投身于自然环境中，能动地适应环境状态，能动地抒发主体情意，使得心与物达到水乳交融的境界。

《解脱》："心中一段最后的幽凉，几时才能解脱呢？银河的月，照我楼上。笛声远远吹来，月的幽凉，心的幽凉，同化入宇宙的幽凉了！"如何才能缓和一个近代人矛盾的心灵呢？宗白华在诗中做出了很好的示范：作为一个近代人的宗白华有着浓厚的古典主义情怀，他像大多古代文人那样乐于亲近自然，托物寓怀。他主动地向月色敞开心扉，移情于星夜，在人与物的彼此亲近中深情自显。诗人的幽凉生发出月的幽凉，并且进一步扩散到整个宇宙，同时扩散的过程也是稀释的过程，进而又冲淡了诗人心灵的幽凉。所以说，不仅是宗白华，自古以来许多诗人都倾心于构筑一个物我同一、天人合一的境界，来借此排遣自己在精神上的沉郁迷惘，以实现无物累、无是非之争、无生死之患的释然与解脱。

《深夜倚栏》："一时间，觉得我的微躯，是一颗小星，莹然万星里，随着星流。一会儿，又觉着我的心，是一张明镜，宇宙的万星，在里面灿着。"禅宗主张泯灭能所之别，即没有主体，也没有相对的客体，主客之间的隔阂对立消失了。因此，我们可以发现人与自然的关系是富有诗意的异质同构关系，并且主体和客体之间的同构关系不是各种元素简单组合的结果，而是相互依存、相互阐发以至于不可割裂、交融不分。诗人抛开尘世的喧嚣，从自然的对岸回归到自然的家园，放下主体的唯我，放下所谓万物之主的身份，放下将自然万物当作对象的对立感。璀璨的星天月夜里，没有主体和客体的区别，诗人就是那星空里的一颗星星，在天际之间自由地闪烁、流动。同时，宇宙又以心为境，成为诗人心中的宇宙，继而宇宙之所有亦是心中之所有。宇宙的万星共存于诗人的心田，人与星自然

而然地就你中有我，我中有你，亲密无间，物我不分。

《夜》："伟大的夜，我起来颂扬你：你消灭了世间的一切界限，你点灼了人间无数心灯。"夜的伟大之处在于它的包容。夜纯然一色，笼罩着宇宙万物，此刻，色彩抹除了，差别消弭了，一切都归于寂静。夜还原了一个混沌平等的世界，净化出尘渣尽涤、通透明亮的艺术心灵，并使之在宇宙的大和谐里或是激情澎湃即景挥毫，或是精骛八极心游万仞，呈现出无数元气淋漓、空灵不羁的感性形象，进而传达出内在生命的敏感与灵逸。

《我的心》："我的心，是深谷中的泉：他只映着了/蓝天的星光。他只流出了/月华的残照。有时阳春信至，他也幽咽着相思的歌调。"

《我们》："我们并立天河下，人间已落沉睡里。天上的双星，映在我们的两心里。我们握着手，看看天，不语。一个神秘的微颤，经过我们两心深处。"

《月落时》："月落时/我的心花谢了，一瓣一瓣的清香/化成她梦中的蝴蝶。"

《东海滨》："今夜明月的流光/映在我的心花上。我悄立海边/仰听星天的清响。一朵孤花在我身旁睡了，我挹着她梦里的芬芳。啊，梦呀！梦呀！明月的梦呀！她在寻梦里的情人，我有念月下的故乡！"

"人为五行之秀气，实天地之妙心，天地无心，以人的心灵为心，万物皆备于我，正是因为人有了这个心灵，狭隘可以转换成旷远，脆弱可以转变为坚强，渺小可以翻转为广大。"[1]这段论述精准地概括了其实心灵在某种程度上也是自然本身，所以心能包罗万物，而物象渗透进人的生命意识后，物象就变得鲜活灵动，富于人的性格和情绪。宗白华在"星天月夜"这一意境里就频繁通过"心"的不断感触体会和静思顿悟，表现了一个天人和谐的圆满境界。

---

①朱良志：《中国美学十五讲》，北京大学出版社2006年版，第220页。

诗人自内而外的幽情流露就像那深谷中的泉水，汩汩流淌出蓝天的星光和月华的残照；天上的双星与地上的佳偶遥相呼应，更加衬托出诗人那含蓄缠绵的情思；月落象征着人的失落，月儿也染上了人的相思；默然的星空下，明月的流光辉映着清澈的心房，那朵孤花寻着梦中的情人正如诗人念着梦中的故乡。心即自然，心在景中，因此无须经过语言文字的精雕细琢，便能在一片"性灵化"的自然物象上感受到诗人情绪的颤动。宗白华除了表现心灵的具象化以外，还在于通过内在与外在、情感与物象、心灵与宇宙①在诗中的融会贯通，熔铸一个物我两忘、心物相合的圆融又充盈的艺术世界，这样的意境既不拘泥于具体物象的客观描写，也不拘泥于主观心灵的喜怒哀乐，呈现的是宇宙万象同感共振的气韵生动。

（二）以小见大，化有限为无限

以小见大，于有限中见到无限，这是人们在追求无尽时空的过程中，衍生出的一种智慧结晶，这是一种内在超越思想。以小见大，不是数量上的延展，而是指在审美活动和生命体验中，重视想象空间的扩大、思维的深邃和心灵的超越，跳脱有限的束缚，实现无限的洒脱。所以，大，意在强度、深度，而非广度。流云小诗中"星天月夜"的意境也饱含着宗白华以小见大的智慧，凸显宇宙并非纯然外在的时空世界，更是主体所构造的心灵世界。所以，诗中的小，是外在生命特征的小；诗中的大，则是指内在旷达的心。因此"人所占空间并不小，人自小之，故小；所占时间并不短，人自短之，故短"②，这里所否定的正是人们对有限时空的消极态度。现实人生从根本上讲固然是狭小短促的，而这又是规律必然的，人人都不可避免。但我们却可以有诗性的思维，可以有哲理的思索，我们的心灵是自由的，我们的心灵可以超越，可以飞腾。我们可以让有限的生命融入无限的宇宙苍穹，去寻找法外的永恒。

《夜》："黑夜深，万籁息，桌上的钟声俱寂。寂静！寂静！微眇的寸心，流入时间的无尽。"在历史的滚滚洪流中，人的生命只是片刻的停暂，

①王德胜：《宗白华评传》，商务印书馆2001年版，第132页。
②朱良志：《中国美学十五讲》，北京大学出版社2006年版，第219页。

韶华易逝，人生易老是无法抗拒的自然规律，一味地自发衰老之叹只会徒增伤悲。因此仅从肉体生命的存在形式着眼，不足以区分人与其他动物的差别，但是人有感性且不失理性的心灵。心灵的眼透过历史的网，射向生命的深层，在空间的寂静里体验时间的绵延，感受生命的丰厚，当下昭示着无垠的过去与未来，无限就在有限之中，没有脱离有限而存在的无限，无数个有限的生命才能构成无限的生命流动。

《题歌德像（三）》："高楼外/月照海上的层云，仿佛是一盏孤灯临着地球的浓梦。啊，自然底大梦呀！我羽衣飘飘，愿乘着你浮入无尽空间的海。"从量上来讲，一盏孤灯，一个小我，无疑都是渺小的，如果因为渺小而自哀，那就是人为物累，心为形役。人在欲望的裹挟中前行，结果往往是惶惶不安，欲壑难填。但"我"抛开追求的欲望，羽衣飘飘地主动融入这茫茫无尽的世界，实现一种伸展，一种回归，这样的一个"我"虽是一点，却是大全，世界拥有了"我"，"我"也拥有了世界，"我"的生命也就齐同了世界，孤独感得以消退，有限生命面对无限时空的焦虑感也得以缓解。诗中无尽海里的一个"我"，反映的就是人的生命境遇以及从这一无奈境遇中的突围方式——将心灵从无尽的物质欲望和困窘的时空宿命中解放出来，转变为沐发向阳的从容和沉着畅快的格调，从而在小中实现大，在缺中实现全，这反映的也是一种深层的生命自信，一种睿智的立身之道。

（三）宇宙生命的音乐化

无论是物我无间的天人合一思想，还是以小见大、化有限为无限的转换思维，指向的都是一种人类的整体意识，希求消除现实的隔膜、心灵的隔膜，取消人与宇宙造化的对立，进而实现精神上的圆满与统一。宗白华在流云小诗中为人生、自然、宇宙寻得了统一的归宿，那就是音乐。

"音乐是形式的和谐，也是心灵的律动"，"心灵必须表现于形式之中，而形式必须是心灵的节奏，就同大宇宙的秩序定律与生命之流动演进不相违背，而同为一体一样"。①数量的聚合，结构的组接是音乐节奏的形式要素，但音乐的节奏不仅有着精巧的外在表现形式，还有着思想情感的注入，进而引发心灵的共鸣。并且，宗白华所讲的"节奏"不仅包括音乐艺术的节奏，还是一种泛化使用，一切艺术、自然万物所蕴含的秩序感都是"节奏化"的表现。所以，节奏、律动、和谐虽然是音乐的内在规律特点，但这些却广泛地适用于宇宙全体，与宇宙全体流行的规则是一致的。又因为音乐既具有时间感，又具有空间感，因此音乐的丰富外延囊括了时空的衍变、生命的流动，可见，音乐、生命、宇宙三者是和谐统一的，而音乐正是为宇宙生命的运转不息提供了内部秩序。那么，关于宇宙生命的音乐化是如何具体演绎的呢？通过宗白华流云小诗中"星天月夜"这一意境的呈现，我们可以得到生动形象的感受。

《流云（六）》："城市的声，渐渐歇了。湖上的光，远远黑了。灯儿息了，心儿寂了，满天的繁星，缤纷灿着。听呀！听他们要奏宇宙的音乐了。"在这首诗中，城市的声代表着人类社会；湖光、繁星则代表自然；心儿自是诗人的心灵。正是通过音乐整合一切的圆融力量，消解了一切间隙，一切牵绊，一切浮躁，进入宇宙生命全体和谐的境界。不管是人间尘世还是自然天地，不管是宇宙大化还是沧海一粟，不管是现实世界还是艺术世界，一切皆以有节奏规律的脉动为根本趋向。宇宙整体内部贯穿着统一的节奏秩序，所有的生灵只有遵循这一节奏秩序才能衍化不息。这就是节奏秩序最本质的意义所在，也是和谐最深层次的内涵。总的来说，人类社会演进过程中的礼和乐，呼应着天地间的秩序和律动，于是宇宙的创造充满了"节奏感"。

《踟蹰寻梦》："半夜的月明，惊断了一痕清梦。梦儿，你飞去了，轻似碧烟，教我在何处寻你？我去向树叶中，只听得风声叹息。我寻到绿阴里，只看见花影扶疏。□□中，小伫立。远窗响处，风飘出一段贝多芬的月光曲。"宗白华很清楚地知道，善于冥思探寻规律的中华民族对于音乐

①宗白华：《美学散步》，上海人民出版社1981年版，第232页。

的深邃意义，他们早已深谙于心。音乐的奥秘在于演绎生命的节奏、宇宙的旋律。所以他们十分懂得以宽厚的心境、音乐的心境来应对现实生活中错综复杂的人事关系和跌宕起伏的人生命运。因此，音乐的心境就是一种重视音乐价值的自觉意识，用音乐的美感来抚慰现实，用音乐的秩序来规整现实。正如诗中意境表现的那样，诗人半夜惊醒，恍恍惚惚想要寻得某物却不得而终，但又始终萦绕心中，挥之不去，只好移情于物，那明月、轻烟、夜风、花影都沾染上了诗人的眷念之感。如此患得患失、忐忑不安的心情最终也得以纾解，"飘出一段贝多芬的月光曲"。"贝多芬的月光曲"象征着一种音乐的心境——张弛有度地遵循生活的节奏，处之坦然，从容自如，不过分沉溺于执念，不过分牵强于结果，尊重自然进化之道，顺遂事物发展之理。

《柏林之夜》："楼窗外，电车，马车，摩托车，商人，游女，行路人；灯光交辉，织成表现派的图画。百声齐响，仿佛贝多芬的音乐。"宗白华再次化用"贝多芬的音乐"，意在表现音乐活跃、丰盈生命的蓬勃力量。诗中写的是都市的一个平常之夜，楼窗、车辆、行人、灯光等意象，表面看来共存于一幅画面里毫无交集，各不相干，对于观者而言只觉冷漠僵硬。但一曲"贝多芬的音乐"立马使整幅画面灵动了起来，变得栩栩如生，活灵活现，立体感十足，生活气息扑面而来。在音乐的律动下，这些彼此孤立陌生的人与物仿佛跟着铿锵激越的音调跳动了起来，互动了起来，进而有声有色，有人有物，有景有情。可见，音乐的境界正是艺术文化的精髓，放弃秩序感，放弃节奏感，宇宙天地就会是一片死寂，毫无活力可言，更毫无艺术可言。

《生命的流》："我生命的流/是琴弦上的音波/永远地绕住了松间的秋星明月。"在这首诗中，"我""琴弦上的音波"以及"松间的秋星明月"三者是不可分割的整体。其中，正是"琴弦上的音波"使得"我"与那"松间的秋星明月"发生了联系，进而构成一幅统一和谐的画面。可见，音乐化的律动也是世界的本体，即音乐是生命的律动，是诗人心灵的律动，也是自然（松间的秋星明月）的律动。音乐的形式是一种纽带，沟通了人与自然，进而构成一个充满美感、圆融一体的世界。同时，"琴弦上的音波"这一音乐的内涵是丰富的。这一音乐不仅仅在于形式的美感，更重要的是它能触动人类心灵最深处、最隐秘、最不可名状的情调。故而诗人在诗中一开始就强调了"我生命的流是琴弦上的音波"，琴音拨动了内在心海的潮水，丰富了生命存在的意义，升华了个体精神的高度。

四、"星天月夜"意境的美育价值

宗白华曾言："人生若欲完成自己，止于完善，实现他的人格，则当以宇宙为模范，求生活中的秩序与和谐。和谐与秩序是宇宙的美，也是人生美的基础。"①宗白华十分重视美育的价值，他认为，宇宙观是形成超拔人生观的基础。那人生又该如何以宇宙为模范，进而涵养人格呢？宗白华认为必须运用艺术手段来浸润心灵，他提出："艺术的境界，即使心灵和宇宙净化，又使心灵和宇宙深化，使人在超脱的胸襟里体味到宇宙的深境"。②在这里，艺术的手段就可以指向艺术的境界。艺术境界以其特有的审美表现形式，圆融于宇宙意识与生命自觉之间，表现出立足于世又超脱俗世的人生哲学，具有净化人格的美育价值。且观宗白华流云小诗中"星天月夜"这一经典意境，深刻的宇宙生命观背后折射的是一种"美的教育"——宗白华以自己的诗意理想和人格风范启示当代人树立"艺术的人生观"，进而培养艺术的精神、唯美的眼光、创造的活力、同情的态度以及健康质朴又积极向上的生命追求。

《流云（八）》："月落了，晨曦来了。满室的蓝光，映我纸上。悲歌些什么！惆怅些什么！白云也无穷，流水也无穷，还怕你的一寸情怀，无所寄托么？"宗白华毕生都在美的世界里上下求索，而艺术化、审美化的人生观始终是他孜孜不倦的信仰追求。他早在青年时期就已清醒地认识到人们往往心为形役，识为情牵，过分沉湎于物质、机械和实在的生活中，因此他倡导一种唯美主义的人生态度。而艺术的精神、唯美的立场就是，

①宗白华：《宗白华全集》第 2 卷，安徽教育出版社 2008 年版，第 58 页。
②宗白华：《宗白华全集》第 2 卷，安徽教育出版社 2008 年版，第 337 页。

论宗白华流云小诗中「星天月夜」的宇宙生命观

对于芸芸众生、千姿百态，无论美还是丑，无论可喜还是可恶，无论微渺还是壮丽，都以平等的欣赏眼光来审视，那么，整个自然人生就都被赋予了艺术的色彩。于是，当我们接纳"艺术"的时候，小我的哀愁烦闷自然得以消减，心中温存的是一份轻柔的安慰、一种清新的优美以及一泓释然的平静。正如那一寸情怀若是以唯美的态度看待，早已不再只属于一己之身，而是归属于整个浩淼的星天月夜。那皎月融化这寸情怀，星光照亮这寸情怀，就连白云流水也愿意承载这寸情怀，并且月夜逝去即是晨曦，星光逝去便是阳光，白云流水更是无穷，这寸情怀何愁无所寄托呢？宗白华正是在实践着自己"艺术的人生观"，通过唯美的立场看自己，看世界，从冗杂纷乱的表象直视到浑然有序的本质，从而抚平了自己在现实人生中的矛盾与惆怅。

《黑影》："我每不忍夜深归来，只为是怕看见那街头的憧憧黑影。黑影里蕴藏着无限的命运！黑影里蕴藏着无限的悲哀！今夜她们月影满身，我从墙阴里/看见她们灰白的面色！秋风起，她们满身战栗，如同秋叶。秋叶飞去了，她们还立在秋风里战栗！啊，黑影里的命运，黑影里的悲哀，我冷月的心，也和着你们在战栗了！""五四"时代的印记在宗白华身上有着深刻的彰显，他拥有"五四"知识分子文化建国、强国的远大抱负，以及"天下兴亡，匹夫有责"的社会责任感，这在某种程度上也是继承了中国传统美学对于现实人生的关注。因此，审美同情无论从伦理道德层面还是文化艺术层面，对于宗白华来说都是根深蒂固的。深秋月夜的环境，萧瑟冷寂，敏锐了视听，也敏锐了情绪，且人的悲情往往在此刻最是浓烈，因此宗白华在诗中连用两个"无限"来形容悲之浓、哀之切。诗中悲哀的主语是那街头的"黑影"，但宗白华在诗中并没有具体点明"黑影"的身份，只透露出"她们"二字，给读者留下了想象回味的余地。她们或许是不幸失足沉沦的少女，又或许是落魄流离的行乞者等，总之她们是多舛命运的象征，是无限悲哀的象征。潦倒凄惨的"黑影"深深地牵动着诗人那颗悲悯之心，从"她们"再到"你们"的转换，可见诗人的心与"黑影"更近了，不再是以旁观者自居，而是主动地步入"黑影"的世界，与之同戚同悲。心与心之间的感同身受消除了心与心之间的罅隙壁垒，抚慰了受伤的心灵，灰色、暗淡、冷酷的世界也因诗人的博爱之情柔和了些许。

宗白华曾慷慨激昂地呐喊："诸君！艺术的生活就是同情的生活呀！无限的同情对于自然，无限的同情对于人生，无限的同情对于星天云月，鸟语泉鸣，无限的同情对于死生离合，喜笑悲啼。"[1]同情是艺术人生应有的姿态，是艺术生活的践行方式，也是审美的本质、创作的源泉。宗白华所说的同情并非只局限于对弱者的怜悯之心，而是指解放小我，敞开心扉，丢弃冷漠机械的利己主义，去设身处地地感受他人的生活境遇和情感经历，从而在获得共感的同时汲取向善的动力。并且，这种对于人类社会的同情也要扩大到普遍的自然中去，以洞察自然万物的生命精神，进而培养自己拥有一颗可以感受花能解语、鸟亦知情的玲珑之心。因此，如若能够对人生、对自然保持同情的态度，那么生活中处处都有美感的心动和灵感的涌现。所以说，同情的态度是生命保持丰厚性与艺术性的先决条件，更是推动人类社会和谐发展的内在动力之一。

《夜中的流云》："流云啊！流云！天宇寥阔，天风怒吼。你一刻不停地孤飞，是要向黑暗么？要向光明呢？满天的繁星，燃着无数情爱的灯，指点你上晨光的道路了！"在狂风怒吼下，黑夜这一环境削弱了它"星天月夜"的柔和，显现出凶险的面容，此时，那"孤飞的流云"象征着彷徨前行的人们。人类的理性精神虽然在近代社会得到了释放，拥有了自由，但新旧文化交锋对峙下的黑暗现实又撼动了人们长久以来所赖以前行的信念与依傍，人们不得不重新彷徨摸索，去追寻构筑新的精神家园，这一过程中难免要经历迷惘的彳亍，痛苦的抉择。但那满天繁星，却点燃了情爱浓郁的光，这拟人化的繁星情韵无限，指点着晨光的方向，为孤立无援的失路人指点迷津；这满天繁星的存在也象征着人类抵触黑暗、挣脱黑暗、追求光明、信仰光明的本性，于黑暗中寻求光明，于沉沦低回中寻求前进

---

①宗白华:《宗白华全集》第1卷,安徽教育出版社2008年版,第316页。

向上，于绝望中寻求希望。"孤飞的流云"与"满天的繁星"两相对照，用笔曲折，所要突出强调的正是人格的美、人格的力量，这恰恰也是宗白华所崇尚的乐观人格。

同时这首诗中的"一刻不停"也值得细味，在"天风怒吼"的混沌黑夜里，流云未曾停下"孤飞"的脚步。因此，这里的"孤飞"寄寓的是一种永恒的"动"的精神。歌德是宗白华推崇备至的对象，宗白华认为，"就人类全体讲，他的人格与生活可谓极尽了人类的可能性"，指出其"生命情绪完全是浸沉于理性精神之下层的永恒活跃的生命本体"。[1]可以说，歌德在某种层面上正如这黑夜里"孤飞"的流云，生命力极尽丰富，生命欲极尽旺盛，即使危机四伏，矛盾重重，也要一往无前，带着痛苦继续奔走，不愿有片刻的迟滞。所以，宗白华赞颂歌德，也赞颂此情此景下的流云，他们都在透露着"人类最高的幸福就是人类的人格"——生命不息、奋发不止的人格力量。无疑，这是一种极致的审美人格，必将永垂不朽，振奋人心。

显然，歌德艺术化的人格精神，深刻地启示了宗白华在自己的美学世界里挥洒生命永恒运动的理想。虽然宗白华在诗中并未直写流云飞向光明，但它挣脱黑夜的笼罩，向晨光进发的意味已跃然纸上。这里，宗白华更是通过诗歌的形式昭示着我们要保持对生命意义的积极探求，对真实生活的热烈投入，要给予生命一个勇敢的肯定——矛盾的必然存在，绝望的不复存在，富有希望的生生不息。正如宗白华，他作为一个充满情怀的近代人，自然要直面焦灼的时代矛盾，但他有着理智却不失诗意的灵魂，所以依然能平静而坦率地说自己对于近代各种问题都兴致勃勃，既敢于面临鲜血淋漓的残酷现实，又充满信心地呼唤着光明与正义，他永远满怀期待，期待着更强盛的人类社会，期待着更璀璨的艺术世界。所以，强健充实的生命人格理应是自由意志与整饬秩序的统一体，充满美感的生活姿态应当是既能够倾注于现实，奋发进取，又能够醉心于自然，忘却红尘；既

---

[1]宗白华：《宗白华全集》第2卷，安徽教育出版社2008年版，第1、7页。

能够使自我适应变化，适应定律，又能够伸张自我，坚持自我，冲破一切桎梏。

综上所述，宗白华流云小诗中"星天月夜"这一意境正是他"艺术的人生观"的生动表达。宗白华"艺术的人生观"，其核心要义就是以唯美的立场、同情的态度来体察天地人间，来理解艺术的观赏；又以创造形象来实现人生境界和艺术境界的水乳交融。而这"艺术的人生观"又是宗白华审美教育思想的目的和归宿，因此"艺术的人生观"作为一种审美教育，一种生命教育，最终还是要归根结底到健全人格的实现，即形成兼理性与诗性于一体的理想人格。

结　语

"诗境涵映了诗人的灵心"[1]，"星天月夜"这一意境作为宗白华在《流云》诗集中着重渲染的审美境界，显然不单是诗中的一种形式美，更充分地体现了宗白华独特的宇宙生命观——宇宙自然具有无穷无尽的生命活力，人类应该从它的圆满、和谐、秩序中获得永恒的启示，进而促进人类生命获得更加充实的发展。并且个体的心灵只有摒弃杂念，消除隔膜地投身于自然，主动地营造物我合一的情境，才能实现寰宇内小我的回归，小我的解放，小我的超然，才能抵达自由的境界。而自由的境界，即是审美的境界、艺术的境界，也只有自由的境界才能孕育出艺术的人生观，锻造出强健的人格。

---

①宗白华：《艺境》，商务印务馆 2017 年版，第 508 页。

《台北人》中的社会记忆与国族认同

汪　睿[①]

　　白先勇被夏志清称为"小说的奇才"，短篇小说集《台北人》是他最杰出的代表作之一，同时也是当代华文文学的经典之作。《台北人》的主角是一群国共战争后败退台湾的大陆人，他们的前半生在大陆度过，将美好的青春留在那里，来到台北后逐渐老去，记忆的辉煌与当下的黯淡形成鲜明对比。小说以这样一群人物为中心，以台北作舞台背景，上演了一场又一场人生悲剧，展现了丰富的社会记忆和复杂的国族认同。

　　本文首先对目前的白先勇研究状况进行了简单的梳理，指出研究白先勇小说中"社会记忆"与"国族认同"的重要性，并明确界定"社会记忆"与"国族认同"的概念，然后结合《台北人》的题材和主题阐释作品中的社会记忆与国族认同的内涵，接着通过人物形象分析作品中社会记忆与国族认同的表现，最后从作家自身入手，分析《台北人》中社会记忆与国族认同产生的原因，并总结该研究项目的研究意义。

一、问题由来

　　1979年，白先勇的短篇小说《永远的尹雪艳》在北京的人民文学出版

　　①汪睿，女，安徽师范大学文学院汉语言文学2015级本科生，现为复旦大学中文系2019级出版专业硕士研究生。本文为2017年度"大学生创新创业训练计划"国家级项目结项成果，曾发表于《安徽文学》2018年第12期。指导教师为杨四平教授。

社《当代》创刊号登出，这是1949年以来第一次在大陆刊登台湾作家的作品。与此同时，大陆对于白先勇作品的研究开始起步。

20世纪80年代，出现了王晋民《论白先勇小说的创作特色》、封祖盛《论白先勇的小说》、陆士清《白先勇的小说技巧》等论文，这些文章主要以白先勇小说的创作技巧为研究中心，开辟了大陆白先勇研究的道路；20世纪90年代，大陆第一部关于白先勇的研究专著——袁良骏的《白先勇小说艺术论》出版，该书以专题论述的方式，对白先勇小说中的语言艺术、创作特色、认识价值等各个方面进行综合研究，标志着大陆的白先勇研究开始从零散的分论走入系统、全面论述的新阶段，其中提到的"白先勇与《红楼梦》""白先勇小说的现代特色""白先勇笔下的女性形象"等议题都成为后来研究的重要课题；进入21世纪，第二部白先勇研究专著——刘俊《悲悯情怀——白先勇评传》出版，著作首次提出以"悲悯"一词概括白先勇的创作风格与气质，不仅从思想内涵、文学观念、艺术特质等方面分析了白先勇的个体特质，同时运用中西方文学、哲学、心理学等理论详细阐释了作家的文学世界，代表了大陆20多年来白先勇研究乃至台湾文学研究的标志性成果。除此之外，王晋民对白先勇创作隐含的中外文学关系的讨论、陆士清对《孽子》中同性恋问题的研究等也深化和拓展了大陆白先勇研究的深度和广度。

海外研究方面，台湾评论家欧阳子的《王谢堂前的燕子》是《台北人》研究的经典之作，在对白先勇小说的悲剧性主题研究中，后来者的叙述很难跳出欧阳子所提出的"今昔之比""灵肉之争"和"生死之谜"，基本是在这个范围内的反复论证。日本学者山口守的《白先勇小说中的乡愁》一文则联系中国现代乡土文学，用"乡愁"解读白先勇小说中的文化指向，还有香港作者林幸谦的《白先勇小说的文化语境与历史书写》等，这些著作同样呈现了白先勇研究的丰富成果。

以上是关于白先勇研究的整理，从20世纪80年代至今，对白先勇小说的研究主要集中于创作主题、艺术特点、人物形象、文化意蕴、历史叙事与身份认同等五个方面。这些成果一方面肯定了白先勇作品的艺术价值

与深层意蕴，另一方面确立了白先勇在中国现当代文学史与华文文学中的地位。但同时我们可以发现，迄今为止，学界对《台北人》的研究偏重小说艺术技巧以及文化历史方面，且受到意识形态思维的限制，缺少对作品思想内涵的开掘，对于白先勇创作中的社会记忆和民族认同问题的研究仍留有空白。因此，本文引入社会学原理，运用学科交叉的研究方法，从新的角度继续挖掘《台北人》的深刻内涵。

"社会记忆"是由著名社会学家哈布瓦赫阐发的经典词语。社会记忆与历史不同，宏大的历史叙事往往聚焦事件，而社会记忆则重视个体感受，是在个体记忆基础上形成的"集体记忆"。集体认同是身份认同的基础。与"国家认同"和"民族认同"的概念比起来，"国族认同"更具包容性。身份认同的意义则在于建构有关"我们是谁""我们与他人的差异"等方面的概念。对白先勇小说中所存在的"社会记忆"与"国族认同"问题的探索或许能帮助我们透过文本，更好地理解作家的家国情怀与文化乡愁。对该问题的关注，涉及社会学、历史学、心理学、哲学等诸多因素，具有重要的启示意义。

二、创伤下的社会记忆

《台北人》由十四篇独立短篇小说组成，这些小说表面上不相关联，但却拥有贯穿始终的统一主题。小说从不同角度展现了特殊年代、特定人群所共同拥有的历史记忆、文化记忆和集体记忆，构成了身份认同的基础。

历史记忆是《台北人》中社会记忆的主体。《台北人》中有很多历史题材小说，如《国葬》《冬夜》《思旧赋》等，从普通民众、军人、知识分子等不同角色身份出发，从个体角度展现了不同层次的社会历史记忆。《岁除》《国葬》《梁父吟》的主角都是曾经的军人，他们本身就是历史的创造者和亲历者。小说中通过人物的对话和回忆，侧面勾勒出辛亥革命、北伐、抗日战争、国共内战等重大历史事件，如夏志清所说，"《台北人》

甚至可以说是部民国史"①。而在《一把青》和《花桥荣记》中，台北和大陆都有"仁爱东村"和"花桥荣记"，作者大量使用平行手法，在当下重构与过去表面相同而实质迥异的场景，从而突出时空的变化，制造出强烈的反差，表现了今昔对比的主题。从大陆到台北，在不同城市沿用相同的地名，似曾相识的场景中，"台北人"真正难以忘怀的是曾经拥有的美好时光。《满天里亮晶晶的星星》里的朱焰拥有光荣的过去，即使这"过去"已成空，却能保留住一种尊严和气质。在《台北人》中，个人的命运与社会历史紧密相连，与国家民族的命运共同沉浮，并随着时间的流逝、政治的风云变幻，无一例外地走向失落、崩溃与死亡。在写这些小说时，作者将对民族兴亡的慨叹加入其中，展现出历史的苍凉感和无常感。

文化记忆是《台北人》中社会记忆的一个重要的表现方面。《台北人》中大量展示了中国传统戏剧、诗词、服装、传统食物、摆件、习俗、伦理道德习惯等中华传统文化符号，这些符号既是身份认同的标志，也滋养和抚慰了"台北人"失落的心灵。名篇《永远的尹雪艳》和《游园惊梦》兼具写实与象征，在小说中，"总也不老"的尹雪艳成为欲望与死神的化身，"只活过一回"的钱夫人将青春永远留在一瞬间，作者通过描写这些被欲望支配的人物，从哲学层面揭示了人类的生存困境。在这之中，尤其是名篇《游园惊梦》将失落的"国粹"——昆曲的节奏融入西方意识流的写法，以及对《牡丹亭》情节和主题的借用，使中国传统艺术与小说相得益彰。《台北人》中还大量直接或间接引用中国古代诗词典故，蕴藏着深厚的文化内涵。如小说标题《梁父吟》借用汉乐府曲名《梁甫吟》，诸葛亮和王孟养：一个一心向汉，最终功败垂成；一个进行国民革命，最终客死异乡。二人命运形成跨时空的对映，苍凉而悲壮。《冬夜》则以五四运动为背景，用一代中国知识分子的困境暗喻中国传统文化今日之困境。《思旧赋》和《秋思》中充斥着"病症""死亡""剥落""霉斑"等意象，影射民族传统文化与旧社会秩序的瓦解，以传统社会衰落为表现对象，深刻

①夏志清：《白先勇论》，《现代文学》，1969 年第 3 期。

反思传统文化与现代文明的关系。

　　哈布瓦赫将"集体记忆"定义为"一个特定社会群体之成员共享往事的过程和结果"①。集体记忆具有双重性质，既是一种客观现实，也是一种精神象征。《台北人》中的主角，大都是国共内战时期战败退居台湾的大陆人，他们曾经共同的身份是知识分子、上流贵族或国民党军官，在大陆时期，他们大都年轻而富有活力，享受着美好的生活，对未来充满抱负。《思旧赋》的故事发生在一个冬日的黄昏，仆人罗博娘讲述了李家的衰落。李长官家是旧时代的贵族，风光一时。家道兴衰由终生服侍李家的忠仆说出，不仅具有很强的真实性，而且奠定了沉痛悼念的情感基调。李家的衰微影射了旧社会秩序的瓦解。《梁父吟》从公祭典礼后朴公和雷委员的长谈写起，他们回忆王孟养在辛亥革命年间的往事，塑造出固守传统的朴公和壮志未酬的革命英雄王孟养两个鲜明的人物形象。小说中同样以重大历史事件为背景，在这些个人回忆中，我们不见宏大的历史叙事，却见具有真实感的微小细节和情感，而他们的人生故事就是那段历史的写照。

　　《台北人》描写了一群漂泊在台北的"大陆客"，但白先勇对漂泊者的描写并不是以《台北人》为开端，而是始于《纽约客》。写于《台北人》之前的《纽约客》系列作品，以留学生为题材，以"文化与人的关系"的思考为主旨，表现了"留学生"这个特殊群体在文化冲突中的两难选择。《芝加哥之死》中的吴汉魂抛弃恋人从台湾来到美国后，才发现美国不似他想象中那样美好。来到海外使他对自己中国人的身份敏感起来，但他拒绝面对现实，将自己麻痹在文学研究中，只有母亲的去世能激起他内心的震颤，而他在梦中将母亲"雪白的尸身"推进棺材，也象征着其对待母体文化的态度。

---

　　①莫里斯·哈布瓦赫：《论集体记忆》，上海人民出版社2002版，第335页。

三、国族认同的表现

小说中的"台北人"无论来自哪个社会阶层，大都背负着一段沉重的过去，这些"过去"又多少与那"忧患重重"的时代相关。欧阳子在《王谢堂前的燕子》中，按照对待"过去"的不同态度，将《台北人》中的人物形象分成三种类型：第一种"完全活在过去"；第二种"保持过去之记忆，却能接受现在"；第三种"没有过去或完全斩断过去"①。这三种人实际上代表了三种不同形式的国族认同。

小说中的人物多属于第一类，这类人物包括《岁除》中的赖鸣升、《梁父吟》中的朴公、《花桥荣记》中的卢先生、《国葬》中的秦义方等。他们是历史的亲历者与见证者，对国家民族有着深刻的情感，对传统文化和历史有着深刻的了解，因此具有深刻的国族认同感。《岁除》中的赖鸣升是一个典型地活在过去的人物形象。除夕夜的饭桌上，他滔滔不绝地回忆战争往事，指着胸前的伤疤说："凭了这个玩意儿，我就有资格和你讲'台儿庄'。没有这个东西的人，也想混说吗？"②作为军人，他的个体生命曾经深深融入国家民族的血液之中，尽管战争给他的肉体留下抹不去的伤疤，留在精神上的却是无限光荣的回忆。《梁父吟》中的朴公形象则可以看作是民族传统的象征。他爱喝铁观音，坐的是太师椅，对话中带文言词，文章中还有山水画、对联、文房四宝、《资治通鉴》等文化符号不断出现，表现了朴公对传统文化的眷恋。在《花桥荣记》中，卢先生始终不忘大陆的未婚妻。《国葬》中，今与昔的对比中，秦义方等也选择紧紧抓住过去的回忆，而不肯面对黯淡的现实。小说中，读者可以感受到作者是在用同情的笔调描写这类人的故事，但从朴公形象的尊贵与庄严中，我们也可以看出这种同情是带着敬畏的。小说最终用"雷鸣般的掌声"向李将军致敬，同时也向这一代人致以敬意。

与完全活在过去的第一种人不同，小说里的第二种人虽然怀念过去，

---

① 欧阳子：《王谢堂前的燕子》，广西师范大学出版社2014年版，第10、13页。
② 白先勇：《台北人》，花城出版社2009版，第31页。

却也能接受现在。《花桥荣记》中的老板娘、《一把青》的中的师娘、《冬夜》中的余钦磊和吴柱国都属于这一类型。他们有着难忘的过去，但迫于生活压力，只能无奈屈服于现实。《花桥荣记》中的"我"是台北"花桥荣记"米粉店老板娘，"花桥荣记"原本是"我"爷爷在家乡桂林水东门外花桥头开的米粉店的名字，它曾令"我"骄傲，而到了台北，"我自己开的这家花桥荣记可没有那些风光了"①。《一把青》中朱青一行人在台北住的地方也和南京一样，叫"仁爱东村"，从大陆到台北，在不同城市沿用相同的地名，体现了这群"台北人"对旧时光的眷恋。《冬夜》中的余钦磊和吴柱国表面上差距悬殊，但实际上都处于深层的生存困境中。年轻时两人曾拥有报效国家的共同理想，现在的余钦磊拼命想要出国，而吴柱国的愧疚则在于抛却祖国。尽管两人对民族历史有着深刻的认同，但也不约而同地选择了对现实妥协。小说标题将"冬""夜"两个意象结合，"冬"赋予整个故事时间和气候象征，同时营造出一种萧瑟的氛围，"夜"则给人以沉寂的幻灭感。"冬夜"正是主人公命运和精神的暗示与象征，同时也是国族认同在这代人身上的最终呈现。在写这类人时，作者笔下流露出无限感慨，因为他们也代表了大多数普通人的态度，被动地接受命运的安排，无奈而悲哀。

　　第三种人又可以分为两类："没有过去"指的是出生在台湾或幼年来台的孩子，他们对大陆没有清晰的认知；"斩断过去"指的是出于理性主动背弃传统，全面接受现实，追逐时代步伐的一群人，如《秋思》中的万夫人、《梁父吟》中的王家骥、《国葬》中的少爷等。国族认同应该建立在共同文化和历史的认同之上，而在全球化思潮冲击下，他们的国族认同已经开始淡化。《秋思》中的万夫人对日本繁荣的物质生活充满向往，对日本风俗文化热心模仿学习，充满"东洋婆儿的腔调"，对待日本侵略者的态度不是仇视与鄙夷，而是势利与媚俗，失去了作为中国人的尊严。《梁父吟》中的王家骥视传统文化为糟粕，拒绝繁琐的礼仪，不尊重传统习

---

①白先勇：《台北人》，花城出版社2009版，第232页。

俗，以反传统的姿态表现出与父辈一代人尖锐的对立。《国葬》中的少爷为反抗父亲的安排，装病从军校退学去美国留学，数年后归来参加父亲的葬礼，他不仅忘记了父亲忠诚的老副官秦义方，对过去的经历也表现出冷漠的态度。《梁父吟》中朴公评价这些晚辈行事叫人"寒心"，这也反映了作者对这群人的批判态度。

四、启示意义

白先勇出生于贵族之家，父亲白崇禧是国民党高级将领，白先勇童年时期由于战乱居无定所，辗转桂林、重庆、南京、上海、广州多地，1949年后迁徙至台湾。在台湾，白崇禧将军的势力与曾经在大陆不可同日而语，白先勇见证了近代中国的沧桑巨变，也见证了家族兴衰，这为日后创作《台北人》积累了丰富的素材，同时也奠定了作品灰暗的感情基调。

大学时期，受西方现代主义文学影响，白先勇开始思考人类的生存状况和境遇，早期作品集中在对人情感世界的表现和揭示上，如《玉卿嫂》《月梦》等。白先勇留美期间，在纽约看到一部外国人制作的影片，影片讲述了从慈禧驾崩到抗日战争近半个世纪的中国历史，南京大屠杀和重庆轰炸不再是历史名词，而变成一具具"被蹂躏、被凌辱、被分割、被焚烧"的中国人的尸体，横陈银幕。这部影片让他受到强烈刺激，第一次感到国破家亡的彷徨[1]，由此开始《纽约客》和《台北人》的创作。这一时期白先勇的历史意识全面觉醒，并开始对传统文化重新发现。他形容自己是患上了"文化饥饿症"，每天从图书馆中借回大量关于中国历史、政治、哲学、艺术的书，在外面的时候，对自己国家的文化反而特别感到一种眷恋……到外面去以后，更觉得自己是中国人，对自己国家的命运更为关切。[2]由于身在他乡，与祖国、历史在地理位置和时间上都隔开了一段距离，因此作家反而更能看清事实，看到传统文化的优势与不足，引起对自己国家历史文化的深刻反省。

①白先勇：《白先勇自选集》，花城出版社1996年版，第309页。
②白先勇：《第六只手指》，华汉文化事业公司1988年版，第106—107页。

白先勇童年在大陆度过，作品却多是在海外完成，《台北人》《纽约客》中所描写的人物，其间流露出的国族情感，是作家特殊的人生经历造就的自然选择，同时，在社会记忆普遍缺失、国族认同意识逐渐淡漠的当下，白先勇的创作实践对我们有着丰富的启示意义。

首先，白先勇的创作在文学史上意义重大，拓展了台湾文学的文化空间与表现空间。20世纪60年代，以台湾大学外文系为中心、以白先勇为代表的"现代文学派"的作家们提出"把传统融于现代，将西洋融于中国"的口号，于1960年创办《现代文学》杂志。作家们重视的不是对事物的客观描述，而是将人的意识和心理作为主要对象，将视点由政治转移到人的本体。一方面，从实际效果看，它打破了"战斗文学"造成的文学荒芜局面；另一方面，就其内在意义来说，掀起了台湾现代派文学思潮，为丰富文学观念做出了贡献。

其次，白先勇小说中蕴含着丰富的社会记忆，带领读者回顾了那段历史。文学家向我们展示的似乎完全是个体性的生命记忆，不过，我们依然可以得到事关"真相"的启示①。小说家总是基于现实重构历史，对白先勇小说中所存在的"社会记忆"的探索或许能帮助人们透视历史的真相。《台北人》常常以历史叙事的方式展现社会记忆，通过人物展现历史，也在历史中塑造人物，其中，个体生命的苦痛常与国家民族的灾难联系在一起，社会历史的转折也是人物命运急转直下的拐点，个体的灵与肉的挣扎，同时也象征着国家的分裂。白先勇曾说，中国文学的一大特色，是对历代兴亡感时伤怀的追悼，从屈原的《离骚》到杜甫的《秋兴》八首，其中表现出一种人世沧桑的苍凉感，正是中国文学最高的境界。②白先勇继承了"五四"以来沉痛反思历史的文学传统，但也反对"五四"对传统文化的批驳，主张以新的方式继承发展中华文化。他的创作中充满了历史感和无常感，无论是题材的历史性，还是对历史事实背景的展示，这些白先

---

①刘亚秋：《从集体记忆到个体记忆——对社会记忆研究的一个反思》，《社会》，2010第5期。

②白先勇：《白先勇自选集》，花城出版社1996年版，第400页。

勇眼中的历史最终都化作社会记忆，构成小说中的"中国意象"，体现了作家寻求身份认同的努力。

最后，白先勇的创作体现了超越政治的文化认同。两岸同胞血脉同源，分享着共同的语言、历史和中华文化的主体记忆，但在复杂的历史因素影响下，海峡两岸目前处于分离状态，并且后现代社会情形的复杂多变以及世界多元文化的兴起，转移了现代人对过去对传统的视线，群体意义上的集体记忆缺失成为当代普遍的一种社会现象，台湾民众的社会记忆与国族认同有逐渐淡漠的危机，《台北人》所反映的问题，在时下有着重要意义。"政治是一时的，文化则是永恒的"①。白先勇小学五年级开始看《红楼梦》，熟背《楚辞》《离骚》和大量唐诗宋词，深受中国古典文学熏陶。如今他已八十余岁高龄，仍活跃在文化界，不仅撰写父亲的传记《白崇禧将军身影集》回忆民国往事、出版《白先勇细说〈红楼梦〉》，还大力推广昆曲"青春版"《牡丹亭》，是近年来两岸合作共同打造的文化工程中最具影响力的一项，余秋雨称赞他的努力是"一个人的文化复兴"，令人敬佩。

在当今文化复兴、文化自信的时代感召下，白先勇的创作实践对构建"文化中国"具有重要的启示意义。

结　语

《台北人》中充满了以历史为背景的人生故事，在这些故事中，个体生命的苦痛与国家民族的灾难联系在一起，社会历史的转折也是人物命运急转直下的拐点。在这些个人回忆中，我们不见宏大的历史叙事，而见具有真实感的微小细节，深感他们的悲剧不仅是个人悲剧，更是社会悲剧，是国家和民族命运的缩影。小说一方面反思旧社会中的腐朽成分；一方面追念逝去的传统文化，以批判的眼光对传统投去深情的凝望，表现了对民族传统文化的深刻眷恋与认同。在他的笔下，这些被历史洪流冲散的人

---

① 高晓春，白先勇：《白先勇：中国文化是我的家》，《中国青年》，2005 第 11 期。

物，带着"中国记忆"和"文化乡愁"流放台北，将个体命运融入国族和历史中，于故乡和传统的回望中确认自己的身份，展现了超越政治的文化认同与历史认同。《台北人》系列小说中，白先勇正是怀着对民族历史与传统文化的深厚情感，书写"逝去的一代"的社会记忆与国族认同，使《台北人》成为中国现代文学的一座丰碑。

民间传说在作家文学中的重建

——以《白鹿原》为例

仇思逸[1]

自"五四"新文化运动以后很长一段时间，文学创作中对于以儒家为代表的传统文化的态度是批判的。陈忠实立足于乡土，以民间习俗为载体，以史诗性的创作思路为背景，以宏大叙事为手法，创作了《白鹿原》，充分显示了乡土文化的魅力。"陈忠实通过淋漓尽致地表现家乡的地域特征、农事耕作、村规民约、文化遗迹、婚丧嫁娶、节日礼仪、世态人情、伦理道德、情趣品性，摇曳过一幕幕风俗画、风景画、生活画的镜头进而集纳成具有独特地域文化的自然景观、人文景观、历史景观、最终描绘出乡土气息和时代氛围交融一体的典型环境。"[2]

《白鹿原》作为一部民族秘史具有极高的研究价值，前人的研究主要集中在四个方面：史诗性的价值、作家的叙事视角、人物形象的塑造以及白鹿等意象的研究。把作品置于丰富生动的民间文化中，从民间文化角度进行考察研究的论文比较少，笔者将以传说为切入点，研究民间传说在作家文学中的重建。

---

①仇思逸，女，安徽师范大学文学院汉语言文学2015级本科生，现为芜湖京师实验学校教师。指导教师为刘颖副教授。
②孙豹隐：《瑰丽雄浑的历史画卷》，《小说评论》第4期。

一、人物形象再造

（一）智慧老人原型的新创

民间智慧老人的含义是指具有超自然的才智，对事物有精准判断，并能预知未来的老年人的形象。"智慧老人"的形象在中国多个民族的民间故事中都出现过，他们外表上与普通人无异，粗布麻衣，箪食瓢饮，隐居陋巷，或深藏若虚，或大智若愚，但对事物认识、推理、分析和发明创造的能力出众。他们为贫苦的老百姓指点迷津，因此也受到百姓们的爱戴和尊崇。

朱先生就是这样的一个智慧老人。朱先生是白鹿原中最有学问的先生，勤学苦练、忧国忧民、高瞻远瞩、淡泊名利。百姓们遇事束手无策不能决断时，朱先生寥寥数语就能让大家醍醐灌顶、豁然开朗。白鹿作为小说中美和善的意象具有至关重要的作用，朱先生作为白鹿的化身，以似人似神的形象承载着白鹿美善的精神内涵，深受原上人们的崇拜，人们并不直呼其名，始终称之"先生"。朱先生预知天气、预言收成、调解纠纷，在生活琐事上展现出聪明才智，成为大家的行动指南。除此之外，朱先生推倒神像、反对科举、劝退清军、嘲弄乌鸦兵、饥荒时开义仓、抗日时积极赴前线，朱先生就是白鹿原上的圣人，他见证了这一方土地的兴衰，并以超越常人的智慧预测了历史的动向，被称为白鹿原上最好的先生。

陈忠实在创作手册中提到朱先生的原型是关中大儒牛兆濂，他是清朝末年名贯三秦的理学家，同时也是关学派的代表人物，被尊为"横渠以后关中第一人"，他的名声不仅限于白鹿原一带，当时在整个西安城乃至陕西关中地区都如雷贯耳。"牛"加一个"人"字就是"朱"，牛兆濂在民间传说中本身就是一个多智而近妖的人物，据说有未卜先知的能力。朱先生是关中大儒牛兆濂和智慧老人形象的结合体，再加上陈忠实根据新时代赋予人物形象新的内涵而形成的。朱先生这一人物在小说《白鹿原》中时而参与其中，时而又超脱其外。

（二）巧女形象的颠覆

在中国民间故事中，巧女故事主要是塑造宗族文化背景下机智、善辩、敢于抗争的女子形象。她们聪明美丽、才智超群，对于生活中的各种难题和矛盾总能找到办法巧妙地解决。这类故事的实质既表现了对传统宗法社会压迫妇女的反叛精神，也张扬了男女平等的社会意识，还为女子嫁为人妇承担责任做了早期精神准备。

白灵的潜形象就是这样一个巧女的原型。白鹿是这部小说贯穿始终的中心意象，作为白鹿精魂化身一体两面的白灵和朱先生，他们的形象互为照应，相互补充，共同构建了白鹿这一神秘的意象。如果说朱先生代表了白鹿原乡土的传统秩序，具有民族精神，那么白灵则代表了与之相对应的社会转型期的时代精神。白灵性格中最具"巧女"的一面体现在对传统宗法社会压迫的反抗和张扬男女平等的社会意识。封建陋习要求女子裹小脚，当母亲要给她缠足时她奋力反抗；传统思想认为"女子无才便是德"，但她据理力争争取读书的机会；宗法社会规定女子不宜抛头露面，她却进城投入守城的斗争中。后来白灵在马克思主义的指引下积极参加革命运动，加入共产党，革命斗争中不畏惧死亡，最终为革命奉献了自己的生命。

白灵和传统的巧女形象又有一些不同，巧女是传统宗法社会的女子，而白灵却是新时代的巧女，这是因为白灵是生长在新思想、新文化、新理念的冲击下的，白灵接受了新文化的熏陶，加入了共产党，她有一套属于自己的思想价值体系，并且在成长的过程中不断完善这一套体系。她与传统的巧女形象相比，具有时代精神。在时代的变迁中，陈忠实创作出了白灵这一具有独特审美价值的巧女形象。

（三）两兄弟型故事的再造

两兄弟型故事在不少民族中都有流传，异文和亚形态甚多。最早记录这一故事的是唐段成式《酉阳杂俎》中的"旁也"。在民间流传的这一故事类型中，两兄弟始终处于二元对立的模式中，一个贪心狡猾，一个忠厚

老实；一个懒惰邪恶，一个勤劳善良；在结局上，开始处于劣势但善良的兄弟之一会取得最终的胜利。

鹿子霖和白嘉轩就是二元对立的两兄弟模式。虽然他俩不同姓氏，但是白鹿两姓追根溯源是同宗，且他们都生活在白鹿原这个地方，以兄弟相称。在小说的开始，白家处于劣势，白嘉轩丧妻丧父，一度衰败到了卖地的地步，而鹿家人口众多，六畜兴旺，富裕到要买白家的地。但两人的性格品质和为人处世有天壤之别，白嘉轩仁义善良、刚正不阿，鹿子霖狡猾卑鄙、虚伪无耻，表面上两人以兄弟相称，实际上鹿子霖用心险恶，算计着白家。正是两人的性格导致两家最终截然相反的结局，正直仁义、忍让谦和的白嘉轩最终受到众人的敬仰，获得最终的幸福，而争强好胜、不择手段的鹿子霖最终家破人亡，变得疯疯傻傻，毫无尊严地死去。在作品中我们可以发现，白鹿两家的境遇始终处于二元对立的状态中，鹿家得意时白家落魄，白家发达时鹿家失意。除此之外，作为原上白鹿两家的长子，鹿兆鹏和白孝文的境遇也大致与两兄弟模式相似。

作者借用两兄弟型的人物形象向读者传递了朴素又深刻的价值观，只有善良正直的人才能取得最终的胜利，而不择手段、利欲熏心最终会使自己走向灭亡。

二、情节结构重构

（一）直接嵌入——白鹿传说的重述

直接嵌入是把民间传说作品中部分相对完整的内容直接纳入作家的作品中，来表达作者想要表达的思想内涵。《白鹿原》中就嵌入了白鹿原上关于白鹿精灵的传说。白鹿自古以来被赋予了长寿、福禄、灵性等多种吉祥的内涵。

白鹿传说在蓝田、长安和咸宁的县志上都能查到，县志记载了一位小吏乔迁至白鹿经过的土地之后子孙后代升官发财的故事。蓝田县志中还仔细描述了白鹿经过原上的具体景象，跳跳蹦蹦的白鹿精灵似跑似飞地从东原掠过西原，倏忽而逝。一闪而过的白鹿为原上的庄稼和农民带来了福祉，受恶劣天气影响的禾苗由黄变绿，残害庄稼和牲畜的野兽悄然毙命，重病缠身的朴实农民身心康泰，面庞丑陋的少女面目一新。"白鹿"是《白鹿原》的中心意象，白鹿精灵以能给人们带来福祉的神兽这一审美意象在文中反复出现，原上的人们一代又一代津津有味地重复咀嚼着有关白鹿的故事。关于白鹿的传说随着时间的流逝逐渐变成民间信仰，人们在战乱、灾荒、瘟疫饥馑年份盼望渴求白鹿显灵，给自己带来好运。小说中的主人公白嘉轩作为白鹿精灵的发现者获得了相应的福报，他的命运发生重大变化，一命二运三风水，白家通过与鹿家换地获得了风水宝地，改了命运，从家境衰微变得兴旺发达。

贯穿小说始终的白鹿传说与作者意识深处的集体心理经验有关，荣格认为文艺作品是一个"自主情结"，其创作过程并不完全受作者自觉意识的控制，而常常受到一种积淀在作者意识深处的集体心理经验的影响，这种集体心理经验即"集体无意识"。

《白鹿原》中出现的传说体现了当时关中地区百姓的集体无意识和生活观念。同时小说中"白鹿"的意象相比传统"白鹿"的祥瑞内涵更为丰富，小说中"白鹿"传说的嵌用在大大丰富了小说内容的同时，也使小说的意味更为悠长深远。

（二）综合组建——另类长工与地主的关系

作家把民俗文艺运用到专业文艺中一种常见的手法就是综合组建，即根据专业的创作意图，把需要的神话传说故事等民俗文艺按照功能和旨意，重新综合排列组装，以达到新的意境和情趣。

民间故事中描写地主与长工关系的作品数量极多，具有鲜明的阶级倾向，这与我国的社会性质有关。在阶级社会中，地主与长工处于二元对立的模式中，地主贪婪自私、心肠狠毒，长工任劳任怨、聪明机灵。地主通过对长工劳动力和工资的压榨获得利益，而长工总能智斗地主，取得胜利，获得属于自己应得的工资。关于长工智斗地主的故事在中国大地各个民族间广为流传，底层人民通过长工战胜地主的故事获得鼓舞，表达了对地主阶级的憎恶。然而，《白鹿原》中白嘉轩和鹿三一改传统故事中地主

与长工之间斗争对抗的关系。鹿三作为白家的长工，是处于地主阶级的对立面，但实际上二人的关系更像是兄弟，白嘉轩受父亲嘱咐把鹿三一家当成了白家的一分子。麦收时收获的第一茬麦子白秉德老汉先让鹿三装回家；秋后轧下的第一茬棉花先让鹿三背回去过冬；年终结账的时候会给鹿三多加麦子让他回去过个好年；到了播种麦子的时候让鹿三套上白家的耕牛先把自家的地给犁了；甚至还送黑娃去学堂读书接受教育，让白灵认鹿三当"干大"。相应的鹿三对白家也是兢兢业业，勤劳工作，还曾救白家于危难中。白嘉轩和鹿三之间的关系不是传统的地主与长工之间的对立关系，而是一种建立在平辈基础上的兄弟情。究其原因，二者都是善良淳朴仁义的原上人，鹿三对白嘉轩不是出于阶级上的敬畏，而是对他推崇的仁义道德的崇拜。

作者把民间文学中长工与地主这一情节纳入小说中来，但是作品中白嘉轩和鹿三这种长工与地主间和睦平等的关系打破了传统长工与地主之间剥削与被剥削的模式，充满了脉脉温情，给小说增添了浓浓的人情味。白嘉轩和鹿三打破了传统冰冷的地主与长工的关系，这与小说中白家宣扬的仁义之家的概念是分不开的，这也与作者长期受关中地区儒家文化的影响以及自身的生活经历有关，更是在时代的变迁中作者对人性之间关怀的高度赞扬。

（三）衍生复写——白蛇故事在田小娥命运中的演绎

衍生复写是民俗文艺在专业文艺中最常见的一种重建模式，是在原有的神话、民间故事还有传说的原型基础上的一种升华，主要分为两种类型：一种是作家们在营造故事情节时对单个故事进行稀释然后或隐或显地运用到专业文学当中；另一个是把多种故事进行串联，这一类型通俗来说就是作家们把民间故事或者传说中的一些故事情节进行提炼完善再串联形成书面小说，例如《三国演义》。笔者认为，在《白鹿原》这部小说中，作者主要运用的是前一种类型，即对单个故事的稀释运用。

《白蛇传》作为民间四大传说之一，源远流长，影响深远，陈忠实在创作《白鹿原》时将这一题材变形使用并巧妙地运用在田小娥这个时代悲剧人物的身上。田小娥一开始与黑娃的结合就遭到了族人的反对，为村民所不耻。他们由性爱产生情爱，但得不到宗族的认可，所以只能在"村子东头一孔破塌的窑洞"中生活。后来失去黑娃保护的小娥一步步走向出卖自己美貌和肉体的道路，在鹿子霖的恩威并施下成为他满足淫欲的工具，间接害死了狗蛋并拉白孝文下水，最后惨死在自己的公公鹿三手里。生前弱小的田小娥却在死后迸发出巨大的能量，附身鹿三，制造瘟疫，疯狂地报复白鹿原上曾经伤害过她的人，最后她的恶灵被镇在塔下。这一情节拆解开就是追求爱情而不得，遭受到宗法的阻碍，被视为祸害人间的妖孽并被镇压塔下。《白蛇传》中白娘子追求爱情受到了来自宗教佛法的阻挡，被视为妖魔鬼怪，最终被镇压在雷峰塔下。但田小娥与白娘子又有很大的不同，一人一妖，一正一邪；一个放荡妖娆，一个忠贞不渝；一个永镇塔下，一个从妖升仙。由此我们不难看出田小娥的人物命运的发展变化是对白蛇传题材的解构再结构，是从白蛇神话故事中衍生复写出来的。

陈忠实在他的创作手记中提到，在塑造田小娥这个人物形象时，是为了展现一个传统的反抗者，更多是用同情而非批判的眼光看待她。无论是一开始她以合理的手段争取自己的爱情和婚姻，还是后来通过出卖自己获取生存空间，都体现了她敢于冲破封建旧制枷锁的精神，这实际上是以善和恶两种形式表现了她的反叛性。作者通过田小娥的一生展现了女性在封建礼教和男权社会夹缝中生存的艰难，以及男权社会对女性的迫害，反映了作者对现实男权社会的批判。

三、赋活新生——简析民间传说在作家文学中的重建

作家的民间传说素养对文学的创作有非常深刻的影响，这主要表现在作家的自我修养和自我锻炼两个方面。

自我修养主要是从生活中吸取民间文化，扩大有关民间传说知识的储存量，在必要时为创作提供丰富的素材。白鹿原位于陕西省西安市，地域面积包括长安区、灞桥区、蓝田县，处于灞河和浐河之间，东与簣山相接，南依终南山，是一座地理位置相对闭塞的黄土台塬。相对闭塞的地理

环境导致文化发展的相对稳定，保留下来的传统文化对陈忠实的文学创作产生了一定的影响。西汉末期谶纬神学泛滥，人们大肆相信迷信。而谶纬神学是一种融合了儒家经典和宗教迷信思想的学说，自此以后迷信思想对历代百姓都产生了深远的影响。西安作为西汉的都城，迷信思想在当时百姓生活中的影响巨大并且一直都有延续，敬畏鬼神的说法也经常出现在陕西作家的文学作品中。《白鹿原》小说中出现的许多有关闹鬼、捉鬼以及巫术等一些无法解释的情节，比如白嘉轩求雨、白鹿送福等，这些都与陈忠实从小耳濡目染的文化有关。关中地区的自然环境和社会环境对陈忠实产生了很大的影响。

自我锻炼主要是指作家在掌握丰富的素材后，善于运用民间传说的资源，自觉汲取民间传说中的营养。善于运用民间传说资源主要体现在两方面，一是要善于辨别、挖掘民间传说中可以利用的文学素材。民间传说包括的内容很广泛，所容纳的东西也很多，因此作家在创作时要有针对性地选择素材。陈忠实在他的演讲中介绍《白鹿原》的写作目的就是想写出白鹿原上的男人和女人在封建帝制解体后，被根深蒂固的封建文化、封建理念结构着的心理形态。因此小说中出现的民间传说大多都与封建文化有关。二是要充分考虑读者的心理接受程度。如果一部作品大量出现了读者不理解的民俗词语，就会使读者产生一种莫名其妙的感觉，进而产生一种排斥心理。在《白鹿原》中也出现了很多民俗词语，但是这些词语除了熟悉关中地区文化的读者外，外地读者也能够领会其含义。这就充分考虑到了读者的接受心理。

由上可见，作家的民间传说素养对文学的创作有着至关重要的影响。从吸收民间文化再到充分利用民间文化，并且同时考虑到读者的接受心理，《白鹿原》无疑是经典代表。

除此之外，民间传说在作家文学重建的过程中会受到作家个人思想的影响，作家会赋予民间文艺新的时代意义。陈忠实出于对创作的理解，一直按照自己独特的体验来写小说，并且一直保持着一种不以物喜不以己悲的写作心境。在创作《白鹿原》之前，他对于民族命运的思考日趋激烈，同时也产生了一种强烈的创造欲望，《白鹿原》就是在这种情况下创作完成的。《白鹿原》是对民族命运这一命题的思考，向读者呈现的是"关于这个民族生存、历史和人的生命体验"。现实生活中发生的一些重大事件，比如"围城""年馑""虎烈拉瘟疫"还有"反正"都在小说中出现过，作家以民间传说为载体，彰显了乡土文化系统的魅力，思考了民族的未来，例如用至善至纯的白鹿精魂彰显了传统的儒家精神，用白灵新时代巧女形象展现了新世纪女子的品质。

总之，民间传说在作家文学中的重建，既包括民间传说在作家创作前对他的影响，也包括作家创作时的"集体无意识"，更包括作家赋予民间传说的新的时代精神内涵。而《白鹿原》中对民间传说资源的成功利用，必将会使这部小说经久不衰，同时也会对运用民间传说资源进行创作的作家起到一个示范作用。

文化差异下的"地母"形象

——以《扶桑》和《第九个寡妇》为例

刘梦元[①]

严歌苓是目前海外华文文学创作中成就最突出的作家之一，也是北美文学界中最具有影响力的新移民作家。

她在作品中塑造了一系列成功的女性形象：在男友的安排下，为了绿卡和意大利老头结婚的少女小渔；在淘金时代被贩卖到旧金山做妓女的痴傻女子扶桑；抗战胜利后，滞留在中国被贩卖并且成为生育工具的日本女性竹内多鹤；在土地革命期间藏匿了地主公爹的寡妇王葡萄……这类女性形象被学者们称之为"地母"形象。

她们多生活在社会底层，缺乏知识，却能极大地包容、承受生活的种种磨难。"钝"，是她们共同的性格。类似于"憨"和"痴"，这种性格使她们在面对多舛的命运时，都选择了顺从与宽恕，而并非抗争与搏斗。也正因为这种性格特质，使她们对痛苦的承受能力更为强大。

本文将试图从《扶桑》中的娼妓扶桑与《第九个寡妇》中的寡妇王葡萄形象出发，探求二者在"地母"形象上的共同性与个体差异，并从文化差异的角度分析产生这种个体差异的原因。

---

①刘梦元，女，安徽师范大学文学院汉语言文学 2015 级本科生，现为安徽芜湖市北城实验学校教师。本文为 2017 年本科生优秀毕业论文培育计划项目结项成果。指导教师为许德副教授。

一、严歌苓小说中"地母"形象

严歌苓小说中塑造的女性形象，大多都具备无私奉献、包容一切的"地母"性。《陆犯焉识》中美丽温婉的冯婉瑜，为了等待陆焉识的爱情耗费了一生中最好的年华；《少女小渔》中在国外漂泊的少女小渔对自私的男友江伟有着母亲般的包容，对无赖的意大利老头亦充满善意和怜悯；《小姨多鹤》中隐忍坚韧的日本女子竹内多鹤在陌生的土地生育出三个与自己血脉相连的孩子，并以孩子小姨的尴尬身份在张家生活多年，张俭的泼辣妻子朱小环以一种"凑合吃，凑合穿，凑合过"的思想，在中国跌宕起伏的二三十年间支撑起了一个家；《金陵十三钗》十三名被女学生唾骂的秦淮河妓女在日军的炮火中，选择牺牲自己的生命来保全了一群女学生的贞操……

比较之下可以发现，严歌苓笔下的女子有许多共同之处，可概括为如下三点：一、生命力。作为残酷生存环境下的弱者，却拥有着强大的求生信念，在苦难面前展现出旺盛的生命力。二、母性。扶桑与王葡萄是具有悲悯心的仁慈母亲形象，这种母性具有包容苦难的能力，是一种痴傻式、无条件的善良。三、自由。她们对待世事的迟钝，反而使她们可以轻易地打破世俗观念，在身体和心灵上获得了更大的自由。

《扶桑》是严歌苓移民题材小说中的代表作，主人公扶桑是19世纪后半叶被拐卖到美国旧金山做娼妓的众多妇女之一。作为生存在社会最底层的妓女，她们大多是"在十八岁开始脱发，十九岁落齿，二十岁已两眼混沌，颜色败尽"[1]，当时的许多妓女几乎活不过二十岁。而扶桑不但活过了二十岁，还是当时漂洋而来的中国妓女中活得最长的。在她的一生中，数次被人贩子当成牲畜一样论斤称卖，没有客人时被老鸨拿皮鞭抽打，得了痨病后被妓院遗弃，甚至在一次暴乱中遭受了数十个白人的轮奸……扶桑不害怕疼痛，因为只有疼痛才能让她感觉到自己还活着。她带着一些痴傻，

---

① [美]严歌苓著：《扶桑》，人民文学出版社2015年版，第2页。

一次又一次在苦难面前张开自我，迎合苦难，展现出其旺盛的生命力。同样处于社会底层的《第九个寡妇》中的主人公王葡萄，自小在孙家做童养媳。与扶桑一般，王葡萄也在艰难的生活中顽强地活着，如同她的名字，在干燥艰苦的环境中长出的甜美多汁的果实。王葡萄始终坚守着"活着最重要"的人生信念，积极面对人生的苦难。在饥荒之年焙蝗虫，吃槐花榆钱，偷未成熟的蜀黍，白水煮过的泡桐花也能吃出一股鸡丝的味道。在艰辛的生活条件下，王葡萄作为一名无依无靠的寡妇，却以一人之力养活了自己与公公孙怀清。为了隐瞒孙怀清还活着这个秘密，她作为寡妇却一直不改嫁。孙怀清以寡妇门前的是非能逼死人为理由劝葡萄嫁人，王葡萄却笑着回答说谁也不能逼死她。孙怀清因为她私自将孩子挺送走，与她置气不吃饭，葡萄劝解"啥事都过得去，过去了还得好好活"[①]。扶桑与王葡萄虽然身处不同的时代，但都是凭着这种旺盛的生命力与强烈的生存欲望，在社会底层的夹缝中度过人生中的所有苦难，艰难求生。

作者在书里除了重笔浓墨地描写了这类女性的生命力之外，还向读者展现了她们身上崇高的雌性，这种雌性具有包容雄性的伟大力量，而它在严歌苓小说中更多体现为母性。虽然在东方传统观念中，女性远低于男性，但女性所特有的无私奉献、包容一切的母性使得卑微的女人充满了强大又温柔的精神力量，类似于道家所言的"以柔克刚"，使得刚硬的男权社会也为之改变，变得柔软起来。克里斯、大勇都被扶桑的包容与善良感化，最后对扶桑产生了真诚的感情。江湖气的大勇在扶桑面前卸下凶狠、残暴，在扶桑被轮奸之后开始做善事，并许诺要将扶桑嫁出去。在扶桑受辱时大打出手，最终付出了生命的代价。而被扶桑身上神秘的东方特质深深吸引着的白人克里斯，一直想要救赎扶桑，但在老年时才惊觉原来自己的一生都是在被扶桑救赎和宽容。寡妇王葡萄的母爱则可以分为两种，一是她对孩子的爱：她为了保护地窖中的孙怀清，忍痛将自己的孩子挺送给侏儒抚养，但她每年收麦后都会带着药品、衣服等上山去看挺。在"文

---

① [美]严歌苓著：《第九个寡妇》，作家出版社2016年版，第105页。

革"结束知青返城时，她收养了受辱女知青丢弃的女婴，对她疼爱有加。另一种是对男人们的关爱：她无微不至地照顾着老朴，为他缝补衣物，在他落魄时替他收拾床铺。史五合发现了地窖中的孙怀清，以此威胁并强奸了葡萄，她也不恨他，更多的像是在可怜这个男人。在小说的末尾，王葡萄始终如一的善良与孝心感化了少勇和村民，让史屯的人自发参与到守护地窖里的"舅姥爷"的秘密中。无论是移民题材里的娼妓扶桑还是本土文化里的寡妇王葡萄，她们都承继了严歌苓以往作品中女性所表现出的雌性力量，并将其无限延伸到了悲悯世人的女神的境界。

扶桑与王葡萄在他人眼中都是有些痴傻、混沌未开的形象，但二者却都不拘于世俗常规，始终追求身体与情感的自由。克里斯在去世的前一天才明白，"扶桑，她从原始走来，因此她健壮、自由、无懈可击"①。

二、"地母"形象的两种类型及性格辨异

作为不同题材的小说中的人物，娼妓扶桑与寡妇王葡萄之间拥有极大的相似性，但同时也呈现出一定的形象差异性。

扶桑作为社会底层失去话语权的边缘化弱者，她的一生都是顺从的、受难的，她在受难中浴血重生，在受难中带着圣母一般纯洁的、无私的爱去消解生命中的一切不公，消解因为种族、国籍、社会地位等带来的歧视。她的母爱是无条件的，具有辐射性的。扶桑，是低智而迟钝的。在她的一生中，"跪着"是她最让人印象深刻的姿态，"受难"则是她人生的关键词。

在书中，作者不止一次点出扶桑的"跪着"和"受难"：

克里斯带点酸楚地承认，跪着的扶桑是个美丽的形象。美丽是这片和谐。跪着的姿势使得她美得惊人，使她的宽容和柔顺被这姿势铸在那里。②

---

① [美]严歌苓著：《扶桑》，人民文学出版社2015年版，第263页。
② [美]严歌苓著：《扶桑》，人民文学出版社2015年版，第188页。

她跪着，却宽恕了站着的人们，宽恕了所有的居高临下者。①

受难不该是差辱的，受难有它的高贵和圣洁。②

她对自己生命中的受难没有抵触，只有迎合。她生命中的受难是基本，是土和盐，是空气，逃脱，便是逃脱生命。③

……

在小说中，扶桑的"跪"不同于他人或谦卑或恭顺的跪，而是一种宽恕的跪。这种跪使原本卑微的扶桑强者化了，她用弱者的悲悯宽恕包容了强者的欺凌，这种强大的内心力量甚至让她从一名卑微又肮脏的性奴上升成女神一般伟大的存在。"受难"作为扶桑生命中的一部分，也丰富了她的神性。扶桑在受难之中拥有着神一般圣洁的光辉，这种奇异的和谐来自她的母性。她嘴角天生的两撇微笑使她如同圣母一般，对众生有着无条件的宽容、悲悯与博爱。这种跪着的姿态和受难的精神让扶桑身上原始的母性到达了顶峰。这种来自远古洪荒的母性力量，让扶桑对每个异性都有一分温柔，都有无条件的包容与接纳，这也使处于失语状态下的边缘小人物扶桑成为唐人街的一代名妓。扶桑有着恭顺的奴性，从不反抗自己人生中的苦难和他人对她自己的侮辱与伤害。她的母性是具有辐射性的，她身上神秘的东方魅力也让许多白人着迷，白人少年克里斯为之倾倒，不惜违背家训，背叛家族。同时，扶桑也用原始的母性爱着这位异国的倔强少年克里斯，一直像一位母亲一般张开胸脯，宽容、慈爱地对待他和他犯下的错误，小心翼翼地呵护着他。

如果说妓女扶桑是无条件宽容、博爱众生的女神，那么寡妇王葡萄就是这社会底层中忠诚的个体信念守护者。王葡萄作为一位处于弱势地位的女性，她泼辣、聪慧、机敏、勇敢……对于她来说，只要活着，天下就没有什么大不了的事情。她看似随波逐流，但却是动荡时局中难得的有主见

---

① [美]严歌苓著：《扶桑》，人民文学出版社2015年版，第188页。

② [美]严歌苓著：《扶桑》，人民文学出版社2015年版，第101页。

③ [美]严歌苓著：《扶桑》，人民文学出版社2015年版，第243页。

的人。在将葡萄养大的孙怀清眼里，葡萄表面上从来不拿什么主意，但"动作、脚步里全是主意"①。

作为一名文化水平低下的村妇，她始终坚守着最朴素的伦理观和人性标准，坚持奉养孙怀清，为他养老送终。在得知是孙少勇主动写信请求枪毙孙怀清后，立刻跟孙少勇划清了界限。她虽然有些痴傻，但泼辣好胜，机智勇敢。王葡萄在土改队分东西时，可以为了跟陶米儿抢半打肥皂大打出手，也敢在史屯办村火时，怀着五个月的身孕跟人比单手赛秋千。史五合在发现地窖的秘密后，威胁并且强奸了葡萄，葡萄却将他故意引到侏儒祭拜的庙前，借侏儒之手让史五合永远闭了嘴。王葡萄是多面的，在不问时事的侏儒们眼里，葡萄是跟他们一样的局外人，对这个世界的动荡毫不关心。在进步人士的眼中，寡妇王葡萄是无法启蒙的"一盆稀泥"，不懂得进步。史屯人对于外在的历史变化，始终跟随时代潮流，只有王葡萄浑然不知何为进步和落后，任何外界的教导都无法让她的思想觉悟有所提高。

王葡萄的所有性格都透露在她的一双眼睛里，那是一双"生坯子"眼睛，不会避人，浑顽未开，不谙世事。老朴第一次见葡萄时，完全被葡萄的眼睛惊住了。老朴从来没见过这样胆大妄为的一双眼睛。"眼睛又厉害又温柔，却是不知有恨的。这双眼最多六岁，对人间事似懂非懂，但对事事都有好有恶。"②王葡萄的一生，忠于自己的选择，待人虽不分阶级层次，却有亲疏之差。她既有生理上的本能需求，又有情感上的理智选择。她作为立足于中国本土文化基础上诞生的人物形象，她的性格行为都表现出中国传统文化中仁爱的特点，除此之外，作者又将原始的人文精神巧妙地融合在这个角色上。

除却以上的个性差异，笔者认为扶桑与王葡萄最大的个体差异还可以从二者的爱情观中有所体现。

在爱情上，扶桑执著地等待过克里斯，然而最后她意识到爱情是她唯

---

①[美]严歌苓著:《第九个寡妇》,作家出版社2016年版,第105页。

②[美]严歌苓著:《第九个寡妇》,作家出版社2016年版,第244页。

一的痛苦，是"真正使她失去自由的东西"①。扶桑选择和大勇结婚的方式将自己永远保护起来，不再受情爱的侵扰、伤害。王葡萄在爱情上更为洒脱，她会保持一个积极的心态，"再伤心伤肺都不会撒手把自己摔出去摔碎掉"②，反而会用时间去遗忘一个人或者一段感情。

正因如此，王葡萄始终保持着"爱"，她用时间为自己抚平伤痛。但扶桑做不到，她爱上了克里斯之后，她的爱情就只属于克里斯。虽然她是妓女，接纳了许多男人，甚至遭遇了轮奸，但她记不得任何男人的长相、名字。她享受性欲，却没有爱情。

三、文化差异对"地母"形象塑造的影响

《扶桑》与《第九个寡妇》都是严歌苓在出国后发表的作品。远在异乡的严歌苓在中国传统文化的基础之上，接受了国外新的文化思想的熏陶。作为改革开放后利用各种途径涌向北美国家的新一代作家之一，严歌苓的心态与处境已与上一辈留美作家大不相同。"'冷战'结束使他们的去国不再有身世之痛、断根之哀；地理上的全球村概念与文化上的全球化态势，使他们在异国他乡少了许多漂泊感；个体主观上的进取与文化自信，消解了包括生存在内的许多压力……"③但即便如此，作为第五代中国移民者中的一员，严歌苓来到无数先辈热忱渴望的大陆，却没有了先辈们为了淘金而来的目的性和方向性，身在异国他乡的她依旧陷入了一段迷茫与孤独的时期。同时，严歌苓与其丈夫的异国婚姻，让她更加深入地了解了美国人和美国的思想文化。

在国外的遭遇和她的个人生活都对她的思想与创作产生了极大的影响。作为一名文艺工作者，她以细腻的笔触将这些生命体验都融入了小说创作之中。

---

① [美]严歌苓著：《扶桑》，人民文学出版社2015年版，第263页。

② [美]严歌苓著：《第九个寡妇》，作家出版社2016年版，第287页。

③ 曹新伟、顾玮、张宗蓝：《20世纪中国女性文学史》，北京大学出版社2012年版，第220页。

在1996年，活跃在北美文坛的严歌苓重构了东方女性形象，出版了体现新移民文学特质的长篇小说《扶桑》。"扶桑"在中国古代的记载中，是意指东方、光明、神木，将神圣的名字赋予卑微的娼妓，这种矛盾冲突更加突出地表现了人物形象内在的高贵，同时也折射出作家在中西文化的碰撞交融之下对自我身份的迷茫和焦虑。所以，《扶桑》也是一部充满移民创伤的作品，小说中"我"的言语之中多处体现出排华与种族歧视的问题，反映出当时海外华工与华人妓女在国外的艰苦处境，以及严歌苓在国外的一些艰辛遭遇。扶桑身上"受难"的特质，则来自西方文化。在西方基督教文化中，一直有一种"受难"精神，耶稣通过"受难"展现了自己包容世人、包容罪恶包容一切的胸怀。这种女性书写让处于社会边缘化的失语者扶桑，从弱者的社会地位中强化到可以与男性、苦难甚至世界相抗衡的境界。严歌苓站在了全新的角度，将西方的"受难"精神与中国的传统母性相互融合，使其共同展现在唐人街的妓女扶桑这一人物形象之中。

而在2006年完成创作的《第九个寡妇》是作者随夫旅居尼日利亚时的作品，也是她的转型之作。作者此时已经拥有了幸福的家庭和相对稳定的生活，她不再将目光放在移民伤痛与自身经历中，而是提笔开始创作多年以前听过的关于寡妇的传奇故事，前后花费了几个月的时间便创作完成。《第九个寡妇》作为回归本土题材的长篇小说，故事发生在中国动荡的时代背景之下，先后经历了抗战、土改、"文革"等重大历史事件，时间跨越20世纪40至80年代，但作者并没有将笔墨过多的放置于此，而是通过史屯这个村庄中的变化来展现整个大时代的动荡不安。相比作者在经历文化冲突之时创作的《扶桑》，在《第九个寡妇》的创作过程中，作者已经逐渐摆脱了两种文化交错下的矛盾和迷茫，回归了本土题材进行创作。在《第九个寡妇》中，严歌苓将题材与人物都完全安置在了中国的民间，摆脱了国家民族身份、社会政治权力的纠缠。在那个缺失人性、随波逐流的年代里，王葡萄却单纯、善良、坚韧、勤劳、质朴、孝顺、执着……她有着一股傻劲，依靠着自己原始的本性，坚持着自我信念。通过寡妇王葡萄的一生，展现出人物丰富的生命体验与对其个体信念的坚持，从而达到作者自

身确认族性、坚守女性自我的目的。

从扶桑的受难到葡萄的坚守，严歌苓对于"地母"形象的刻画渐趋成熟。妓女扶桑是中国传统母性与西方文化融合的产物，寡妇王葡萄则是作者对本土文化的一种回归。两种题材中的女性人物体现出强烈的共同性，但也表现出在文化差异影响下，作者创作视角转变之后产生的个体差异性。在笔者看来，虽然二者同样顽强生存在社会最底层，同样带着些痴傻与钝，但较之在充满移民创伤背景下创作出的妓女扶桑形象，很明显扎根在本土文化中的"地母"王葡萄要被刻画得更有血有肉，形象成熟且充满自信。在小说中，王葡萄一改扶桑"地母"形象中一味被侮辱、被损害的弱者姿态，除了表现出与扶桑一样的强大的精神力量以外，还被刻画成了一名勇敢机智、忠于自我的洒脱女性。

王葡萄这一女性形象反映出的是作者对于中国民族文化的一种认同和归属。陈思和教授将王葡萄称为"民间地母之神"[①]，她的神性来自民间，不同于《扶桑》中类似于圣母玛利亚般宽容万物的娼妓扶桑，王葡萄无比贴近中国本土文化中勤劳纯朴、泼辣野性的农村妇女形象，她完整地体现了一种来自中国大地的、民族的、内在生命能量和艺术美的标准。她身上所具有的超越世俗规范的博爱精神和人性的美好显得无比传统与自然。

结　语

严歌苓作为海外华文文学中最具备实力和影响力的女作家之一，她的创作一直围绕着女性生命体验的书写，其小说中的女性书写跨越了中西文化的隔阂，使中国女性形象具有了西方魅力。她用细腻的笔触为我们刻画了一位又一位不同于过往文学作品中的东方女性形象。"地母"形象则是严歌苓作为新一代留美作家对东方女性形象的重构，是在中国当代文学史上全新的女性人物形象。作家从移民初期创作《扶桑》时的文化冲突的迷茫中走出，逐步明确了在《第九个寡妇》创作过程中以本土女性抗争来坚

---

① 陈思和：《自己的书架：严歌苓〈第九个寡妇〉》，《名作欣赏》，2008 年第 3 期。

守自我的强大内在力量。她流动的创作状态以及独特的创作视角，将个人独特的生命体验融入小说人物当中，丰满了人物的形象。她的文学创作与大陆本土文学有所不同，但又同时具有本土文化的民族性，她的小说作品对本土小说具有参照价值，有利于本土文化小说领域的进一步拓宽，丰富了本土文化的创作。文化差异使作家自身的生命体验独特又丰富，她的创作也因此具有了文化的多元性。她的小说作品以及塑造的小说人物因为融合了中西文化的特点，在海内外都收获了大批读者，加速了中华文化的全球化，推动了海外华文文学的发展和繁荣。

论木心散文中的生命观

蒋　洁①

引　言

生命既是确定边界的自我，也是超越边界的自我。生命的自身特征决定了其轮廓的模糊性。这是由生命的内在和外在因素共同决定的，因而每个生命都拥有独一无二的内容和表现方式。又因为生命的偶然性，每个人在生命长河里的状态都是流动的。这些特征决定了生命观具有不可被清楚阐述的特点，又因为每个人的条件不同，所以每个人都有独属于自己的生命观，木心也不例外。

木心散文里的生命体验对整体生命负责，整体生命也为生命体验负责。不同环境下的各种体验和生命价值观念的修改是连续不断的，同时它们也达到了当时生命所能达到的高度。木心的生命观是植根于烟雨江南和世界文化的，囊括了形而上的精神世界和日常化的生活，呈现出了审美化倾向和超越性，推动了人们用生命价值观念反思媚俗的价值观。

本文将从四个方面来论述木心散文中的生命观：一、总结木心在散文中体现出来的生命体验即呈现他生命观的具体内容，如他把艺术当作纯粹

---

①蒋洁，女，安徽师范大学文学院汉语言文学2016级本科生，现为安徽蚌埠市第一实验学校教师。本文为2020年度安徽师范大学本科生优秀毕业论文项目结项成果。指导教师为黄静副教授。

的信仰，并用生命来追寻；再如他在神游世界时，深刻了生命的意义，跨越了时空的界限和寻觅了生命的本真。二、概括木心生命观的特点——超越性和日常生活审美化。三、梳理木心的人生经历，探究其生命观建构的基础。四、评价木心散文中生命观的价值。

一、木心生命观的体现

木心对生命的体验既有因对死亡的恐惧而产生的艺术信仰，也有带着东方文化的根在全世界流浪的生命体验。"生命不是被建构出来，而是在生活中'显现'出来的"①，木心不仅用文学语言进行自我救赎式的写作，还在有限的生命中理解了生命的不朽。

（一）死亡与艺术信仰

生命的本能从未阻拦人类对生物结局的思考，并且伴随着成长中种种危机的不断出现。人类知晓生命必然走向终结，当眼光放在生命的终点上时常常陷入对死亡的焦虑当中。信仰是人对恐惧的防卫，也是人于绝望中最后的依托。有时人只有躲到世俗底下祈求之后，才能鼓起行动的勇气。

面对死亡的威胁，木心也是如此焦虑，但又有所不同。他没有选择大众信仰的宗教和超自然的事物，而是选择对文学信仰的追逐。因为内心沉积的往事伤痛，只有自己知道。如果和盘托出之后遭遇朋友的不理解或者不认可，其中苦涩滋味只会更甚。信仰的本质就是一种信任。知音难觅，木心回归自身，把自我进行拆解，一方面"万象归一，人类一如。只有放眼世界，才能看清自我；欲明了自我，唯有观照世界"②；另一方面"世界小，人类微末，流浪不是专业，骄狂傲岸，倒是把生命认真当作一回事了"③。即木心一方面让个人自我在社会自我中寻找信任，个人自我和社

①高伟：《从生命理解到生命教育——一种走向生活的生命教育》，《北京师范大学学报》，2014年第5期。

②杨华：《二十世纪美国华人文学中的中国形象》，山东大学博士论文，2012年，第123页。

③木心：《即兴判断》，广西师范大学出版社2013年版，第157页。

会自我相互对立又相互依存，通过认真地生活转化生命本身的压抑和痛苦；另一方面创造出一个第三方"你"与"我"对话："你"既是古今中外一切事物，也是木心与外界对话的客体，"我"是当下的他。这种"你-我"的对话是他的散文叙事风格，如对古今艺术家的品点："嵇康的才调、风骨、仪态，是典型吗？我听到'典型'二字，便恶心。"①"你-我"的对话方式在精神的世界里复活了木心自身与自己、他人和社会的沟通。

当信仰失效的风险被木心降到安全范围时，木心卸下了重担，心境平和了起来，反映在文学上就是对古今中外的一切都很坦然，如在《杰克逊高地》里春光烂漫给他带来的喜悦"不知原谅什么，诚觉世事尽可原谅"。在他的文字里没有表露出要写出恢宏巨作的野心，木心只是在记录生活日常和所思所想。然后他在一次次的自我寻觅中加深了对古今中外文化的了解，重新以个人化和主观化的观点接纳本土的和西方的文化，因而个体生命的认知和体验成为文化传统传承中的记录者。

（二）世界性生命体验

生命在封闭的社会是静态的，其思维方式是遵循规则的，实现梦想的方式是服从和忠心。生命在开放的社会是动态的，其思考起点于直觉，追求自在的创造价值。这两种社会状态都在木心的生命里留下了重要的痕迹，甚至改变了他的人生走向。他在封闭和开放的两个世界中发现自我、看清自我和超越了自我。

木心把拥有中年出走他国经历的人叫作"带根的流浪人"，如木心把米兰·昆德拉称为"带根的流浪人"。如果说昆德拉是带着布拉格的根在欧洲范围内流浪，那么木心就是带着东方文化的根在世界范围内流浪。昆德拉带给了中年出走的木心一些安慰和鼓励，从此流浪不再孤单，反而成为一次探索生命和世界奥秘的旅程。在游历中木心觉得天空海阔，志足神旺，旧阅历得到了新印证，主客体间的明视距离伸缩自如，层次的深化导向度的拓展②。

---

① 木心：《琼美卡随想录》，广西师范大学出版社2013年版，第46页。
② 木心：《哥伦比亚的倒影》，广西师范大学出版社2013年版，第60页。

生命的自我本体和自我超越，在生命的连续过程中相互对抗又相互吸引，构成了一个统一体——生命观。木心在神游过程中以世界优秀文化为友，跨越了古今与东西的界限。木心曾说，欧洲文化是他的施洗约翰，耶稣在他心里。这充分显示出世界文化已经深入木心的生命信仰层面，最终木心在流浪世界中的内在格局不断扩大，其生命观念日益成熟，实现了对生命最大限度的丰富。

（三）自我救赎式的生命写作

叔本华说，"艺术"到处都已达到目的。木心把自己的生命体验都写在纸上，写路边的鸢尾花，写狱中墙上的光影，写母亲教自己学杜甫诗的情景，写自己纷纷的情欲，也写自己的自得其乐。文学是光明正大的隐私！木心在写作中运用语言的层层表达把自己的生命思考和生命状态展现了出来，是因为在创作中这样的方式可以成全创作者的自我满足。什么原因导致他用创作来充实整个人生，并把它作为精神满足的途径呢？首先，他遭受无妄之灾多次入狱，在监狱里度过了青壮年时期。但即使如此，在牢狱中他从未停止写作。待到出狱后发现家庭早就发生变故，大家族分崩离析，母亲忧心儿子很早就过世了。与世隔绝的监狱生活，让他渴望灵魂的自由和崇高。故乡在他心上已满目疮痍，过去的岁月让他心惊肉跳，日夜难安，所以他放弃了在国内稳定的生活。其次，美国文化的多元和包容虽让木心感到畅快，但是远在他国囊中羞涩，生存艰难，加之美国消费主义浪潮正盛也让他对美联邦的乌托邦幻想彻底破灭了。最后，木心的痛苦还有对人类文化的隐忧，他视作高出一切的人类古典文化是正在被人们忽视和轻视的。

为了排解现实生活的不如意和生存困境带来的苦闷，木心醉心于对宇宙、人类和信仰的思考，对永恒无解的人类命题发出追问，这个过程让木心慢慢地靠近了那个不曾被了解的自我。如在《大西洋赌城之夜》中探究生命与宇宙的渊源问题，这些问题使木心有些痛苦和疲惫。在《遗狂篇》中，木心的心绪有所改变，"我"回到魏晋南北朝与嵇康畅聊，在波斯对波斯王的不可一世的漠视，在希腊与伯律柯斯徒步归来。无论是西方的

"超人"期待，还是东方的"圣人"道德期许，都建构了一个带有神性的人。人们渴望超自然的力量来帮助他们解除困境，"圣人""超人"的功绩在历史长河中不断被后人赋予传奇色彩，成为世代供奉的神。木心去除了圣哲们身上负累不堪的光环，还原了一个原原本本的人。此时木心已经从对形而上问题的纠结转向了与先贤的文学交流，因为他认识到人们在建构人神形象的过程中选择性忽略了"圣人"的本来面貌，"圣人"不过是拼尽全力努力过好生活的平凡人。

无论是木心思考人生终极问题的迷惘，还是读圣贤作品的愉悦，在这个过程中他明白了，自己内心渴望的和实际需要的是有区别的。他内心渴望的是重新构建一个以古典文化为基石的有序世界，实际需要的是追逐和拥抱自由和爱。在分辨出两者的不同后，木心用写作一个字一个字地救出自己。救出之后，才平平地死去。还有墓志铭，不用一个爱字不用一个恨字，照样阐明毕生经历①。他看淡了生死，给了自己一个新的期许。木心明白形而上的问题有无答案已经不重要了，重要的是保持日常生活的运转。

二、木心生命观的特点

木心的生命感受是多样的，但终究是形散神不散的，有自身突出的地方。木心重视生活，用生活的美来表达感情，显露出日常生活审美化与超越性的特点。

（一）日常生活审美化

生命的意义在于生命的日常满足了生命的需要。木心注重生命的过程而不是结果，不难发现木心的生命观是扎根于生活的，散文中无论是瓜果无不鲜美的无骨江南还是外国的时兴样式，都散发出一种于平凡中得到的幸福和平静。木心用审美的眼光看着生活中的琐屑，所以生命体验就相应地呈现出诗意来。

---

① 木心：《琼美卡随想录》，广西师范大学出版社 2013 年版，第 151 页。

个体的有限体会在木心笔下成为情感的普遍共鸣。木心似乎带着一双孩童和辩士的眼观察生活，所以其散文传达出一种对身边的一切充满着新奇和童心的人生态度。木心经常叙述他在旅途中发生的事，如途中遇见一个不愿抢座男子的谦让风度让木心如沐春风，木心从中体会到了人与人之间那种久违的温暖和善意，一次乘车就给了木心极大的快乐和享受。又如观察到同车人的啜泣又很快地止住的变化，引发木心领悟出生命是根导管，生活里的事只是如水一般流过，时间久了，淤塞了，导管破了，生命也就结束了。当木心发现生命是快乐与悲哀流过的导管时，木心已经"在形而上层面关照人生之渺小……生发对生命的沉思，言有尽而意无尽"①。在个人与世界的互动过程中，木心对生命的看法从静态的"容器"转向了动态"导管"。东方人民是相对保守的，是偏重于静态的"容器"型，侧重生命的累积，如水滴石穿，积少成多。西方人民是富有冒险精神的，因为西方文化的源头——希腊文化是以勇敢追求为荣的，如阿喀琉斯在安稳度过一生与战死沙场之间选择了后者。这些细微的小事都被木心捕捉到其中蕴含的生命价值观的差异。

木心不仅将审美之眼放在日常生活上，他还抱着欣赏的目光看待世界文化。木心的"出走"是在东方长大的孩子以平和与好奇的心态进入了西方社会。因而"木心是把西方题材当作自己的故乡来写的，姿态是平视的，不像一些流散作家总是对西方文化取仰视态度"②。这一点受到《圣经》的影响，木心说《圣经》教会他真正的文明，"像人类生活本身，忍耐、懦弱、胜利、失败，像一个老实人的日记"③。所以他没有非要证明谁是文化的强者，没有评判文化上的高低贵贱，因为他用审美的眼光看待西方文化，而没有盲目崇拜。因此这样审美化的生命观是真诚的、平等的和自由的。

---

①曹硕涵：《木心散文研究》，河南大学硕士论文，2014年，第24页。

②杨华：《二十世纪美国华人文学中的中国形象》，山东大学博士论文，2012年，第124页。

③木心：《文学回忆录》，广西师范大学出版社2013年版，第70页。

（二）超越性

生命观在生命历史环境的限定下形成，同时也在生命整体的变化中绵延。生命是无限的和永恒的，个体的生命片段是有限的和短暂的。生命观一直存在着生命的无限性与个人的短暂性的冲突，并在其中充当着沟通的桥梁。冲突的意义在于生命不断超越本身，因而木心的生命观呈现出形而上的超越性。

首先，生命的内在力量和外在形式之间的矛盾斗争是生命观发展的动力，它促使生命体验走向生命哲学。在特定社会文化阶段表现为个体生命对某些社会政策的斗争。木心在"文革"期间因反感当时文学倾向于政治而主张文学的自由创作，被关进监牢。在出狱后的文学创作甚至是人生的道路选择上，木心都坚持纯文学的信仰，坚持审美的艺术追求，并以此来确立生命的意义以及自己的文化身份。木心在本民族和世界的融合下形成的生命观在文学创作上呈现出兼收并蓄的特点，主要体现在跨文化视角的文学书写和文化认同。中国作家写作散文时，较多的在文化、社会、政治、哲学等群体性层面上抒发作家的哲思。西方强调文学创作要多记印象、少发表主观意见，这启发了木心文学在创作上以印象呈主见，避免出现重复使用某种意象的情况。

其次，同样也是因为牢狱生活，木心珍惜和热爱生命本真和自然，追求"安其本分，不作分外之想，其举止行为准乎自然的人生形式，恰恰是生命的最初的形式，一种人与自然契合的原始生命形态"①。木心对超然的追求，对政治的疏离，让其生命避免了焦灼与浮躁，实现了对生命体验的超越。

最后，出国后，木心的视线从死亡焦虑转移到了文化创作和神游上，同时也在探索新的文学批评方式，如在《智蛙》中首先对现在的"宇宙扩张说"和"宇宙收缩说"提出了质疑，接着用青蛙数万年没有多少变化，论说人在衡量得失时的斤斤计较，也暗暗讽刺了现在学术理论的乱象。木

---

① 凌宇：《沈从文的生命观与西方现代心理学》，《南京大学学报》，2002 年第 2 期。

心写作的出发点可能是大的社会现象，但落脚点是个人的心灵角落。这反映出木心散文中生命观的呈现方式是微妙难言的和含蓄节制的。生命自我超越的过程是个人自我与社会自我从相互排斥到相互融合的过程，因而木心对待生命的态度实现了从恐惧到淡然的转变。

三、木心生命观的建构基础

生命的体验呈现审美性和超越性是因为有生命根部的滋养。诗意中国与世界精神为木心丰富的生命观打下了底色。木心出身于绍兴富商之家，幼时接受的是正宗的传统文化教育，他师承国学大师夏承焘。在传统文化中，孔子的"木铎"抱负和老庄的平淡逍遥，潜移默化地启迪着木心。不仅木心的家庭重视传统文化培养，木心自己也热爱博览群书。木心曾自述他在战乱年代，在邻家的书房里阅读古今中外名著，尤其是外国文学里自由独立的思想为木心打开了一扇通往新世界的大门。木心接受启蒙的时间是西学东渐的繁荣时期，这是一个封建与现代交织、民主与法治缠绕的时代。木心的启蒙地点是绍兴，这是一个文化底蕴深厚、与外界接触较多、民众思想较开放的地方。这些儿时的经历影响了木心后来的出走与归来。

（一）诗意中国

木心移居美国时已55岁，中华文化早就深入骨髓成为他血肉中的一部分。在适应国外环境时，木心描摹着记忆里的故国和眼前的西方世界，在一次次的对比中木心越来越了解西方文化。木心既钟情于中华文化的传统，也熟悉西方文化的来龙去脉；坚持文化上的民族主义，但又从容出入于西方文化；富有创新的锐意，但其实践大多是渐进有序的平稳变革①。因自身年龄和经济因素，在与消费盛行的社会融合中木心有些力不从心。回忆是游子能放下一身疲惫的避风港，记忆中的感动过往温暖着游子。木心把回忆中的中国想象成生命的另外一种可能，因而诗意中国成为一种情感寄托。

①黄万华：《海外中国：传统的创造性转换》，《华文文学》，2001年第3期。

由此可见，木心是渴求日常安稳和闲适生活的，因年少经历数次重大人生变故，这种渴求化为对诗意中国的回忆。因而木心在散文中流露出浓浓的中国味，这是远游之人在彼岸回首往事时对古典中国深深的眷恋，如他在《竹秀》中写犹如世外桃源的莫干山有着高接浮云的茂密竹林，全村人一起吃羊腿的畅意，融雪之夜听滴答的雨声。这样的诗意中国是木心在彼岸见了外面的山山水水、吃了外面的食物之后，那种梦想中的外面世界的失望氤氲在心口，只好靠着自己构建的诗意中国排遣寂寞，这充分体现在《九月初九》里："异邦的春风旁若无人地吹，芳草漫不经心地绿，猎犬未知何故地吠，枫叶大事挥霍地红……就是不符，不符心坎里的古华夏今中国的观念、概念、私心杂念……乡愁，去国之离忧，是这样悄然中来、氤氲不散。"①

如果只是单纯地眷恋诗意中国，那木心散文中的中国味是绝不能称之为"中国风骨"的。他不仅怀念他印象中的诗意国度，他还从一个全新的视角重新审视中华文化，提出很多带有忤逆意味的观点。木心的生命观饱含对智慧、自由和自我的肯定，如木心坚持人的自我意识是允许独立于社会群体之外的，而在传统文化中是推崇集体的。面对理想与现实的落差，木心认为，选择"不相干的轻松闲笔将苦涩弱化稀释"的写作方式，"沉厚的痛楚才一齐释放出来"②，但诗意故国的回忆永远是他可停靠的港湾。

（二）世界精神

生命在环境的修改中进入世界，也在历史中生成个体生命的智慧结晶。在世界漫游时木心以一个局外人的身份与自己保持距离——"让他去，看他走过，看他折回，又启程"③，同时也与世界亲昵互动，在一远一近中感悟生命。木心生长的江南是受外来文化影响较多的，加上自己就喜爱西方文化。木心自述阅读《圣经》好几百遍，偏爱其简朴有力的文风

①木心：《哥伦比亚的倒影》，广西师范大学出版社2013年版，第5页。
②李静：《你是含苞欲放的哲学家》，《南方文坛》，2006年第5期。
③木心：《即兴判断》，广西师范大学出版社2013年版，第156页。

和其中透露出来的真诚与善良。"我的文学引导之路，就是耶稣。"①当他写出接近于《圣经》风格的句子时，内心是安静的和畅意的。

木心倾心于古希腊罗马文化的勇士精神和辩论艺术，倾慕尼采的温柔，推崇纪德的明智和风雅，赞美陀思妥耶夫斯基的诚恳，叹息莫扎特的"全息智慧"和惊于《源氏物语》的滋润柔媚……这些滋养了木心生命观的世界性。木心尊重外族文化，以一个情人的眼爱着西方文化，又以一个辩士的眼审视着西方的文化、社会和思想。

同时木心在游历世界时写过很多历史与现实接壤的篇章，把古今或者中外的片段重组使之融会成一个全新的片段。"诗人每擅散文，海涅，梵乐希，纪游论述，动辄轩轩霞举，逸姿天纵。易安居士《金石录后序》，叙身世，抒悲愤，无韵离骚，天鹅绝唱，而后篇引'分香卖履'一典，大失当，彼贤伉俪，何姬妾之有？"②这个片段的描写就呈现出了东西方诗人写作风格的不同，选取西方海涅等人与中国的易安居士进行比较，在寥寥数语中把东西方作家在创作上的感情倾向差异凸显了出来。诗集《我纷纷的情欲》中《古拉格轶事》《老桥》《雨后兰波》里的内容，不仅用地理视角描摹山光水色，也用历史视角还原大事件。在《老桥》中，一个浪迹天涯的侠客携着爱人走过萧瑟的老桥，与六百年前热闹繁华的街口鱼蟹买卖市场形成了鲜明对比，突出了斗转星移、物是人非的悲凉。

这样亲历世界性文化给了木心超越汉民族文化局限的机会，他在更加多元化的文化环境里与世界文化观念不断冲突融合，最终形成了自由包容的生命观。

四、木心生命观的价值

在这个互联网广泛地搅动普通生活的时代，形成并发展出了一种复杂

①木心：《文学回忆录》，广西师范大学出版社2013年版，第97页。
②木心：《即兴判断》，广西师范大学出版社2013年版，第77页。

性的世界观，在强烈的求新求变渴望中又希冀"自我"的连贯和超越。[①]木心的生命观是力求自我超越的，其养分来自世界一流作家作品中的思想精髓。木心在成长中形成了开放包容的生命观，超越了中华文化自身的局限性，引导人们生发出对生命的思考。

（一）个体自我与世界关系的思考

社会自我与自我不断交叉，相互影响。木心选择出国的时间是改革开放的初期，全球化浪潮开始涌入中国，冲击着心态保守的中国人。木心去美国的时间是20世纪80年代，此时社会繁荣消费主义思想开始发展壮大，商品价值进一步挤压传统的生命价值。传统生命价值观是生命在形成社会自我的过程中表现出渴望超越自我和追求自由的生命体验。当越来越多的人用商品价值拥有量来衡量自身价值时，奢侈品概念应运而生。然而商品价值的波动受到各方面因素的影响，极不稳定，因而人的价值判断标准也是大幅度波动的，这会造成人生命本质上的价值空虚和精神危机。这是二十世纪八九十年代的美国人价值观危机的真实写照。

21世纪初的今天，中国也面临这样的问题，全新的消费主义价值观正在掏空一些人本为人的生存底气和毅力，科技中介下，随着社会财富的积聚和生存方式的变化，大规模的灾荒和瘟疫逐渐变成小范围的区域图景，全球性的人际社会活动和交际虚拟化、网络化，人越来越活在人心的历程中[②]。木心"先行一步"，在寻找自我的过程中把东西方的文化破裂重组，形成了"中国风骨，世界精神"的生命价值观。这也使木心养成了一种眼界阔大的世界观、历史观和文学理念——"世界是整个的，历史是一连串的，文学所触及的就是整个的世界和历史"。木心散文中的生命体验为在世界文化冲击下的人提供一个经验——保持基本的价值判断，把目光从攀比消费的价值观转向对个人生命价值的塑造。

---

①王小英：《超长与微短：互联网时代"文学"的两副面孔》，《社会科学》，2015年第10期。

②何炜：《神话宇宙图式：新媒介的"扩增现实"与赛博人格》，《符号与传媒》，2011年第1期。

在创造生命价值的过程中，人类总想要不要选择宗教信仰来理顺个体自我与社会自我的关系。木心不否认也不证明宗教是否与信仰同在，提倡"宗教事小，信仰事大"，认为"宗教从来没有解释宇宙"。木心在生命的信仰问题上是开明的，大胆地忽略宗教教义的不虔诚威胁和各种教规，把人的自我放在首位，突出"我"最重要，选择有信仰的生活——追求艺术。在信仰问题上，木心向世人表明，追求自我是理所当然的理性选择，在任何宗教面前都是无罪。

生命是要与世界和社会共存的。木心的生命中经历了社会和文学的节点，他用整个生命来经历和探索真正的文学发展之路。木心年少时接受了中西文化的共同启蒙，受到了精英文学的洗礼，养成了有风骨又热爱浪漫自由的性格。木心在多元文化潮流中定位自我，寻求自我本体与社会自我之间的平衡，找寻自己的生存价值和发展空间。新中国成立以来的很多重大事件都在木心身上留下深刻的印记，甚至改变了他的命运。木心个人生命体验的变化反映了一个时代的变化，木心的历史不仅仅是他自己的，也是这个时代的。

（二）社会媚俗现象的反思

农耕文明时期，以儒家的精英文化为主体构建社会基本道德，提倡重义轻利的君子形象。农业文明向工业文明过渡时期，社会的媚俗现象也日渐增多。木心痛心地发现文学的媚俗现象——文学创作正向大众进一步靠拢，讨好大多数人，说大多数人想听的话。"改革开放之后，古典人文主义被以表现世界绝望和荒诞为主要内容的现代主义彻底翻篇。个体自我与社会自我是要积极地相互融合还是消极地抵抗？他们忽略了生命本身，所以他们无论做出什么样的回答都不在答案范畴里，因而再多的哲学讨论也是没有意义的。现有文化底子轻薄根本满足不了人们的精神需求，导致人们在多元文化里极易迷失自我。所以有些人逐渐放弃对爱和自由的追求，转而成为精致的利己主义者。

在文学上，有些流行文化的创作者轻视生命价值，宣传近乎麻木的生活方式，诱导人们追求即时的阅读与单纯的感官刺激。木心指出他们被利

益裹挟，主动或被动地丧失了正统文学的态度。文化在消费主义和政治性文化策略的夹击下，日益边缘化和媚俗化。优秀的散文是作者把根深深地扎在生活的土壤里结出的香甜果实，能够最大程度表达出作者对生活的真诚态度。木心的散文是木心对这个世界的思考和对媚俗文化的反抗。木心的生命价值观念引导读者不自觉地思考自我生命的价值。人们在阅读零散成句的散文时，对个体生命体验的反思常常不期而至。他们在阅读木心的文字时会发现生命的本质意义是贴近生活的。一切对生命概念单纯的建构都是理想化的，生命是人要在生活中经历种种，生命的意义才会露出一个小角来。阅读优秀文学作品在一定程度上反抗了媚俗文学，引发人们对生命的关注。

木心生命观的价值在于在文学层面唤起人们对个体小我与世界大我关系的思考和对生命的完整性思考，同时用自身一生的生命体验展现了中国在过去的几十年时间里从农耕文明过渡到工业文明的人文生态变化和社会变迁，具有一定的文学史料价值和社会价值。

电影《霸王别姬》"戏中戏"艺术功能论

汪程娟[①]

　　由陈凯歌执导的电影《霸王别姬》是中国20世纪90年代的一部佳作，改编自李碧华的同名小说。作为中国电影史上首部获得法国戛纳国际电影节最高奖项金棕榈大奖的影片，电影在创作手法和表现形式上独具特色。电影引入中国传统戏曲元素，采用"戏中戏"结构，在电影情节发展中插演京戏和昆曲戏曲片段，令影片呈现出别具一格的叙事风格和令人惊喜的视听审美效果。不仅如此，主题意蕴、人物形象也在"戏中戏"结构的作用下变得深刻而丰富、鲜明而独特。

　　"戏中戏"是电影和戏剧创作中常用的一种套层结构，同时也是艺术创作中的一种创作手法和表现形式，最早出现在戏剧艺术的创作中。具体是指一部戏剧之中又套演该戏剧本事之外的其他戏剧故事或事件。它是整部戏不可缺少的一部分，具有独立性和完整性。曼弗雷德·普菲斯特曾在《戏剧理论与戏剧分析》中指出，"戏中戏"的嵌入方式有两种：一是采取片段的形式嵌入一个更大的主情节系列中，这样就可以汇聚作品的焦点；二是在数量和质量上都超出主情节，使主情节缩减为一个框架——有时就剩一个序幕和尾声。这个框架就是为了加强戏剧形式的虚构性质，起一个

　　① 汪程娟，女，安徽师范大学文学院戏剧影视文学2016级本科生，现为合肥新东方学校教师。本文为2017年度"大学生创新创业训练计划"国家级项目结项成果。指导教师为俞晓红教授。

离间的作用。①电影作为与戏剧有着诸多相通点的综合性艺术，在对"戏中戏"结构的运用方式上基本与此相同。电影《霸王别姬》中"戏中戏"结构的运用属于第一种。下文就电影叙事、电影主题、电影人物和视听审美四个方面来探析电影《霸王别姬》中"戏中戏"结构的艺术功能。

一、"戏中戏"暗示剧情发展

影片《霸王别姬》中与剧情发展息息相关的戏曲有《思凡》《霸王别姬》《贵妃醉酒》《牡丹亭》四出戏。这些京剧与昆曲唱段对剧情起着暗示的作用，推动着剧情向前发展。

"戏中戏"结构对剧情的暗示，使得影片内戏与外戏交相辉映。《思凡》是昆曲《孽海记》中的一折，该折主要描写小尼姑色空年幼时多病，被父母送入仙桃庵寄活。色空不耐拜佛念经的寂寞生涯，私自逃出尼庵。这一折戏不仅借小尼姑的身世遭遇来表现小豆子的处境，同时也预示小豆子与小癞子私逃出戏园的剧情。小豆子的母亲身为妓女，不得已将小豆子送入戏园子学戏，这与《思凡》中小尼姑很小被送尼姑庵相对应。关于出逃，小尼姑逃避的是尼姑庵对男欢女爱的束缚，而她向往的是红尘姻缘。这一行为意在表明小豆子想要逃出传统戏班子的苛待，去外面寻个自由之身。影片中反复出现的《思凡》唱段"我本是女娇娥，又不是男儿郎"，很好地表现了小豆子对自我性别认知的变化。对小尼姑来说这是事实，对小豆子来说，却是扭曲的现实，所以他总唱成"我本是男儿郎，又不是女娇娥"。可终究他还是唱对了，其实电影是借《思凡》的这一唱段来表现人物内心扭曲的过程，而这个过程同时也是小豆子向虞姬这个角色转变的开始。

京剧经典《霸王别姬》讲述了一代枭雄项羽受奸人陷害，兵被刘邦困于垓下，其爱妃虞姬不忍牵累他，最终无奈自刎于君前的故事。影片演绎的是京剧《霸王别姬》的第八场，从虞姬自述与大王征战数载，到大王回

①曼弗雷德·普菲斯特著，周靖波、李安定译：《戏剧理论与戏剧分析》，北京广播学院出版社，2004年版，第128页。

营，虞姬以酒宽慰大王，大王睡稳帐中，虞姬出帐外且散愁情，却听见四面皆是楚国歌声，知觉大王气势已尽，后为大王舞剑，最后自刎君前结束。影片借助这场戏和其中的唱词来暗示情节发展。首先是对人物命运的预示。在这场戏中，随项羽东征西战的虞姬，受尽风霜与劳碌，不离不弃，却最终逃不过时局和命运的摧残，拔剑自刎，一代美人就此殒灭。影片以此暗示程蝶衣自刎于段小楼面前的结局，戏里戏外如出一辙。即使没有听过京剧《霸王别姬》的人，也或多或少地知道历史上霸王别姬的故事，所以影片从一开始就以"戏中戏"向观众预示了结局。其次，是以唱词暗示情节发展。京剧《霸王别姬》第三次出现时的唱词是"妃子，依孤看来今日，就是你我分别之日啊——了！"在京戏中，这句唱词是项羽听到楚国歌声后，认为定是刘邦已得楚地，自觉大势去矣。自知到了与虞姬生离死别的时候了。影片借此来暗示程蝶衣与段小楼的分道扬镳。程蝶衣不满段小楼与菊仙成亲，决意与段小楼从此各唱各的。第五次出现的唱词"适听得众兵丁闲谈议论，口声声露出了离散之心"。原戏曲描述的是项羽的士兵听到四周的楚国歌声，由此导致兵心涣散，议论纷纷。随后汉军攻入了项羽的军营，混战一片。与前面不同，影片在这里是借戏曲里的混战暗示国民党兵造成的混乱局面，这种混乱不仅表现为戏园的一片狼藉，其实多少也影射着国民党给整个北平带来的纷乱。

　　除此之外，影片还巧借"戏中戏"来直接表现对人物内心情绪的暗示。《贵妃醉酒》说的是唐玄宗邀约杨贵妃于百花亭，后失信不至，还已幸江妃宫，杨贵妃闻讯，懊恼欲死，不禁借酒消愁的故事。影片中上演的是第一场中的【小开门】："人生在世如春梦，且自开怀饮几盅。"影片在此插演这一出戏，一是表现程蝶衣面对段小楼与菊仙定亲，自己与段小楼分道扬镳，内心忧伤、苦闷和懊恼万千；二是表现大环境下人的忧愁。这段戏是为日军进城举行的庆典，可日军的到来无疑是加重了全北平所有人的愁苦。影片在此有意而为之，达到了双重的情感表现效果。

　　电影故事情节的发展具有其内在的规律，观众接受和了解故事发展也需要一个循序渐进的过程。"戏中戏"结构下，内戏为外戏的发展做足铺

垫，让观众在观影的时候不至于对某一情节的发生感到突兀，或者对即将到来的情节进行暗示，让影片在前后叙事中形成呼应，加强电影剧情的连续性和完整性。无论是铺垫还是暗示，根本上都服务于情节。但暗示作用又让"戏中戏"结构多了一重寓言性，人物命运按照暗示的既定情节去发展，无形之中增添了电影叙事的趣味性和深意。

二、"戏中戏"塑造人物形象

"戏中戏"中人物往往是为电影中人物的形象塑造服务的，通过人物之间相同或相反的性格、形象来揭示电影人物的内心和刻画、突出电影人物形象。在这种"戏中戏"结构下，观众能够更好地把握电影人物形象。

不论是京剧《霸王别姬》中的虞姬还是《贵妃醉酒》中的杨贵妃、《牡丹亭》中的杜丽娘，都是美貌佳人。相传虞姬容颜倾城，才艺并重，舞姿美艳，并有"虞美人"之称；杨贵妃姿质丰艳，善歌舞，通音律，美得"君王从此不早朝"；杜丽娘生得花容月貌、娇美无比。作为这些戏曲人物的扮演者，程蝶衣本人的戏曲扮相也是风华绝代，袁四爷形容程蝶衣扮的虞姬"一笑万古春，一啼万古愁，此境非你莫属，此貌非你莫有"。至于他的才能自是不必说，程蝶衣凭借《霸王别姬》红遍整个北平，日本来的青木也对他赏识有加，可见程蝶衣的戏曲才能之卓越。京剧《霸王别姬》中的虞姬性情忠烈、从一而终。影片便以虞姬的此性情来表现程蝶衣对段小楼和京戏的从一而终。"君王意气尽，贱妾何聊生。"为不拖累项王，虞姬毅然自刎，一片情深感天动地。再看程蝶衣，他对段小楼情深难移，自小便与小楼亲近。他把段小楼当成自己的霸王，想要和他唱一辈子的戏，时光流转，历经沧桑，他仍不曾放下对段小楼的感情。影片何以做此表现？在与段小楼的朝夕相处之中，程蝶衣早已扭曲了自我的性别，默认自己为女性，甚至就是将自己置于虞姬的身份之中，而将段小楼当成自己的霸王，戏里戏外，段小楼与虞姬形同一人。段小楼说程蝶衣人戏不分，不疯魔不成活，已达到雌雄不分的境地，唱了一辈子的戏，足见其对京戏的热诚之心。除此之外，影片还将虞姬从容不迫的性格赋予了程蝶衣。在京戏《霸王别姬》第八场戏中，大王回营，满心忧愁，虞姬以酒宽慰。项羽大势已去，虞姬仍能自请舞剑，为项王解忧。一介弱女子身在混战之中，却丝毫不曾惊慌，泰然自若。而程蝶衣在法庭上、"文革"中的表现也是如虞姬一般平静。

程蝶衣俨然是真虞姬，段小楼却是个假霸王。段小楼对程蝶衣没有霸王对虞姬的浓情厚爱，有的也不过是纯粹的师兄弟之情。霸王项羽是英雄豪杰，即使兵败垓下，他始终不卑不亢，绝不苟活，心中有气节："妃子，快快随孤杀出重围！"即使在生死关头，他从未想过背叛和抛弃自己的爱妃虞姬，甚至连自己身边的乌骓马他也不愿伤害。英雄末路，自言无颜见江东父老，不愿苟活，自刎于乌江。尽管项羽性格有诸多的缺陷，但绝不是贪生怕死、背信弃义之人。但段小楼是个妥协求饶、苟且偷生的性子。在活着面前，他不追求所谓原则，也不在乎所谓对错。为了迎合，他违背事实说只要是西皮二黄就是京戏；服软同意与小四一起唱《霸王别姬》，让程蝶衣换角；为了让自己活下来，他抛弃自己的兄弟、女人，指责程蝶衣与袁世卿的关系；撇清自己与菊仙的关系，不惜下跪求饶。他的所作所为让程蝶衣认清了他从不是自己的霸王。这里是将"戏中戏"中霸王项羽的形象与段小楼的形象放在一起对比，从而突出了电影中段小楼的性格特征，加深观众对段小楼的认识。

在"戏中戏"结构下去解读程蝶衣与段小楼的形象，会拥有更多的凭据，其人物形象也不再是孤立存在的。我们既可以说"戏中戏"结构给电影人物的形象和性格发展提供了一个框架或者是一个趋势，也可以说"戏中戏"结构为电影人物提供了与之相对的人物形象。观众在审视电影人物的同时，电影人物仿佛也通过一面镜子在审视自己。镜中的自己有可能和自己相似，也有可能和自己不同，但人物之间的遭遇却是惊人的相似。也就是说"戏中戏"结构不仅是让戏与戏之间嵌套起来，也让"戏中戏"中的人物形象与电影人物形象重叠或对立起来。在这种效果下，观众再审视电影人物形象就会得到双重的认知。

电影《霸王别姬》「戏中戏」艺术功能论

三、"戏中戏"丰富电影主题

电影作为一种精神产物，其存在必定是要揭示一些社会现象，从而表达各种主题思想。"戏中戏"结构以寓言化的手法来映射和丰富电影主题意蕴，在有形和无形之中增加了电影的深度和广度。电影《霸王别姬》在"戏中戏"结构的作用下表现出对历史与人性的反思、对传统京戏的发展及戏曲艺人社会地位的揭示、对人生如戏的申发的三重主题。

影片中"戏中戏"结构的意义就在于拓展了电影主题的表现空间，丰富了电影主题意蕴。在电影主题的表现空间上，除去电影本身，"戏中戏"结构为电影提供了另一个表现空间，这个表现空间既包括戏曲舞台也包括将戏曲作为一个表现载体。电影的第一重主题是表现对历史与人性的反思。电影借助"戏中戏"结构，以京戏为反思对象，主要通过京戏《霸王别姬》来表现，从而映射出对整个"文化大革命"的反思；又通过人们前后对京戏表演者程蝶衣与段小楼的态度，来表现对人性的反思。这也是"戏中戏"结构以小见大的效果。电影的第二重主题——对传统京戏的发展的揭示，是直接以"戏中戏"结构中的戏为表现载体，即影片按照时间顺序，依托京戏《霸王别姬》在不同时期的受欢迎度来讲述传统京戏从1924年到1990年的发展演变。伴随着时局的风云变化，京戏经历了从盛行一时到被贬为淫词艳曲，再到重获新生的艰难过程，从中透露出政治环境对戏曲文化的影响。电影的第三重主题和第二重主题其实是结合在一起的。作为京戏翘楚的程蝶衣和段小楼，他们的命运和京戏的发展似乎是一个共同体，而影片中戏里戏外的人物命运也是相似的。无论是虞姬和霸王，还是程蝶衣与段小楼，致使他们悲剧的因素除了人物自身之外，很大程度上是时局因素。假设项羽没有兵败垓下，十年"文革"没有出现，至少虞姬和程蝶衣都不会走到自刎的地步。正如影片中所唱的《垓下歌》："力拔山兮气盖世，时不利兮乌骓不逝。"人生与戏结合自然而然地申发出了人生如戏的主题。

其实通过对这三重主题的分析，我们不难发现，"戏中戏"结构将影片的三重主题紧密地联结在一起，起到的是融会贯通的作用，它将内戏与外戏结合，共同去表现电影主题。对历史、人性的反思建立在对京戏艺术发展的揭示上，而人生如梦的主题又寓意在京戏发展和京戏《霸王别姬》当中。主题与主题之间既独立又相互依存，这种主题并立的局面在"戏中戏"结构下显得尤为和谐。此外，"戏中戏"结构在拓展电影主题的表现空间的同时也是在丰富电影主题。在影片中，如果没有戏中"戏"这种特定的戏曲艺术形式的存在，第一重主题还可以借别的形式或立足点叙述出来，但是第二重与第三重主题就很难表现出来。从这些意义上来看，可以说是"戏中戏"结构成全了电影的多重主题和史诗般的恢宏气势。

四、"戏中戏"增添视听审美效果

"戏中戏"结构对电影视听审美的影响体现在两个方面：一方面是带给观众独特的视听审美体验；另一方面是观影时的"审美移情效果"，即将对一个人的感情、认知投注到另一个人身上，或者是将别处得到的感情投射到另一处。

首先，独特的视听审美体验。影片嵌入京戏和昆曲两种中国传统戏曲作为"戏中戏"，进一步拓展了电影的艺术空间，让戏曲文化在影片中得以凸显。传统戏曲的身段、表演、造型、服装、舞台布景、灯光和道具使得电影在色彩和构图上独具特色，给观众以视觉上的审美体验；传统戏曲的唱段、演奏、念白增强了电影的语言魅力，给观众以听觉上的审美体验。让观众在观看电影的同时，也能欣赏到传统戏曲的艺术魅力。电影通过"戏中戏"结构营造出两个表演空间和叙事空间：一个是戏曲舞台，一个电影表演空间。观众透过戏曲舞台听霸王与虞姬的生死相随、杜丽娘的缱绻心事、高贵妃的万端愁绪，透过电影表演空间看程蝶衣与段小楼于风云变化中的命运浮沉和悲情故事。在"戏中戏"结构下，故事与故事之间，人物与人物之间相互摩擦、交融而产生出微妙的火花，令观众自得其间。中国的戏曲彰显着中华民族文化特色，戏曲元素的存在使得影片在空间的营造上寓有表述某种意念的深意，成功地赋予影像空间及故事环境以

浓重的"中国"民族色彩，深深地蕴含了对中华民族文化的思考。正如一位学者所说："在与桀骜不驯的女性、忍辱负重的男人以及专横残酷的长者构成之人物群像的交融中，构建出了一个抽象的却是完整的、隐喻的却又是十分鲜明的'中国'意象来。"①

从上面的角度来看，"戏中戏"结构为电影中特定的艺术形式和民族文化风格的呈现创造了有利条件，它让中国戏曲成了电影情节发展的有机部分，让电影的文化色彩不再是浮于表层的，而是深入影片情节内部，并且始终贯穿人物成长和情节发展的全过程，让观众在自然而然的状态下，感受独具中国特色的戏曲文化魅力。独特的审美体验不仅给观众带来身心上的愉悦感，也增强了电影本身的美学意义。

其次，"审美移情效果"。中国戏曲在中国历史上曾经风靡一时，不仅是中国民族文化的一种符号，也是一个时代的记忆。将戏曲作为"戏中戏"，给观众营造了极强的时代感和代入感，令观众仿佛身临中国那个风云变化的时代。透过这样的大环境去看电影人物，人物被打上了深深的时代烙印，从而变得更加鲜活和真实，观众则更加相信人物的存在。再者是在对人物的感情上。霸王与虞姬的故事在中国可谓家喻户晓，称得上是民间的一段佳话。霸王和虞姬在人们心中，一个是美貌佳人，一个是英雄豪杰。在这样的认知下，观众就会对电影人物产生相似的认知和期许。当"戏中戏"中的人物和电影人物的有类似的遭遇、言行，或者相同的人物性格时，观众所获得的对电影人物的感情就是多倍的。反之，如果"戏中戏"中的人物与电影人物的遭遇、言行、性格是不同的，带给观众的相对的情感则会更强烈。电影《霸王别姬》中，程蝶衣无论是对京戏还是对段小楼的感情，都是从一而终的，但却逃不过时代、命运和段小楼的伤害，最后于无奈和找寻自我中寻求一个解脱，自刎而死。这样的结局让观众不禁痛心扼腕。而戏曲《霸王别姬》中，虞姬跟随霸王戎马征战一生，对霸王的感情也是从一而终，最后为了霸王自刎，令人伤心遗憾。这样的情感

---

① 王晓玉：《中国电影史纲》，上海古籍出版社2003年版，第212—213页。

加注到程蝶衣最后自刎而死的情节上，就会让观众对程蝶衣的死更加痛心不已了。再看段小楼，观众对于他是有期待的，希望他如楚霸王对待虞姬一般去对待程蝶衣，希望他也是一个英勇不屈的汉子，但在他一次次的退缩后，观众得到的是更甚的失望之情。

在这种情况下，"戏中戏"结构的意义在于表现特定的时代环境、社会环境，或者是为叙述人物遭遇，勾起观众强烈的情感而营造相应的情感氛围，也可以说这是一种情感衬托。依赖于"戏中戏"结构，影片想要加重观众的情感体验就得心应手了。

显而易见，"戏中戏"结构在电影《霸王别姬》中有着极为重要的艺术功能。它既能够助推电影叙事，塑造电影人物形象，又能够丰富和深化电影主题，增添电影独特的视觉审美效果。这些艺术功能对于未来电影的创作来说，也是有着生动而积极的启发意义的。

电影《霸王别姬》"戏中戏"艺术功能论

对写作对象负责（代后记）

《此间韶颜》即将付梓。

受到新冠肺炎疫情的影响，《此间韶颜》的面世经历了一番延宕。然而，也正因如此，"此间"系列文集的这个新成员有了更为丰富的色彩。除安徽师范大学大学语文课程文学创作大赛征文活动优秀作品外，这本文集还收录了大学语文慕课观后感和疫情中"'新春走基层'志愿服务""年味里的传统文化""在阅读经典中成长"等若干征文活动的优秀作品，以及文学院学生的部分优秀文学评论。

在全面细致地审阅各类作品的过程中，我常常为同学们独到的发现、巧妙的构思、流畅的表达叫好，也难免面对这样的问题：为什么有些很好的题材，却没有写好？在思考中，我也越来越认识到：一篇好作品，它的作者一定是对写作对象负责的。

文章的写作包括三个主要环节：感知、构思、外化。其中，构思是决定文章质量的关键。在写作实践中，构思也是大多数人的短板。

我们经常看到这样的情况，写作者通过感知获取了一些真实鲜活的材料，把它们作为写作对象，但是却没有能够发掘其中所蕴含的关于社会与人生的"情"和"理"，对写作对象的认识和表现完全没有达到应该具有的高度和深度。

举个例子。我在征文作品中读到一篇散文《泉》，全文5个段落730余字。前3个段落430余字，写老家的泉"常年不涸""清澈透净"，夏天人们用它冰镇啤酒、西瓜，冬天人们用它解冻食物。第4段近200字，写"人们开始变得不容易满足""丰沛的泉水被一条条挖好的水泥沟渠引进各家各户""泉的耐心正在被一点一点消磨殆尽，不知哪一天会离我们远去"。第5段60余字感慨"它是人们平凡生活中幸福的一方小天地，也是需要我们去呵护和善待的一湾山间的清流"。这篇文章的缺点是显而易见的：篇幅不饱满，内容不充实，主旨不清晰、不深刻。

泉水之于村民的意义在哪里，仅仅是冰镇和解冻食物？是什么让人们变得不容易满足？"泉的耐心"有什么寓意？需要被"呵护和善待"的仅仅是泉水吗？这篇《泉》，反映出同学们写作中的共性问题。从写作过程来说，构思欠充分、欠完善，作者完全没想清楚自己要通过泉表达什么。从写作态度来说，我认为，自己选中了写作对象，对它却没有全面、准确、深刻的认识和理解，这是对写作对象的不负责任。

写作构思阶段的思维活动主要在两个方向上展开。一方面是横向的扩展，借助丰富的联想和想象，把各种符合一定方向的经验、感受串联起来，不断扩充构思的格局。另一方面，进行纵向的掘进，对对象进行再认知（相对于感知阶段的认知而言），努力透过外表深入现象本质，了解对象未被弄清、未被把握的性质和特点。横向延展和纵向掘进同步展开：联想的展开、现象的组合是思想深化的结果；不断地掘进又导致更广阔的联想……

就《泉》的写作而言，横向延展和纵向掘进应该如何进行呢？

泉的作用当然不仅仅是为村民提供水源和解冻食物，它作为村民日常活动的一处重要场所，必然发生过各种故事，连接起各种关系，引发着各种情绪；泉也有自己的性情，它会以自己的改变回应村民的变化……这样，以泉为中心横向延展，可以及人、及物、及事、及情。如此，掘进才有了基础——泉水的性情如何随四季变化？泉水滋养的村民，都有什么样的性格？泉水周围的人情故事，是不是清新、甘甜的？泉水又寄托着什么样的乡土家园之情、社会转型之思？……在这样纵向的掘进过程中，又会

产生新的横向扩展的需求：要充分认识这些人、事、情、思，现有的材料够不够丰富？要不要唤起记忆中更多的储存，甚至进一步收集材料？

横向延展和纵向掘进处于一种互为因果、互动生成的状态：横向延展—纵向掘进—横向延展—纵向掘进……充分完善的构思，往往需要经历几轮这样的过程，这是螺旋上升的过程，哪怕千字左右篇幅的短文写作，也应当如此。

而在我们很多人的写作实践中，构思是直线型的。在生活经历或阅读中，偶受触动，产生了写作欲望。于是由那个触发点就事论事，等能说的话都说完了，要么抱怨"写不下去"而弃之脑后，要么草草结尾。因此，面对同学们的作品，我常常有"明珠暗投"之感叹。我们的同学有发现"明珠"的慧眼，为什么就不能对它们精心打磨，让它们焕发出应有的光彩呢？

写作的复杂性使我们的写作之路充满变数和艰辛。热爱写作的人，要有对写作对象负责的态度，认真对待它们，认真对待它们的各种可能性，用构思上的真功夫，化解各种变数和艰辛，让"明珠"不再蒙尘。

芮　瑞